北京師範大學圖書館藏

# 程乙本

# 紅樓夢

【二】

曹雪芹／著
無名氏／續
程偉元　高鶚／整理

人民文学出版社

# 紅樓夢第二十一回

## 賢襲人嬌嗔箴寶玉　俏平兒軟語救賈璉

話說史湘雲說着笑着。跑出來怕黛玉赶上寶玉在後忙說絆倒了。那裡就赶上了黛玉。趕到門前被寶玉叉手在門框上攔住笑道。饒他這一遭兒罷。黛玉拉着手說道。我要饒了雲兒再不活着湘雲。見寶玉攔着門。料黛玉不能出來。便立住脚笑道。好姐姐饒我這遭兒罷。却值寶釵來在湘雲身背後也笑道我勸你們兩個看寶兄弟面上都撂開手罷黛玉道我不依你們是一氣的都來戲弄我寶玉勸道罷喲誰敢戲弄你你不打趣他們就敢說你了四人正難分解有人來請吃飯方往前邊來那天已掌燈時分王夫人李紈鳳姐迎探惜姊妹等都往賈母這邊來大家閒話了一回各自歸寢湘雲仍往黛玉房中安歇寶玉送他二人到房那天已二更多了襲人來催了幾次方回次早天方明時便披衣靸鞋往黛玉房中來了却不見紫鵑翠縷二人只有他姊妹兩個尚卧在衾內那黛玉嚴嚴密密裹着一幅杏子紅綾被安穩合目而睡湘雲却一把青絲拖於枕畔一幅桃紅紬被只齊胸蓋着襯着那一灣雪白的膀子撂在被外上面明顯着兩個金鐲子寶玉見了歎道睡覺還是不老實回來風吹了又嚷肩膀疼了一面說一面輕輕的替他蓋上黛玉早已醒了覺得有人就猜是寶玉翻身一看果然是他因說

道這早晚就跑過來作什麼寶玉說道這還早呢你起來瞧瞧罷黛玉道你先出去讓我們起來寶玉出至外間黛玉起來叫醒湘雲二人都穿了衣裳寶玉又復進來坐在鏡臺旁邊只見紫鵑翠縷進來伏侍梳洗湘雲洗了臉翠縷便拿殘水要潑寶玉道站着我就勢兒洗了就完了省了又過去費事說著便走過來灣着腰洗了兩把紫鵑遞過香肥皂去寶玉道不用了這盆裡就不少了又洗了兩把便要手巾翠縷撇嘴笑道還是這個毛病兒寶玉也不理他忙忙的要青鹽擦了牙漱了口完畢見湘雲已梳完了頭便走過來笑道好妹妹替我梳梳呢湘雲道這可不能了寶玉笑道好妹妹你先時候兒怎麼替我梳了

听湘雲道如今我忘了不會梳了寶玉道橫竪我不出門不過打幾根辮子就完了說着又千妹妹萬妹妹的央告湘雲只得扶過他的頭來梳篦原來寶玉在家並不戴冠只將四圍短髮編成小辮往頂心髮上歸了總編一根大辮紅縧結住自髮頂至辮梢一路四顆珍珠下面又有金墜脚兒湘雲一面編着一面說道這珠子只三顆了這一顆不是了我記得是一樣的怎麽少了一顆寶玉道丢了一顆湘雲道必定是外頭去掉下來叫人揀了去了倒便宜了揀的了黛玉旁邊冷笑道也不知是真丢也不知是給了人鑲什麽戴去了呢寶玉不答因鏡臺兩邊都是粧奩等物順手拿起來賞玩不覺拈起了一盒子胭脂

意欲往口邊送又怕湘雲說正猶豫間湘雲在身後伸過手來啪的一下將胭脂從他手中打落說道不長進的毛病兒多早晚纔改呢一語未了只見襲人進來見這光景知是梳洗過了只得回來自巳梳洗忽見寶釵走來因問寶兄弟那裡去了襲人冷笑道寶兄弟那裡還有在家的工夫寶釵聽說心中明白襲人又歎道姐妹們和氣也有個分寸兒也沒個黑家白日鬧的憑人怎麽勸都是耳旁風寶釵聽了心中暗忖道倒別看錯了這個丫頭聽他說話倒有些識見寶釵便在炕上坐了慢慢的閒言中套問他年紀家鄉等語留神窺察其言語志量深可敬愛一時寶玉來了寶釵方出去寶玉便問襲人道怎麽寶姐

姐和你說的這麼熱鬧見我進來就跑了問一聲不答再問時
襲人方道你問我嗎我不知道你們的原故寶玉聽了這話見
他臉上氣色非往日可比便笑道怎麼又動了氣了呢襲人冷
笑道我那裏敢動氣呢只是你從今別進這屋子了橫豎有人
伏侍你再不必來支使我我仍舊還伏侍老太太去一面說一
面便在炕上合眼倒下寶玉見了這般景況深爲駭異禁不住
赶來央告那襲人只管合着眼不理寶玉沒了主意因見麝月
進來便問道你姐姐怎麼了麝月道我知道麼問你自已就明
白了寶玉聽說呆了一回自覺無趣便起身噯道不理我罷我
也睡去說着便起身下炕到自已床上睡下襲人聽他半日無

動靜微微的打鼾料他睡着便起來拿了一領斗篷來替他蓋上只聽唿的一聲寶玉便掀過去仍合着眼妝睡襲人明知其意便點頭冷笑道你也不用生氣從今兒起我也只當是個啞吧再不說你一聲兒了好不好寶玉禁不住起身問道我又怎麼了你又勸我你勸也罷了剛纔又沒勸我一進來你就不理我賭氣睡了我還摸不着是爲什麼這會子你又說我惱了我何嘗聽見你勸我的是什麼話呢襲人道你心裡還不明白還等我說呢正鬧着賈母遣人來叫他吃飯方往前邊來胡亂吃了一碗仍回自己房中只見襲人睡在外頭炕上麝月在旁抹牌寶玉素知他兩個親厚並連麝月也不理揭起軟簾自往裡

間來麝月只得跟進來寶玉便推他出去說不敢驚動麝月便笑著出來叫了兩個小丫頭進去寶玉拿了本書歪着看了半天因要茶抬頭見兩個小丫頭在地下站着那個大兩歲清秀些的寶玉問他道你不是叫什麽香嗎那丫頭答道叫蕙香寶玉又問是誰起的名字蕙香道我原叫芸香是花大姐姐改的寶玉道正經叫晦氣也罷了又蕙香咧你姐兒幾個蕙香道四個寶玉道你第幾個蕙香道第四寶玉道明日就叫四兒不必什麽蕙香蘭氣的那一個配比這些花兒没的玷辱了好名好姓的一面說一面叫他倒了茶來襲人和麝月在外間聽了半日只管悄悄的抿著嘴兒笑這一日寶玉也不出房自已悶悶

的只不過拿書解悶或弄筆墨也不使喚眾人只叫四兒答應誰知這四兒是個乖巧不過的丫頭見寶玉用他他就變盡方法兒籠絡寶玉至晚飯後寶玉因吃了兩杯酒眼餳耳熱之餘若往日則有襲人等大家喜笑有興今日却冷清清的一人對燈好沒興趣待要趕了他們去又怕他們得了意已後越來勸了若拿出作上人的光景鎮唬他們似乎又太無情了說不得橫着心只當他們死了橫豎自家也要過的如此一想却倒毫無牽掛反能怡然自悅因命四兒剪燭烹茶自已看了一回南華經至外篇胠篋一則其文曰故絕聖棄智大盜乃止擿玉毀珠小盜不起焚符破璽而民朴鄙剖斗折衡而民不爭殫殘天

下之聖法而民始可與論議擢亂六律鑠絕竽瑟塞瞽曠之耳而天下始人含其聰矣滅文章散五彩膠離朱之目而天下始人含其明矣毀絕鈎繩而棄規矩攦工倕之指而天下始人含其巧矣看至此意趣洋洋趁着酒興不禁提筆續曰焚花散麝而閨閣始人含其勸矣戕寶釵之仙姿灰黛玉之靈竅喪滅情意而閨閣之美惡始相類矣彼含其勸則無參商之虞矣戕其仙姿無戀愛之心矣灰其靈竅無才思之情矣彼釵玉花麝者皆張其羅而邃其穴所以迷惑纏陷天下者也續畢擲筆就寢頭剛著枕便忽然睡去一夜竟不知所之直至天明方醒翻身看時只見襲人和衣睡在衾上寶玉將昨日的事已付之度外

便推他說道起來好生睡看凍著原來襲人見他無明無夜和姐妹們鬼混若真勸他料不能改故用柔情以警之料他不過半日片刻仍舊好了不想寶玉竟不回轉自己反不得主意直一夜沒好生睡今忽見寶玉如此料是他心意回轉便索性不理他寶玉見他不應便伸手替他解衣剛解開鈕子被襲人將手推開又自扣了寶玉無法只得拉他的手笑道你到底怎麼了連問幾聲襲人睜眼說道我也不怎麼着你睡醒了快過那邊梳洗去再遲了就赶不上了寶玉道我過那裡去襲人冷笑道你問我我知道嗎你愛過那裡去就過那裡去從今偺們兩個人撂開手省的鷄生鵝鬬叫別人笑話橫竪那邊膩了過來

這邊又有什麽四兒五兒伏侍你我們這起東西可是白玷辱了好名好姓的寶玉笑道你今兒還記着呢襲人道一百年還記着呢比不得你拿着我的話當耳旁風夜裡說了早起就忘了寶玉見他嬌嗔滿面情不可禁便向枕邊拿起一根玉簪來一跌兩段說道我再不聽你說就和這簪子一樣襲人忙的拾了簪子說道大早起這是何苦來聽不聽在你也不值的這麽著呀寶玉道你那裡知道我心裡的急呢襲人笑道你也知道着急麽你可知道我心裡是怎麽着快洗臉去罷說著二人方起來梳洗寶玉往上房去後誰知黛玉走來見寶玉不在房中因翻弄案上書看可巧便翻出昨兒的莊子來看見寶玉所續

之處不覺又氣又笑不禁也提筆續了一絕云

無端弄筆是何人　勦襲南華莊子文

不悔自家無見識　却將醜語詆他人

題畢也往上房來見賈母後往王夫人處來誰知鳳姐之女大姐兒病了正亂着請大夫胗脉大夫說替太太奶奶們道喜姐兒發熱是見喜了並非別症王夫人鳳姐聽了忙遣人問可好不好大夫回道症雖險却順倒還不妨預備桑蟲猪尾要緊鳳姐聽了登時忙將起來一面打掃房屋供奉痘疹娘娘一面傳與家人忌煎炒等物一面命平兒打點鋪蓋衣服與賈璉隔房一面又拿大紅尺頭給奶子丫頭親近人等裁衣裳外面打掃

净室欵留兩位醫生輪流斟酌胗脉下藥十二日不放家去賈璉只得搬出外書房來安歇鳳姐和平兒都跟王夫人日日供奉娘娘那賈璉只離了鳳姐便要尋事獨寢了兩夜十分難熬只得暫將小厮內清俊的選來出火不想榮國府內有一個極不成材破爛酒頭厨子名叫多官兒因他懦弱無能人都叫他作多渾虫二年前他父親給他娶了個媳婦今年纔二十歲也有幾分人材又兼生性輕薄最喜拈花惹草多渾虫又不理論只有酒有肉有錢就諸事不管了所以寧榮二府之人都得入手因這媳婦妖調異常輕狂無比衆人都叫他多姑娘兒如今賈璉在外熬煎往日也見過這媳婦垂涎久了只是內懼嬌妻

外懼變童不曾得手那多姑娘兒也久有意於賈璉只恨沒空兒今聞賈璉挪在外書房來他便沒事也要走三四輛招惹的賈璉似饑鼠一般少不得和心腹小廝計議許以金帛焉有不允之理況都和這媳婦子是舊交一說便成是夜多渾蟲醉倒在炕二鼓人定賈璉便溜進來相會一見面早已神魂失據也不及情談款敘便寬衣動作起來誰知這媳婦子有天生的奇趣一經男子挨身便覺遍體筋骨癱軟使男子如臥綿上更兼淫態浪言壓倒娼妓賈璉此時恨不得化在他身上那媳婦子故作浪語在下說道你們姐兒出花兒供着娘娘你也該忌兩日倒爲我腌臢了身子快離了我這裏罷賈璉一面大動一面

喘吁吁答道你就是娘娘那裡還爭什麼娘娘呢那媳婦子越浪起來賈璉亦醜態畢露一時事畢不免盟山誓海難捨難分自此後遂成相契一日大姐毒盡瘢回十二日後送了娘娘合家祭天祀祖還願焚香慶賀放賞已畢賈璉仍復搬進臥室見了鳳姐正是俗語云新婚不如遠別是夜更有無限恩愛自不必說次日早起鳳姐往上屋裡去後平兒收拾外邊拿進來的衣服鋪蓋不承望枕套中抖出一綹青絲來平兒會意忙藏在袖內便走到這邊房裡拿出頭髮來向賈璉笑道這是什麼東西賈璉一見連忙上來要搶平兒就跑被賈璉一把揪住按在炕上從手中來奪平兒笑道你這個沒良心的我好意瞞着他

來問你你倒賭利害等我回來告訴了看你怎麽着賈璉聽說
忙陪笑央求道好人你賞我罷我再不敢利害了一語未了忽
聽鳳姐聲音賈璉此時鬆了不是搶又不是只叫好人别叫他
知道平兒纔起身鳳姐已走進來叫平兒快開匣子替太太找
樣子平兒忙答應了找時鳳姐見了賈璉忽然想起來便問平
兒前日拿出去的東西都收進來了沒有平兒道收進來了鳳
姐道少什麽不少平兒道細細查了沒少一件兒鳳姐又道可
多什麽平兒笑道不少就罷了那裡還有多出來的分兒鳳姐
又笑道這十幾天難保干淨或者有相好的丢下什麽戒指兒
汗巾兒也未可定一席話說的賈璉臉都黄了在鳳姐身背後

只望着平兒殺鷄兒抹脖子的使眼色兒求他遮蓋平兒只裝看不見因笑道怎麽我的心就和奶奶一樣我就怕有緣故留神搜了一搜竟一點破綻兒都沒有奶奶不信親自搜搜鳳姐笑道傻丫頭他就有這些東西肯叫偺們搜着說着拿了樣子出去了平兒指着鼻子搖着頭兒笑道這件事你該怎麽謝我呢喜的賈璉眉開眼笑跑過來摟着心肝乖乖兒肉的便亂叫起來平兒手裡拿着頭髮笑道這是一輩子的把柄兒好便罷不好偺們就抖出來賈璉笑着央告道你好生收着罷千萬可別叫他知道嘴裡說着瞅他不隄防一把就搶過來笑道你拿着到底不好不如我燒了就完了事了一面說一面掖在靴掖

子內平兒咬牙道沒良心的過了河兒就拆橋明兒還想我替你撒謊呢賈璉見他嬌俏動情便摟着求歡平兒奪手跑出來急的賈璉灣着腰恨道死促狹小娼婦兒一定浪上人的火來他又跑了平兒在牕外笑道我浪我的誰叫你動火難道圖你舒服叫他知道了又不代見我呀賈璉道你不用怕他等我性子上來把這醋礶子打個稀爛他纔認的我呢他防我像防賊的是的只許他和男人說話不許我和女人說話我和女人說話略近些他就疑惑他不論小叔子姪兒大的小的說說笑笑就都使得了已後我也不許他見人平兒道他防你使得你醋他使不得他不籠絡着人怎麼使喚呢你行動就是壞心連我

也不放心別說他呀賈璉道哦也罷了麽都是你們行的是我
行動兒就存壞心多早晚纔叫你們都死在我手裡呢正說著
鳳姐走進院來因見平兒在牕外便問道要說話怎麽不在屋
裡說又跑出來隔着牕戸鬧這是什麽意思賈璉在內接口道
你可問他麽倒像屋裡有老虎吃他呢平兒道屋裡一個人沒
有我在他跟前作什麽鳳姐笑道沒人纔便宜呢平兒聽說便
道這話是說我麽鳳姐便笑道不說你說誰平兒道別叫我說
出好話來了說着也不打簾子賭氣往那邊去了鳳姐自巳掀
簾進來說道平兒丫頭瘋魔了這蹄子認真要降伏起我來了
仔細你的皮賈璉聽了倒在炕上拍手笑道我竟不知平兒這

麼利害從此倒服了他了鳳姐道都是你興的他我只和你算賬就完了賈璉聽了啐道你們兩個人不睦又拿我來墊喘兒了我躲開你們就完了鳳姐道我看你躲到那裡去賈璉道我自然有去處說著就走鳳姐道你別走我還有話和你說呢不知何事且聽下回分解

紅樓夢第二十一回終

# 紅樓夢第二十二回

## 聽曲文寶玉悟禪機　製燈謎賈政悲讖語

話說賈璉聽鳳姐兒說有話商量因止步問什麼話鳳姐道二十一是薛妹妹的生日你到底怎麼樣賈璉道我知道怎麼樣你連多少大生日都料理過了這會子倒沒有主意了鳳姐道大生日是有一定的則例如今他這生日大又不是小又不是所以和你商量賈璉聽了低頭想了半日道你竟糊塗了現有比例那林妹妹就是例往年怎麼給林妹妹做的如今也照樣給薛妹妹做就是了鳳姐聽了冷笑道我難道這個也不知道我也這麼想來着但昨日聽見老太太說問起大家的年紀生

日來聽見薛大妹妹今年十五歲雖不算是整生日也算得將笄的年分兒了老太太說要替他做生日自然和往年給林妹妹做的不同了賈璉道這麼着就比林妹妹的多增些鳳姐道我也這麼想着所以討你的口氣兒我私自添了你又怪我不回明白了你了賈璉笑道罷罷這空頭情我不領你不盤察我就彀了我還怪你說着一徑去了不在話下且說湘雲住了兩日便要回去賈母因說等過了你寶姐姐的生日看了戲再回去湘雲聽了只得住下又一面遣人回去將自己舊日作的兩件針線活計取來為寶釵生辰之儀誰想賈母自見寶釵來了喜他穩重和平正值他纔過第一個生辰便自已捐資二十兩

喚了鳳姐來交與他備酒戲鳳姐湊趣笑道一個老祖宗給孩子們作生日不拘怎麽着誰還敢爭又辦什麽酒席呢既高興要熱鬧就說不得自已花費幾兩老庫裡的體已這早晚找出這霉爛的二十兩銀子來做東意思還叫我們賠上果然拿不出來也罷了金的銀的圓的扁的壓塌了箱子底只是累掯我們老祖宗看看誰不是你老人家的兒女難道將來只有寶兄弟頂你老人家上五臺山不成那些東西只留給他我們雖不配使也別太苦了我們這個彀酒的彀戲的呢說的滿屋裡都笑起來賈母亦笑道你們聽聽這嘴我也算會說的了怎麽說不過這猴兒你婆婆也不敢強嘴你就和我啷啊啷的鳳姐笑

道我婆婆也是一樣的疼寶玉我也沒處訴寃倒說我強嘴說着又引賈母笑了一會賈母十分喜悅到晚上衆人都在賈母前定省之餘大家娘兒們說笑時賈母因問寶釵愛聽何戲愛吃何物寶釵深知賈母年老之人喜熱鬧戲文愛吃甜爛之物便總依賈母素喜者說了一遍賈母更加喜歡次日先送過衣服玩物去王夫人鳳姐黛玉等諸人皆有隨分的不須細說至二十一日賈母內院搭了家常小巧戲臺定了一班新出的小戲崑弋兩腔俱有就在賈母上房擺了幾席家宴酒席並無一個外客只有薛姨媽史湘雲寶釵是客餘者皆是自己人這日早起寶玉因不見黛玉便到他房中來尋只見黛玉歪在炕上

寶玉笑道起來吃飯去就開戲了你愛聽那一齣我好點黛玉冷笑道你既這麼說你就特叫一班戲揀我愛的唱給我瞧這會子犯不上借着光兒問我寶玉笑道這有什麼難的明兒就叫一班子也叫他們借着偺們的光兒一面說一面拉他起來攜手出去吃了飯點戲時賈母一面先叫寶釵點寶釵推讓一遍無法只得點了一齣西遊記賈母自是喜歡又讓薛姨媽薛姨媽見寶釵點了不肯再點賈母便特命鳳姐點鳳姐雖有邢王二夫人在前但因賈母之命不敢違拗且知賈母喜熱鬧更喜謔笑科諢便先點了一齣却是劉二當衣賈母果真更又喜歡然後便命黛玉點黛玉又讓王夫人等先點賈母道今兒原

是我特帶着你們取樂偺們只管偺們的別理他們我巴巴兒的唱戲擺酒爲他們呢他們白聽戲白吃已經便宜了還讓他們點戲呢說着大家都笑黛玉方點了一齣然後寶玉史湘雲迎探惜李紈等俱各點了按齣扮演至上酒席時賈母又命寶釵點寶釵點了一齣山門寶玉道你只好點這些戲寶釵道你白聽了這幾年戲那裡知道這齣戲排場詞藻都好呢寶玉道我從來怕這些熱鬧戲寶釵笑道要說這一齣熱鬧你更不知戲了你過來我告訴你這一齣戲是一套北點絳唇鏗鏘頓挫那音律不用說是好了那詞藻中有隻寄生草極妙你何曾知道寶玉見說的這般好便湊近來央告好姐姐念給我聽聽寶

釵便念給他聽道

漫揾英雄淚相離處士家謝慈悲剃度在蓮臺下沒緣法

轉眼分離乍赤條條來去無牽掛那裡討烟蓑雨笠捲單

行一任俺芒鞋破鉢隨緣化

寶玉聽了喜的拍膝擺頭稱賞不已又讚寶釵無書不知黛玉把嘴一撇道安靜些看戲罷還沒唱山門你就粧瘋了說的湘雲也笑了于是大家看戲到晚方散賈母深愛那做小旦的和那做小丑的因命人帶進來細看時益發可憐見的因問他年紀那小旦纔十一歲小丑纔九歲大家歎息了一回賈母令人另拿些肉菓給他兩個又另賞錢鳳姐笑道這個孩子扮上活

像一個人你們再瞧不出來寶釵心內也知道却點頭不說寶玉也點了點頭兒不敢說湘雲便接口道我知道是像林姐姐的模樣兒寶玉聽了忙把湘雲瞅了一眼衆人聽了這話留神細看都笑起來了說果然像他一時散了晚間湘雲便命翠縷把衣包收拾了翠縷道忙什麽等去的時候包也不遲湘雲道明早就走還在這裡做什麽看人家的臉子寶玉聽了這話忙近前說道好妹妹你錯怪了我林妹妹是個多心的人別人分明知道不肯說出來也皆因怕他惱誰知你不防頭就說出來了他豈不惱呢我怕你得罪了人所以纔使眼色你這會子惱了我豈不辜負了我要是別人那怕他得罪了人與我何干呢

湘雲摔手道你那花言巧語別望着我說我原不及你林妹妹別人拿他取笑兒都使得我說了就有不是我本也不配和他說話他是主子姑娘我是奴才丫頭麽寶玉急的說道我倒是爲你爲出不是來了我要有壞心立刻化成灰教萬人拿脚踹湘雲道大正月裡少信着嘴胡說這些沒要緊的歪話你要說你說給那些小性兒行動愛惱人會轄治你的人聽去別叫我啐你說着進賈母裡間屋裡氣忿忿的躺着去了寶玉沒趣只得又來找黛玉誰知纔進門便被黛玉推出來了將門關上寶玉又不解何故在窗外只是低聲叫好妹妹好妹妹黛玉總不理他寶玉悶悶的垂頭不語紫鵑却知端底當此時料不能勸

那寶玉只呆呆的站着黛玉只當他同去了却開了門只見寶玉還站在那裡黛玉不好再閉門寶玉因跟進來問道凡事都有個原故說出來人也不委屈好好的就惱到底爲什麼起呢黛玉冷笑道問我呢我也不知爲什麼我原是給你們取笑兒的拿着我比戲子給衆人取笑兒寶玉道我並沒有比你也並沒有笑你爲什麼惱我呢黛玉道你還要比你還要笑你不比不笑比人家比了笑了的還利害呢寶玉聽說無可分辯黛玉又道這還可恕你爲什麼又和雲兒使眼色兒這安的是什麼心莫不是他和我頑他就自輕自賤了他是公侯的小姐我原是民間的丫頭他和我頑設如我回了口那不是他自惹輕賤

你是這個主意不是你却也是好心只是那一個不領你的情一般也惱了你又拿我作情倒說我小性兒行動肯惱人你又怕他得罪了我我惱他與你何干他得罪了我又與你何干呢寶玉聽了方知纔和湘雲私談他也聽見了細想自己原為怕他二人惱了故在中間調停不料自己反落了兩處的數落正合着前日所看南華經內巧者勞而智者憂無能者無所求蔬食而遨遊汎若不繫之舟又曰山木自寇源泉自盜等句因此越想越無趣再細想來如今不過這幾個人尚不能應酬妥協將來猶欲何為想到其間也不分辯自己轉身回房黛玉見他去了便知回思無趣賭氣去的一言也不發不禁自己越添了

氣便說這一去一輩子也別來了也別說話那寶玉不理竟回來躺在床上只是悶悶的襲人雖深知原委不敢就說只得以別事來解說因笑道今兒聽了戲又勾出幾天戲來寶姑娘一定要還席的寶玉冷笑道他還不還與我什麽相干襲人見這話不似往日因又笑道這是怎麽說呢好好兒的大正月裡娘兒們姐兒們都喜喜歡歡的你又怎麽這個樣兒了寶玉冷笑道他們娘兒們姐兒們喜歡不喜歡也與我無干襲人笑道大家隨和兒你也隨點和兒不好寶玉道什麽大家彼此他們有大家彼此我只是赤條條無牽掛的說到這句不覺淚下襲人見這景况不敢再說寶玉細想這一句意味不禁大哭起來翻

身站起來至案邊提筆立占一偈云

你證我證　心證意證　是無有證
斯可云證　無可云證　是立足境

寫畢自已雖解悟又恐人看了不解因又填一隻寄生草寫在偈後又念了一遍自覺心中無有掛碍便上床睡了誰知黛玉見寶玉此番果斷而去假以尋襲人爲由來看動靜襲人回道已經睡了黛玉聽了就欲回去襲人笑道姑娘請站着有一個字帖兒瞧瞧寫的是什麼話便將寶玉方纔所寫的拿給黛玉看黛玉看了知是寶玉爲一時感忿而作不覺又可笑又可歎便向襲人道作的是個頑意兒無甚關係的說畢便拿了回房

去次日和寶釵湘雲同看寶釵念其詞曰

　無我原非你從他不解伊肆行無礙憑來去茫茫着甚悲愁喜紛紛說甚親疎密從前碌碌却因何到如今回頭試想真無趣

看畢又看那偈語因笑道這是我的不是了我昨兒一支曲子把他這個話惹出來這些道書機鋒最能移性的明兒認真說起這些瘋話存了這個念頭豈不是從我這支曲子起的呢我成了個罪魁了說着便撕了個粉碎遞給了頭們叫快燒了黛玉笑道不該撕了等我問他你們跟我來包管叫他收了這個痴心三人說着過來見了寶玉黛玉先笑道寶玉我問你至貴

者實至堅者玉爾有何貴爾有何堅寶玉竟不能答二人笑道這樣愚鈍還參禪呢湘雲也拍手笑道寶哥哥可輸了黛玉又道你道無可云證是立足境固然好了只是據我看來還未盡善我還續兩句云無立足境方是干淨寶釵道實在這方悟徹當日南宗六祖惠能初尋師至韶州聞五祖宏忍在黃梅他便充作火頭僧五祖欲求法嗣令諸僧各出一偈上座神秀說道

身是菩提樹　心如明鏡臺　時時勤拂拭　莫使有塵埃

惠能在廚房舂米聽了道美則美矣了則未了因自念一偈曰

菩提本非樹　明鏡亦非臺　本來無一物　何處染塵埃

五祖便將衣鉢傳給了他今兒這偈語亦同此意了只是方纔

這句機鋒尚未完全了結這便丟開手不成黛玉笑道他不能答就算輸了這會子答上了也不為出奇了只是以後再不許談禪了連我們兩個人所知所能的你還不知不能呢還去參什麼禪呢寶玉自已以為覺悟不想忽被黛玉一問便不能答寶釵又比出語錄來此皆素不見他們所能的自已想了一想原來他們比我的知覺在先尚未解悟我如今何必自尋苦惱想畢便笑道誰又參禪不過是一時的頑話兒罷了說罷四人仍復如舊忽然人報娘娘差人送出一個燈謎來命他們大家去猜猜後每人也作一個送進去四人聽說忙出來至賈母上房只見一個小太監拿了一盞四角平頭白紗燈耑為燈謎而

製上面已有了一個衆人都爭看亂猜小太監又下諭道衆小姐猜着不要說出來每人只暗暗的寫了一齊封送進去候娘娘自驗是否寳釵聽了近前一看是一首七言絶句並無新奇口中少不得稱讚只說難猜故意尋思其實一見早猜着了寳玉黛玉湘雲探春四個人也都解了各自暗暗的寫了一並將賈環賈蘭等傳來一齊各揣心機猜了寫在紙上然後各人拈一物作成一謎恭楷寫了掛於燈上太監去了至晚出來傳諭道前日娘娘所製俱已猜着惟二小姐與三爺猜的不是小姐們作的也都猜了不知是否說著也將寫的拿出來也有猜著的也有猜不着的太監又將頒賜之物送與猜着之人每人一

個宮製詩筒一柄茶筅獨迎春賈環二人未得迎春自以為頑笑小事並不介意賈環便覺得沒趣且又聽太監說三爺所作這個不通娘娘也沒猜叫我帶回問三爺是個什麼衆人聽了都來看他作的是什麼寫道

大哥有角只八個　二哥有角只兩根
大哥只在床上坐　二哥愛在房上蹲

衆人看了大發一笑賈環只得告訴太監說是一個枕頭一個獸頭太監記了領茶而去賈母見元春這般有興自已一發喜樂便命速作一架小巧精緻圍屏燈來設于堂屋命他姊妹們各自暗暗的做了寫出來粘在屏上然後預備下香茶細菓以

及各色玩物爲猜着之賀賈政朝罷見賈母高興況在節間晚上也來承歡取樂上面賈母賈政寶玉一席王夫人寶釵黛玉湘雲又一席迎春探春惜春三人又一席俱在下面地下老婆丫鬟站滿李宮裁王熙鳳二人在裡間又一席賈政因不見賈蘭便問怎麽不見蘭哥兒地下女人們忙進裡間問李氏李氏起身笑着回道他說方纔老爺並沒叫他去他不肯來女人們回覆了賈政衆人都笑說天生的牛心拐孤賈政忙遣賈環和個女人將賈蘭喚來賈母命他在身邊坐了抓菓子給他吃大家說笑取樂往常間只有寶玉長談濶論今日賈政在這裡便唯唯而已餘者湘雲雖係閨閣弱質却素喜談論今日賈政在

席也自拑口禁語黛玉本性嬌懶不肯多語寶釵原不妄言輕動便此時亦是坦然自若故此一席雖是家常取樂反見拘束賈母亦知因賈政一人在此所致酒過三巡便攆賈政去歇息賈政亦知賈母之意攆了他去好讓他姊妹兄弟們取樂因陪笑道今日原聽見老太太這裡大設春燈雅謎故也備了綵禮酒席特來入會何疼孫子孫女之心便不略賜與兒子半點賈母笑道你在這裡他們都不敢說笑沒的倒叫我悶的慌你要猜謎兒我說一個你猜猜不着是要罰的賈政忙笑道自然受罰若猜著了也要領賞呢賈母道這個自然便念道

猴子身輕站樹梢　打一菓名

賈政已知是荔枝故意亂猜罰了許多東西然後方猜著了也得了賈母的東西然後也念一個燈謎與賈母猜念道

身自端方　體自堅硬

雖不能言　有言必應

打一用物

說畢便悄悄的說與寶玉寶玉會意又悄悄的告訴了賈母賈母想了一想果然不差便說是硯台賈政笑道到底是老太太一猜就是回頭說快把賀彩献上來地下婦女答應一聲大盤小盒一齊捧上賈母逐件看去都是燈節下所用所頑新巧之物心中甚喜遂命給你老爺斟酒寶玉執壺迎春送酒賈母因

說你瞧瞧那屏上都是他姐兒們做的再猜一猜我聽賈政答應起身走至屏前只見第一個是元妃的寫着道

能使妖魔膽盡摧　身如束帛氣如雷

一聲震得人方恐　回首相看已化灰

打一頑物

賈政道這是爆竹嗎寶玉答道是賈政又看迎春的道

天運無功理不窮　有功無運也難逢

因何鎮日紛紛亂　只爲陰陽數不通

打一用物

賈政道是算盤迎春笑道是又往下看是探春的道

階下兒童仰面時　清明粧點最堪宜
遊絲一斷渾無力　莫向東風怨別離
打一頑物
賈政道好像風箏探春道是賈政再往下看是黛玉的道
朝罷誰攜兩袖烟　琴邊衾裡兩無緣
曉籌不用鷄人報　五夜無煩侍女添
焦首朝朝還暮暮　煎心日日復年年
光陰荏苒須當惜　風雨陰晴任變遷
打一用物
賈政道這個莫非是更香寶玉代言道是賈政又看道

南面而坐　北面而朝　象憂亦憂　象喜亦喜

打一用物

賈政道好好如猜鏡子妙極寶玉笑回道是賈政道這一個却無名字是誰做的賈母道這個大約是寶玉做的賈政就不言語往下再看寶釵的道是

有眼無珠腹內空　荷花出水喜相逢

梧桐葉落分離別　恩愛夫妻不到冬

打一用物

賈政看完心內自忖道此物還倒有限只是小小年紀作此等言語更覺不祥看來皆非福壽之輩想到此處甚覺煩悶大有

悲戚之狀只是垂頭沉思賈母見賈政如此光景想到他身體勞乏又恐拘束了他衆姊妹不得高興頑耍便對賈政道你竟不必在這裡了歇着去罷讓我們再坐一會子也就散了賈政一聞此言連忙答應幾個是又勉强勸了賈母一回酒方纔退出去了回至房中只是思索番來覆去甚覺悽惋這裡賈母見賈政去了便道你們樂一樂罷一語未了只見寶玉跑至圍屏燈前指手畫脚信口批評這個這一句不好那個破的不恰當如同開了鎻的猴兒一般黛玉便道還像方纔大家坐著說說笑笑豈不斯文些兒鳳姐兒自裡間屋裡出來插口說道你這個人就該老爺每日合你寸步兒不離纔好剛纔我忘了為什

麽不當着老爺攛掇着叫你作詩謎兒這會子不怕你不出汗呢說的寶玉急了扯着鳳姐兒厮纏了一會賈母又和李宮裁並衆姊妹等說笑了一會子也覺有些困倦聽了聽已交四鼓了因命將食物撤去賞給衆人遂起身道我們歇着罷明日還是節呢該當早些起來明日晚上再頑罷於是衆人方慢慢的散去未知次日如何且聽下回分解

紅樓夢第二十二回終

# 紅樓夢第二十三回

## 西廂記妙詞通戲語　牡丹亭艷曲警芳心

話說賈母次日仍領衆人過節那元妃却自幸大觀園回宮去後便命將那日所有的題咏命探春抄錄妥協自己編次優劣又令在大觀園勒石爲千古風流雅事因此賈政命人選拔精工大觀園磨石鐫字賈珍率領賈蓉賈薔等監工因賈薔又管着文官等十二個女戲子並行頭等事不得空閒因此又將賈菖賈菱賈萍喚來監工一日湊蠟釘硃動起手來這也不在話下且說那玉皇廟並達摩菴兩處一班的十二個小沙彌並十二個小道士如今挪出大觀園來賈政正想發到各廟去分住

不想後街上住的賈芹之母楊氏正打算到賈政這邊謀一個大小事件與兒子管管也好弄些銀錢使用可巧聽見這件事便坐車來求鳳姐鳳姐因見他素日嘴頭兒乖滑便依允了想了幾句話便回了王夫人說這些小和尚小道士萬不可打發到別處去一時娘娘出來就要應承的倘或散了若再用時可又費事依我的主意不如將他們都送到家廟鐵檻寺去月間不過派一個人拿幾兩銀子去買柴米就是了說聲用走去叫一聲就來一點兒不費事王夫人聽了便商之於賈政賈政聽了笑道倒是提醒了我就是這樣即時喚賈璉賈璉正同鳳姐吃飯一聞呼喚放下飯便走鳳姐一把拉住笑道你先站住聽

我說話要是別的事我不管要是爲小和尚小道士們的事好歹你依著我這麼着如此這般教了一套話賈璉搖頭笑道我不管你有本事你說去鳳姐聽說把頭一梗把快子一放腮上帶笑不笑的瞅着賈璉道你是真話還是頑話兒賈璉笑道西廊下五嫂子的兒子芸兒求了我兩三遭要件事管管我應了叫他等着好容易出來這件事你又奪了去鳳姐兒笑道你放心園子東北角上娘娘說了還叫多多的種松栢樹樓底下還叫種些花草兒等這件事出來我包管叫芸兒管這工程就是了賈璉道這也罷了因又悄悄的笑道我問你我昨兒晚上不過要改個樣兒你爲什麼就那麼扭手扭脚的呢鳳姐聽了把

臉飛紅啞的一笑向賈璉啐了一口依舊低下頭吃飯賈璉笑着一徑去了走到前面見了賈政果然為小和尚的事賈璉便依着鳳姐的話說道看來芹兒倒出息了這件事竟交給他去管橫豎照裡頭的規例每月支領就是了賈政原不大理論這些小事聽賈璉如此說便依允了賈璉回房告訴鳳姐鳳姐即命人去告訴楊氏賈芹便來見賈璉夫妻感謝不盡鳳姐又做情先支三個月的費用叫他寫了領字賈璉畫了押登時發了對牌出去銀庫上按數發出三個月的供給來白花花三百兩賈芹隨手拈了一塊與掌平的人叫他們喝了茶罷於是命小廝拿了回家與母親商議登時僱車坐上又僱了幾輛車子至

榮國府角門前與出二十四個人來坐上車子一徑往城外鐵檻寺去了當下無話如今且說那元妃在宮中編次大觀園題詠忽然想起那園中的景致自從幸過之後賈政必定敬謹封鎖不叫人進去豈不孤負此園況家中現有幾個能詩會賦的姊妹們何不命他們進去居住也不使佳人落魄花柳無顏却又想寶玉自幼在姊妹叢中長大不比別的兄弟若不命他進去又怕冷落了他恐賈母王夫人心上不喜須得也命他進去居住方妥命太監夏忠到榮府下一道諭命寶釵等在園中居住不可封錮命寶玉也隨進去讀書賈政王夫人接了諭命夏忠去後便回明賈母遣人進去各處收拾打掃安設簾幔床帳

别人聽了還猶自可惟寶玉喜之不勝正和賈母盤算要這個要那個忽見丫鬟來說老爺叫寶玉寶玉呆了半晌登時掃了興臉上轉了色便拉着賈母扭的扭股兒糖是的死也不敢去賈母只得安慰他道好寶貝你只管去有我呢他不敢委屈了你況你做了這篇好文章想必娘娘叫你進園去住他吩咐你幾句話不過是怕你在裡頭淘氣他說什麽你只好生答應着就是了一面安慰一面喚了兩個老嬤嬤來吩咐好生帶了寶玉去别叫他老子唬着他老嬤嬤答應了寶玉只得前去一步挪不了三寸蹭到這邊來可巧賈政在王夫人房中商議事情金釧兒彩雲彩鳳繡鸞繡鳳等衆丫鬟都廊簷下站着呢一見

寶玉來都抿着嘴兒笑他金釧兒一把拉着寶玉悄悄的說道我這嘴上是纔擦的香香甜甜的胭脂你這會子可吃不吃了彩雲一把推開金釧兒笑道人家心裡發虛你還慪他趁這會子喜歡快進去罷寶玉只得挨門進去原來賈政和王夫人都在裡間呢趙姨娘打起簾子來寶玉挨身而入只見賈政和王夫人對坐在炕上說話兒地下一溜椅子迎春探春惜春賈環四人都坐在那裡一見他進來探春惜春和賈環都站起來賈政一舉目見寶玉站在跟前神彩飄逸秀色奪人又看看賈環人物委瑣舉止粗糙忽又想起賈珠來再看看王夫人只有這一個親生的兒子素愛如珍自已的鬍鬚將已蒼白因此上把

平日嫌惡寶玉之心不覺減了八九分半晌說道娘娘吩咐說你日日在外遊嬉漸次踈懶了工課如今叫禁管你和姐妹們在園裡讀書你可好生用心學習再不守分安常你可仔細著寶玉連連答應了幾個是王夫人便拉他在身邊坐下他姊弟三人依舊坐下王夫人摸索着寶玉的脖項說道前兒的丸藥都吃完了沒有寶玉答應道還有一丸王夫人道明兒再取十丸來天天臨睡時候叫襲人伏侍你吃了再睡寶玉道從太太吩咐了襲人天天臨睡打發我吃的賈政便問道誰叫襲人王夫人道是個丫頭賈政道丫頭不拘叫個什麼罷了是誰起這樣刁鑽名字王夫人見賈政不喜歡了便替寶玉掩飾道是老

太太起的賈政道老太太如何曉得這樣的話一定是寶玉寶玉見瞞不過只得起身回道因素日讀詩曾記古人有句詩云花氣襲人知晝暖因這丫頭姓花便隨意起的王夫人忙向寶玉說道你回去改了罷老爺也不用爲這小事生氣賈政道其實也無妨碍不用改只可見寶玉不務正事在這些濃詞艷詩上做工夫說畢斷喝了一聲作孽的畜生還不出去王夫人也忙道去罷去罷怕老太太等吃飯呢寶玉答應了慢慢的退出去向金釧兒笑着伸伸舌頭帶着兩個老嬷嬷一溜煙去了剛至穿堂門前只見襲人倚門而立見寶玉平安回來堆下笑來問道叫你做什麼寶玉告訴沒有什麼不過怕我進園淘氣吩

咐吩咐一面說一面回至賈母跟前回明原委只見黛玉正在那裡寶玉便問他你住在那一處好黛玉正盤算這事忽見寶玉一問便笑道我心裡想着瀟湘館好我愛那幾竿竹子隱着一道曲欄比別處幽靜些寶玉聽了拍手笑道合了我的主意了我也要叫你那裡住我就住怡紅院偺們兩個又近又都清幽二人正計議着賈政遣人來回賈母說是二月二十二日是好日子哥兒姐兒們就搬進去罷這幾日便遣人進去分派收拾寶釵住了蘅蕪苑黛玉住了瀟湘館迎春住了綴錦樓探春住了秋掩書齋惜春住了蓼風軒李紈住了稻香村寶玉住了怡紅院每一處添兩個老嬤嬤四個丫頭除各人的奶娘親隨

丫頭外另有專管收拾打掃的至二十二日一齊進去登時園內花招綉帶柳拂香風不似前番那等寂寞了閒言少叙且說寳玉自進園來心滿意足再無别項可生貪求之心每日只和姊妹丫鬟們一處或讀書或寫字或彈琴下棋作畫吟詩以至描鸞刺鳳鬭草簪花低吟悄唱拆字猜枚無所不至倒也十分快意他曾有幾首四時即事詩雖不算好却是真情真景

春夜即事云

霞綃雲幄任鋪陳　隔巷蛙聲聽未真

枕上輕寒牕外雨　眼前春色夢中人

盈盈燭淚因誰泣　點點花愁為我嗔

自是小鬟嬌懶慣　擁衾不耐笑言頻

夏夜即事云

倦綉佳人幽夢長　金籠鸚鵡喚茶湯

窗明麝月開宮鏡　室靄檀雲品御香

琥珀杯傾荷露滑　玻璃檻納柳風凉

水亭處處齊紈動　簾捲朱樓罷晚粧

秋夜即事云

絳芸軒裡絶喧嘩　桂魄流光浸茜紗

苔鎖石紋容睡鶴　井飄桐露濕棲鴉

抱衾婢至舒金鳳　倚檻人歸落翠花

靜夜不眠因酒渴　沉烟重撥索烹茶

冬夜即事云

梅魂竹夢已三更　錦罽鸘衾睡未成
松影一庭惟見鶴　梨花滿地不聞鶯
女奴翠袖詩懷冷　公子金貂酒力輕
却喜侍兒知試茗　掃將新雪及時烹

不說寶玉閒吟且說這幾首詩當時一有等勢利人見是榮國府十二三歲的公子做的抄錄出來各處稱頌再有等輕薄子弟愛上那風流妖艷之句也寫在扇頭壁上不時吟哦賞讚因此上竟有人來尋詩覓字倩畫求題這寶玉一發得意了每日

家做這些外務誰想靜中生動忽一日不自在起來這也不好那也不好出來進去只是發悶園中那些女孩子正是混沌世界天真爛慢之時坐卧不避嬉笑無心那裡知寶玉此時的心事那寶玉不自在便懶在園內只想外頭鬼混却痴痴的又說不出什麽滋味來茗煙見他這樣因想與他開心左思右想皆是寶玉頑煩了的只有一件不曾見過想畢便走到書坊內把那古今小說並那飛燕合德則天玉環的外傳與那傳奇角本買了許多孝敬寶玉寶玉一看如得珍寶茗烟又囑咐道不可拿進園去叫人知道了我就吃不了兜着走了寶玉那裡肯不拿進去踟躕再四單把那文理雅道些的揀了幾套進去放在

床頂上無人時方看那粗俗過露的都藏于外面書房內那日
正當三月中浣早飯後寶玉攜了一套會真記走到沁芳閘橋
那邊桃花底下一塊石上坐著展開會真記從頭細看正看到
落紅成陣只見一陣風過樹上桃花吹下一大斗來落得滿身
滿書滿地皆是花片寶玉要抖將下來恐怕脚步踐踏了只得
兜了那花瓣兒來至池邊抖在池內那花瓣兒浮在水面飄飄
蕩蕩竟流出沁芳閘去了回來只見地下還有許多花瓣寶玉
正踟躕間只聽背後有人說道你在這裡做什麽寶玉一回頭
却是黛玉來了肩上擔着花鋤花鋤上掛着紗囊手內拿着花
帚寶玉笑道來的正好你把這些花瓣兒都掃起來撂在那水

裡去罷我纔撂了好些在那裡了黛玉道撂在水裡不好你看這裡的水干凈只一流出去有人家的地方兒什麽沒有仍舊把花遭塌了那畸角兒上我有一個花塚如今把他掃了裝在這絹袋裡埋在那裡日久隨土化了豈不干淨寶玉聽了喜不自禁笑道待我放下書幫你來收拾黛玉道什麽書寶玉見問慌的藏了便說道不過是中庸大學黛玉道你又在我跟前弄鬼趂早兒給我瞧瞧好多着呢寶玉道妹妹要論你我是不怕的你看了好歹別告訴人真是好文章你要看了連飯也不想吃呢一面說一面遞過去黛玉把花具放下接書來瞧從頭看去越看越愛不頓飯時已看了好幾齣了但覺詞句警人餘香

滿口一面看了只管出神心內還默默記誦寶玉笑道妹妹你說好不好黛玉笑着點頭兒寶玉笑道我就是個多愁多病的身你就是那傾國傾城的貌黛玉聽了不覺帶腮連耳的通紅了登時豎起兩道似蹙非蹙的眉瞪了一雙似睜非睜的眼桃腮帶怒薄面含嗔指著寶玉道你這該死的胡說了好好兒的把這些淫詞艷曲弄了來說這些混賬話欺負我我告訴舅舅舅母去說到欺負二字就把眼圈兒紅了轉身就走寶玉急了忙向前攔住道好妹妹千萬饒我這一遭兒罷要有心欺負你明兒我掉在池子裡叫個癩頭黿吃了去變個大忘八等你明兒做了一品夫人病老歸西的時候兒我往你坟上替你駝一

輩子碑去說的黛玉撲哧的一聲笑了一面揉著眼一面笑道一般唬的這麼個樣兒還只管胡說呸原來也是個銀樣蠟鎗頭寶玉聽了笑道你說說你這個呢我也告訴去黛玉笑道你說你會過目成誦難道我就不能一目十行了寶玉一面收書一面笑道正經快把花兒埋了罷别提那些個了二人便收拾落花正纔掩埋妥協只見襲人走來說道那裡沒找到摸在這裡來了那邊大老爺身上不好姑娘們都過去請安去了老太太叫打發你去呢快回去換衣裳罷寶玉聽了忙拿了書別了黛玉同襲人回房換衣不提這裡黛玉見寶玉去了聽見衆姐妹也不在房中自己悶悶的正欲回房剛走到梨香院墻角外

只聽見墻內笛韻悠揚歌聲婉轉黛玉便知是那十二個女孩子演習戲文雖未留心去聽偶然兩句吹到耳聯內明明白白一字不落道原來是姹紫嫣紅開遍似這般都付與斷井頹垣黛玉聽了倒也十分感慨纏綿便止步側耳細聽又唱道是良辰美景奈何天賞心樂事誰家院聽了這兩句不覺點頭自歎心下自思原來戲上也有好文章可惜世人只知看戲未必能領略其中的趣味想畢又後悔不該胡想耽悞了聽曲子再聽時恰唱到只爲你如花美眷似水流年黛玉聽了這兩句不覺心動神搖又聽道你在幽閨自憐等句越發如醉如痴站立不住便一蹲身坐在一塊山子石上細嚼如花美眷似水流年八

個字的滋味忽又想起前日見古人詩中有水流花謝兩無情之句再詞中又有流水落花春去也天上人間之句又兼方纔所見西廂記中花落水流紅閒愁萬種之句都一時想起來湊聚在一處仔細忖度不覺心痛神馳眼中落淚正沒個開交處忽覺身背後有人拍了他一下及至回頭看時未知是誰下回分解

紅樓夢第二十三回終

# 紅樓夢第二十四回

## 醉金剛輕財尚義俠　痴女兒遺帕惹相思

話說黛玉正在情思縈逗纏綿固結之時忽有人從背後拍了一下說道你作什麽一個人在這裡黛玉唬了一跳回頭看時不是别人却是香菱黛玉道你這個傻丫頭冐冐失失的唬我一跳這會子打那裡来香菱嘻嘻的笑道我來找我們姑娘總找不着你們紫鵑也找你呢說璉二奶奶送了什麼茶葉來了回家去坐着罷一面說一面拉著黛玉的手回瀟湘館來果然鳳姐送了兩小瓶上用新茶葉来黛玉和香菱坐了談講些這一個綉的好那一個扎的精又下一回棋看兩句書香菱便走

了不在話下且說寶玉因被襲人找回房去只見鴛鴦歪在床上看襲人的鍼線呢見寶玉來了便說道你往那裡去了老太太等着你呢叫你過那邊請大老爺的安去還不快去換了衣裳走呢襲人便進房去取衣服寶玉坐在床沿上褪了鞋等靴子穿的工夫回頭見鴛鴦穿着水紅綾子襖兒青緞子坎肩兒下面露着玉色紬襪大紅綉鞋向那邊低着頭看鍼線脖子上圍着紫綢絹子寶玉便把臉湊在脖項上聞那香氣不住用手摩挲其白膩不在襲人以下便猴上身去涎着臉笑道好姐姐把你嘴上的胭脂賞我吃了罷一面說一面扭股糖是的粘在身上鴛鴦便叫道襲人你出來瞧瞧你跟他一輩子也不勸勸

他還是這麽著襲人抱了衣裳出來向寶玉道左勸也不改右勸也不改你到底是怎麽着你再這麽着這個地方兒可也就難住了一邊說一邊催他穿衣裳同鴛鴦往前面來見過賈母出至外面人馬俱已齊備剛欲上馬只見賈璉請安回來正下馬二人對面彼此問了兩句話只見旁邊轉過一個人來說請寶叔安寶玉看時只見這人生的容長臉兒長挑身材年紀只有十八九歲甚實斯文清秀雖然面善却想不起是那一房的叫什麽名字賈璉笑道你怎麽發獃連他也不認得他是廊下住的五嫂子的兒子芸兒寶玉笑道是了我怎麽就忘了因問他你母親好這會子什麽勾當賈芸指賈璉道找二叔說句話

寶玉笑道你倒比先越發出挑了倒像我的兒子賈璉笑道好不害臊人家比你大五六歲呢就給你作兒子了寶玉笑道你今年十幾歲賈芸道十八了原來這賈芸最伶俐乖巧的聽寶玉說像他的兒子便笑道俗話說的好搖車兒裡的爺爺拄拐棍兒的孫子雖然年紀大山高遮不住太陽只從我父親死了這幾年也沒人照管寶叔要不嫌姪兒蠢認做兒子就是姪兒的造化了賈璉笑道你聽見了認了兒子不是好開交的說着笑着進去了寶玉笑道明兒你閒了只管來找我別和他們鬼鬼祟祟的這會子我不得閒兒明日你到書房裡來我和你說一天話兒我帶你園裡頑去說著扳鞍上馬衆小廝隨往賈赦

道邊來見了賈赦不過是偶感些風寒先述了賈母問的話然後自已請了安賈赦先站起來回了賈母問的話便喚人來帶進哥兒去太太屋裡坐着寶玉退出來至後面到上房邢夫人見了先站了起來請過賈母的安寶玉方請安邢夫人拉他上炕坐了方問別人又命人倒茶茶未吃完只見賈琮來問寶玉好邢夫人道那裡找活猴兒去你那奶媽子死絕了也不收拾收拾弄的你黑眉烏嘴的那裡還像個大家子念書的孩子正說着只見賈環賈蘭小叔姪兩個也來請安邢夫人叫他兩個在椅子上坐着賈環見寶玉同邢夫人坐在一個坐褥上邢夫人又百般摸索撫弄他早已心中不自在了坐不多時便向賈

蘭使個眼色兒要走賈蘭只得依他一同起身告辭寶玉見他們起身也就要一同回去邢夫人笑道你且坐着我還和你說話寶玉只得坐了邢夫人向他兩個道你們回去各人替我問各人的母親好罷你姑姑姐姐們都在這裡呢鬧的我頭暈今兒不留你們吃飯了賈環等答應著便出去了寶玉笑道可是姐姐們都過來了怎麼不見邢夫人道他們坐了會子都往後頭不知那屋裡去了寶玉說大娘說有話說不知是什麼話邢夫人笑道那裡什麼話不過叫你等着同姐妹們吃了飯去還有一個好頑的東西給你帶回去頑兒娘兒兩個說著不覺又晚飯時候請過衆位姑娘們來調開桌椅羅列杯盤母女姊妹

們吃畢了飯寶玉辭別賈赦衆姊妹們回家見過賈母王夫人等各自回房安歇不在話下且說賈芸進去見了賈璉因打聽可有什麼事情賈璉告訴他說前兒倒有一件事情出來偏偏你嬸娘再三求了我給了芹兒了他許我說明兒園裏還有幾處要栽花木的地方等這個工程出來一定給你就是了那賈芸聽了半晌說道既這麽着我就等著罷叔叔也不必先在嬸娘跟前提我今兒來打聽的話到跟前再說也不遲賈璉道提他做什麽我那裏有這工夫說閒話呢明日還要到興邑去走一走必須當日趕回來方好你先等著去後日起更以後你來討信早了我不得閒說著便向後面換衣服去了賈芸出了榮

國府回家一路思量想出一個主意來便一逕往他舅舅卜世仁家來原來卜世仁現開香料鋪方纔從鋪子裡回來一見賈芸便問你做什麼來了賈芸道有件事求舅舅帮襯要用冰片麝香好歹舅舅每樣賒四兩給我八月節按數送了銀子來卜世仁冷笑道再休提賒欠一事前日也是我們鋪子裡一個夥計替他的親戚賒了幾兩銀子的貨至今總沒還因此我們大家賠上立了合同再不許替親友賒欠誰要犯了就罰他二十兩銀子的東道況且如今這個貨也短你就拿現銀子到我們這小鋪子裡來買也還沒有這些只好倒扁兒去這是一件二則你那裡有正經事不過賒了去又是胡鬧你只說舅舅見你

一遭兒就派你一遭兒不是你小人兒家很不知好歹也要立個主意賺幾個錢弄弄穿的吃的我看着也喜歡賈芸笑道舅舅說的有理但我父親沒的時候兒我又小不知事體後來聽見母親說都還虧了舅舅替我們出主意料理的喪事難道舅舅是不知道的還是有一畝地兩間房子在我手裡花了不成巧媳婦做不出沒米的飯來叫我怎麼樣呢還虧是我呢要是別的死皮賴臉的三日兩頭兒來纏舅舅要三升米二升豆子舅舅也就沒法兒呢卜世仁道我的兒舅舅要有還不是該當的我天天和你舅母說只愁你沒個算計兒你但凡立的起來到你們大屋裡就是他們爺兒們見不着下個氣兒和他們的

管事的爺們嬉和嬉和也弄個事兒管管前兒我出城去碰見你們三屋裏的老四坐着好體面車又帶着四五輛車有四五十小和尚道士兒往家廟裏去了他那不虧能幹就有這個事到他身上了賈芸聽了勞叨的不堪便起身告辭卜世仁道怎麽這麽忙你吃了飯去罷一句話尚未說完只見他娘子說道你又糊塗了說着沒有米這裏買了半觔麪來下給你吃這會子還粧胖呢留下外甥挨餓不成卜世仁道再買半觔來添上就是了他娘子便叫女兒銀姐往對門付奶奶家去問有錢借幾十個明兒就送了來的夫妻兩個說話那賈芸早說了幾個不用費事去的無影無踪了不言卜家夫婦且說賈芸賭氣離

了舅舅家門一徑回來心下正自煩惱一邊想一邊走低着頭不想一頭就碰在一個醉漢身上把賈芸一把拉住罵道你瞎了眼碰起我来了賈芸聽聲音像是熟人仔細一看原來是緊隣倪二這倪二是個潑皮專放重利債在賭博場吃飯專愛喝酒打架此時正從欠錢人家索債歸來已在醉鄉不料賈芸碰了他就要動手賈芸叫道老二住手是我冲撞了你倪二一聽他的語音將醉眼睁開一看見是賈芸忙鬆了手趔趄着笑道原来是賈二爺這會子那裡去賈芸道告訴不得你平白的又討了個没趣兒倪二道不妨有什麼不平的事告訴我我替你出氣這三街六巷凭他是誰若得罪了我醉金剛倪二的街房

管叫他人離家散賈芸道老二你別生氣聽我告訴你這緣故便把卜世仁一段事告訴了倪二倪二聽了大怒道要不是二爺的親戚我就罵出來真真把人氣死也罷你也不必愁我這裡現有幾兩銀子你要用只管拿去我們好街房這銀子是不要利錢的一頭說一頭從搭包內掏出一包銀子來賈芸心下自思倪二素日雖然是潑皮却也因人而施頗有義俠之名若今日不領他這情怕他臊了反爲不美不如用了他的改日加倍還他就是了因笑道老二你果然是個好漢既蒙高情怎敢不領回家就照例寫了文約送過來倪二大笑道這不過是十五兩三錢銀子你若要寫文約我就不借了賈芸聽了一面接

銀子一面笑道我遵命就是了何必着急倪二笑道這纔是呢天氣黑了也不讓你喝酒了我還有點事兒你竟請回罷我還求你帶個信兒給我們家叫他們關了門睡罷我不回家去了倘或有事叫我們女孩兒明兒一早到馬販子王短腿家找我一面說一面趔趄著脚兒去了不在話下且說賈芸偶然碰見了這件事心下也十分稀罕想那倪二倒果然有些意思只是怕他一時醉中慷慨到明日加倍來要便怎麼好呢忽又想道不妨等那件事成了可也加倍還的起他因走到一個錢舖裡將那銀子稱了稱分兩不錯心上越發喜歡到家先將倪二的話捎給他娘子兒方回家來他母親正在炕上拈線見他進來

便問那裡去了一天賈芸恐母親生氣便不提卜世仁的事只說在西府裡等璉二叔來着問他母親吃了飯了沒有他母親說吃了還留着飯在那裡叫小丫頭拿來給他吃那天已是掌燈時候賈芸吃了飯收拾安歇一宿無話次日起來洗了臉便出南門大街在香舖買了香麝往榮府來打聽賈璉出了門賈芸便往後面來到賈璉院門前只見幾個小廝拿着大高笤帚在那裡掃院子呢忽見周瑞家的從門裡出來叫小廝們先別掃奶奶出來了賈芸忙上去笑問道二嬸娘那裡去周瑞家的道老太太叫想必是裁什麼尺頭正說着只見一羣人簇擁着鳳姐出來了賈芸深知鳳姐是喜奉承愛排塲的忙把手逼

着恭恭敬敬搶上來請安鳳姐連正眼也不看仍往前走只問他母親好怎麼不來這裡逛逛賈芸道只是身上不好倒時常惦記着嬸娘要瞧瞧總不能來鳳姐笑道可是你會撒謊不是我提他他就不想我了賈芸笑道姪兒不怕雷劈就敢在長輩兒跟前撒謊了昨兒晚上還提起嬸娘來說嬸娘身子单弱事情又多虧了嬸娘好精神竟料理的周周全全的要是差一點兒的早累的不知怎麼樣了鳳姐聽了滿臉是笑由不的止了步問道怎麼好好兒的你們娘兒兩個在背地裡嚼說起我來賈芸笑着道只因我有個好朋友家裡有幾個錢現開香舖因他捐了個通判前兒選着了雲南不知那一府連家眷一齊去

他這香鋪也不開了就把貨物攢了一攢該給人的給人該賤發的賤發像這貴重的都送給親友所以我得了些氷片麝香我就和我母親商量賤賣了可惜要送人也沒有人家兒配使這些香料因想到嬸娘往年間還拿大包的銀子買這些東西呢別說今年貴妃宮中就是這個端陽節所用也一定比往常要加十幾倍所以拿來孝敬嬸娘一面將一個錦匣遞過去鳳姐正是辦節禮用香料便笑了一笑命豐兒接過芸哥兒的來送了家去交給平兒因又說道看你這麼知好歹怪不得你叔叔常提起你來說你好說話明白心裏有見識賈芸聽這話入港便打進一步來故意問道原來叔叔也常提我鳳姐見問便

要告訴給他事情管的話一想又恐他看輕了只說得了這點兒香料便許他管事了因且把派他種花木的事一字不提隨口說了幾何淡話便往賈母屋裡去了賈芸自然也難提只得回來因昨日見了寶玉叫他到外書房等着故此吃了飯又進來到賈母那邊儀門外綺散齋書房裡來只見茗烟在那裡掏小雀兒呢賈芸在他身後把脚一跺道茗烟小猴兒又淘氣了茗烟回頭見是賈芸便笑道何苦二爺唬我們這麼一跳因又笑說我不叫茗烟了我們寶二爺嫌烟字不好改了叫焙茗了二爺明兒只叫我焙茗罷賈芸點頭笑著同進書房便坐下問寶二爺下來了沒有焙茗道今日總沒下來二爺說什麼我替

你探探去說着便出去了這裡賈芸便看字畫古玩有一頓飯的工夫還不見來再看看要找別的小子都頑去了正在煩悶只聽門前嬌音嫩語的叫了一聲哥哥呀賈芸往外瞧時是個十五六歲的丫頭生的倒甚齊整兩隻眼兒水水靈靈的見了賈芸抽身要躲恰值焙茗走來見那丫頭在門前便說道好好正抓不着個信兒呢賈芸見了焙茗也就赶出來問怎麼樣焙茗道等了半日也沒個人過這就是寶二爺屋裡的因說道好姑娘你帶個信兒就說廊上二爺來了那丫頭聽見方知是本家的爺們便不似從前那等廻避下死眼把賈芸釘了兩眼聽那賈芸說道什麼廊上廊下的你只說芸兒就是了半晌那丫

頭似笑不笑的說道依我說二爺且請回去明日再來今兒晚上得空兒我替回罷焙茗道這是怎麽說那丫頭道他今兒也没睡中覺自然吃的晚飯早晚上又不下來難道只是叫二爺這裡等著挨餓不成不如家去明兒來是正經就便回來有人帶信兒也不過嘴裡答應著罷咧賈芸聽這丫頭的話簡便俏麗待要問他的名字因是寶玉屋裡的又不便問只得說道這話倒是我明日再來說著便往外去了焙茗道我倒茶去二爺喝了茶再去賈芸一面走一面回頭說不用我還有事呢口裡說話眼睛瞧那丫頭還站在那裡呢那賈芸一逕回來至次日來至大門前可巧遇見鳳姐往那邊去請安纔上了車見賈芸

過來便命人叫住隔着窗子笑道芸兒你竟有膽子在我跟前弄鬼怪道你送東西給我原來你有事求我昨兒你叔叔纔告訴我說你求他賈芸笑道求叔叔的事嬸娘別提我這裡正後悔呢早知這樣我一起頭兒就求嬸娘這會子早完了誰承望叔叔竟不能的鳳姐笑道哦你那邊没成兒昨兒又來找我了賈芸道嬸娘辜負了我的孝心我並没有這個意思要有這個思意昨兒還不求嬸娘嗎如今嬸娘既知道了我倒要把叔叔擱開少不得求嬸娘好歹疼我一點兒鳳姐冷笑道你們要揀遠道兒走麽早告訴我一聲兒多大點子事還值的就悞到這會子那園子裡還要種樹種花兒我正想個人呢早說不早完

了賈芸笑道這樣明日嬸娘就派我罷鳳姐半晌道這個我看着不大好等明年正月裡的烟火燈燭那個大宗兒下來再派你不好賈芸道好嬸娘先把這個派了我果然這件辦的好再派我那件罷鳳姐笑道你倒會拉長線兒罷了要不是你叔叔說我不管你的事我不過吃了飯就過來你到午錯時候來領銀子後日就進去種花兒說着命人駕起香車徑去了賈芸喜不自禁來至綺散齋打聽寶玉誰知寶玉一早便往北靜王府裡去了賈芸便呆呆的坐到晌午打聽鳳姐回來去寫個領票來領對牌至院外命人通報了彩明走出來要了領票進去批了銀數年月一並連對牌交給賈芸賈芸接來看那批上批著

二百兩銀子心中喜悅番身走到銀庫上領了銀子回家告訴他母親自是母子俱喜次日五更賈芸先找了倪二還了銀子又拿了五十兩銀子出西門找到花兒匠方椿家裡去買樹不在話下且說寶玉自這日見了賈芸曾說過明日着他進來說話這原是富貴公子的口角那裡還記在心上因而便忘懷了這日晚上却從北靜王府裡回來見過賈母王夫人等回至園内換了衣服正要洗澡襲人被寶釵煩了去打結子去了秋紋碧痕兩個去催水檀雲又因他母親病了接出去了麝月現在家中病着還有幾個做粗活聽使喚的丫頭料是叫不着他都出去尋夥覓件的去了不想這一刻的工夫只剩了寶玉在屋

内偏偏的寶玉要喝茶一連叫了兩三聲方見兩三個老婆子走進來寶玉見了連忙搖手說罷罷不用了老婆子們只得退出寶玉見沒丫頭們只得自己下來拿了碗向茶壺去倒茶只聽背後有人說道二爺看燙了手等我倒罷一面說一面走上來接了碗去寶玉倒唬了一跳問你在那裡來着忽然來了唬了我一跳那丫頭一面遞茶一面笑着回道我在後院裡纔從裡間後門進來難道二爺就沒聽見脚步响麽寶玉一面吃茶一面仔細打量那丫頭穿着幾件半新不舊的衣裳倒是一頭黑鴉鴉的好頭髮挽著鬢兒容長臉面細挑身材却十分俏麗甜凈寶玉便笑問道你也是我屋裡的人麽那丫頭笑應道是

寶玉道既是這屋裡的我怎麼不認得那丫頭聽說便冷笑一聲道爺不認得的也多呢豈止我一個從來我又不遞茶水拿東西眼面前兒的一件也做不着那裡認得呢寶玉道你爲什麼不做眼面前兒的呢那丫頭道這話我也難說只是有句話回二爺昨日有個什麼芸兒來找二爺我想二爺不得空兒便叫焙茗回他今日來了不想二爺又往北府裡去了剛說到這句話只見秋紋碧痕唏唏哈哈的笑著進來兩個人共提著一桶水一手撩衣裳趔趔趄趄潑潑撒撒的那丫頭便忙迎出去接秋紋碧痕一個抱怨你濕了我的衣裳一個又說你端了我的鞋忽見走出一個人來接水二人看時不是別人原來是小

紅二人便都咤異將水放下忙進來看時並沒別人只有寶玉便心中俱不自在只得且預備下洗澡之物待寶玉脫了衣裳二人便帶上門出來走到那邊房內找着小紅問他方纔在屋裡做什麼小紅道我何曾在屋裡呢因爲我的絹子找不着往後頭找去不想二爺要茶喝叫姐姐們一個兒也沒有我赶着進去倒了碗茶姐姐們就來了秋紋兜臉啐了一口道沒臉面的下流東西正經叫你催水去你說有事倒叫我們去你可搶這個巧宗兒一里一里的這不上來了嗎難道我們倒跟不上你麽你也拿鏡子照照配遞茶遞水不配碧痕道明兒我說給他們凡要茶要水拿東西的事咱們都別動只叫他去就完了

秋紋道這麼說還不如我們散了单讓他在這屋裡呢二人你一句我一句正鬧着只見有個老嬷嬷進來傳鳳姐的話說明日有人帶花兒匠來種樹叫你們嚴緊些衣裳裙子別混曬混晾的那土山上都攔着圍幙可別混跑秋紋便問明日不知是誰帶進匠人來監工那老婆子道什麼後廊上的芸哥兒秋紋碧痕俱不知道只管混問別的話那小紅心內明白知是昨日外書房所見的那人了原來這小紅本姓林小名紅玉因玉字犯了寶玉黛玉的名便改喚他做小紅原來是府中世僕他父親現在收管各處田房事務這小紅年方十四進府當差把他派在怡紅院中倒也清幽雅靜不想後來命姊妹及寶玉等進

大觀園居住偏生這一所兒又被寶玉點了這小紅雖然是個不諳事體的丫頭因他原有幾分容貌心內便想向上攀高每每要在寶玉面前現弄現弄只是寶玉身邊一干人都是伶牙利爪的那裏插的下手去不想今日纔有些消息又遭秋紋等一場惡話心內早灰了一半正沒好氣忽然聽見老嬷嬷說起賈芸來不覺心中一動便悶悶的回房睡在床上暗暗思量番來覆去自覺沒情沒趣的忽聽的窗外低低的叫道紅兒你的絹子我拾在這裏呢小紅聽了忙走出來看時不是別人正是賈芸小紅不覺粉面含羞問道二爺在那裏拾着的只見那賈芸笑道你過來我告訴你一面說一面就上來拉他的衣裳那

小紅驟的轉身一跑却被門檻子絆倒要知端底下回分解

紅樓夢第二十四回終

# 紅樓夢第二十五回

## 魘魔法叔嫂逢五鬼　通靈玉蒙蔽遇雙真

話說小紅心神恍惚情思纏綿忽朦朧睡去遇見賈芸要拉他却回身一跑被門檻絆了一跤唬醒過來方知是夢因此翻來覆去一夜無眠至次日天明方纔起來有幾個丫頭來會他去打掃屋子地面舀洗臉水這小紅也不梳粧向鏡中胡亂挽了一挽頭髮洗了洗手臉便來打掃房屋誰知寶玉昨兒見了他也就留心想着指名喚他來使用一則怕襲人等多心二則又不知他是怎麽個情性因而納悶早晨起來也不梳洗只坐着出神一時下了紙窗隔着紗屜子向外看的真切只見幾個丫

頭在那裡打掃院子都擦胭抹粉揷花帶柳的獨不見昨兒那一個寶玉便靸拉着鞋走出房門只妝做看花東瞧西望一抬頭只見西南角上遊廊下欄杆旁有一個人倚在那裡却爲一株海棠花所遮看不真切近前一步仔細看時正是昨兒那個丫頭在那裡出神此時寶玉要迎上去又不好意思正想着忽見碧痕來請洗臉只得進去了却說小紅正自出神忽見襲人招手叫他只得走上前來襲人笑道偺們的噴壺壞了你到林姑娘那邊借用一用小紅便走向瀟湘館去到了翠烟橋抬頭一望只見山坡高處都攔着帷幙方想起今日有匠役在此種樹原來遠遠的一簇人在那裡掘土賈芸正坐在山子石上監

工小紅待要過去又不敢過去只得悄悄向瀟湘館取了噴壺而回無精打彩自向房內躺着衆人只說他是身子不快也不理論過了一日原來次日是王子騰夫人的壽誕那裡原打發人來請賈母王夫人王夫人見賈母不去也不便去了倒是薛姨媽同着鳳姐兒並賈家三個姊妹寶釵寶玉一齊都去了至晚方回王夫人正過薛姨媽院裡坐着見賈環下了學命他去抄金剛經咒唪誦那賈環便來到王夫人炕上坐着命人點了蠟燭拿腔做勢的抄寫一時又叫彩雲倒鍾茶來一時又叫玉釧剪蠟花又說金釧攪了燈亮兒衆丫嬛們素日厭惡他都不答理只有彩霞還和他合得來倒了茶給他因向他悄悄的道

你安分些罷何苦討人厭賈環把眼一瞅道我也知道你別哄我如今你和寶玉好了不理我我也看出來了彩霞咬着牙向他頭上戳了一指頭道沒良心的狗咬呂洞賓不識好歹兩人正說着只見鳳姐跟着王夫人都過來了王夫人便一長一短問他今日是那幾位堂客戲文好歹酒席如何不多時寶玉也來了見了王夫人也規規矩矩說了幾句話便命人除去了抹額脫了袍服拉了靴子就一頭滾在王夫人懷裏王夫人便用手摩挲撫弄他寶玉也扳着王夫人的脖子說長說短的王夫人道我的兒又吃多了酒臉上滾熱的你還只是揉搓一會子鬧上酒來還不在那裏靜靜的躺一會子去呢說着便叫人拿

枕頭寶玉因就在王夫人身後倒下又叫彩霞來替他拍着寶玉便和彩霞說笑只見彩霞淡淡的不大答理兩眼只向着賈環寶玉便拉他的手說道好姐姐你也理我理兒一面說一面拉他的手彩霞奪手不肯便說再鬧就嚷了二人正鬧着原來賈環聽見了素日原恨寶玉今見他和彩霞頑耍心上越發按不下這口氣因一沉思計上心來故作失手將那一盞油汪汪的蠟燭向寶玉臉上只一推只聽寶玉噯喲的一聲滿屋裡人都唬了一跳連忙將地下的綽燈移過來一照只見寶玉滿臉是油王夫人又氣又急忙命人替寶玉擦洗一面罵賈環鳳姐三步兩步上炕去替寶玉收拾着一面說這老三還是這麽毛

脚鷄是的我說你上不得臺盤趙姨娘平時也該教導教導他一句話提醒了王夫人遂叫過趙姨娘來罵道養出這樣黑心種子來也不教訓教訓幾番幾次我都不理論你們一發得了意了一發上來了那趙姨娘只得忍氣吞聲也上去幫着他們替寶玉收拾只見寶玉左邉臉上起了一溜燎炮幸而沒傷眼睛王夫人看了又心疼又怕賈母問時難以回答急的又把趙姨娘罵一頓又安慰了寶玉一面取了敗毒散來敷上寶玉說有些疼還不妨事明日老太太問只說我自已燙的就是了鳳姐道就說自已燙的也要罵人不小心横豎有一塲氣生王夫人命人好生送了寶玉回房去襲人等見了都慌的了不得那

黛玉見寶玉出了一天的門便悶悶的晚間打發人來問了兩三遍知道燙了便親自赶過來只瞧見寶玉自已拿鏡子照呢左邊臉上滿滿的敷了一臉藥黛玉只當十分燙的利害忙近前瞧瞧寶玉却把臉遮了搖手叫他出去知他素性好潔故不肯叫他瞧黛玉也就罷了但問他疼的怎樣寶玉道也不狠疼養一兩日就好了黛玉坐了一會回去了次日寶玉見了賈母雖自已承認自已燙的賈母免不得又把跟從的人罵了一頓過了一日有寶玉寄名的乾娘馬道婆到府裡來見了寶玉唬了一大跳問其緣由說是燙的便點頭歎息一面向寶玉臉上用指頭畫了幾畫口內嘟嘟囔囔的又咒誦了一回說道包管

好了這不過是一時飛災又向賈母道老祖宗老菩薩那裡知道那佛經上說的利害大凡王公卿相人家的子弟只一生長下來暗裡就有多少促狹鬼跟着他得空兒就擰他一下或掐他一下或吃飯時打下他的飯碗來或走著推他一跤所以往往的那些大家子孫多有長不大的賈母聽如此說便問這有什麼法兒解救沒有呢馬道婆便說道這個容易只是替他多做些因果善事也就罷了再那經上還說西方有位大光明普照菩薩專管照耀陰暗邪祟若有善男信女虔心供奉者可以永保兒孫康寧再無撞客邪祟之災賈母道倒不知怎麼供奉這位菩薩馬道婆說也不值什麼不過除香燭供奉以外一天

多添幾觔香油點個大海燈那海燈就是菩薩現身的法像晝夜不息的賈母道一天一夜也得多少油我也做個好事馬道婆說這也不拘多少隨施主愿心像我家裡就有好幾處的王妃誥命供奉的南安郡王府裡太妃他許的愿心大一天是四十八觔油一觔燈草那海燈也只比缸略小些錦鄉侯的誥命次一等一天不過二十觔油再有幾家或十觔八觔三觔五觔的不等也少不得要替他點賈母點頭思忖馬道婆道還有一件若是為父母尊長的多捨些不妨既是老祖宗為寶玉若捨多了怕哥兒擔不起反折了福氣了要捨大則七觔小則五觔也就是了賈母道既這麼樣就一日五觔每月打總兒關了去

馬道婆道阿彌陀佛慈悲大菩薩賈母又叫人來吩咐以後寶玉出門拿幾串錢交給他的小子們一路施捨給僧道貧苦之人說畢那道婆便往各房問安閒逛去了一時来到趙姨娘屋裡二人見過趙姨娘命小丫頭倒茶給他吃趙姨娘正粘鞋呢馬道婆見炕上堆着些零星綢緞因說我正沒有鞋面子姨奶奶給我些零碎紬子緞子不拘顏色做雙鞋穿罷趙姨娘歎口氣道你瞧那裡頭還有塊像樣兒的麽有好東西也到不了我這裡你不嫌不好挑兩塊去就是了馬道婆便挑了幾塊掖在袖裡趙姨娘又問前日我打發人送了五百錢去你可在藥王面前上了供沒有馬道婆道早已替你上了趙姨娘歎氣道阿

彌陀佛我手裡但凡從容些也時常來上供只是心有餘而力不足馬道婆道你只放心將來熬的環哥兒了得個一官半職那時你要做多大功德還怕不能麼趙姨娘聽了笑道罷罷再別提起如今就是榜樣我們娘兒們跟的上這屋裡那一個兒寶玉兒還是小孩子家長的得人意兒大人偏疼他些兒也還罷了我只不服這個主兒一面說一面伸了兩個指頭馬道婆會意便問道可是璉二奶奶趙姨娘唬的忙搖手兒起身掀簾子一看見無人方回身向道婆說了不得了不得提起這個主兒這一分家私要不都叫他搬了娘家去我也不是個人馬道婆見說便探他的口氣道我還用你說難道都看不出來也虧

了你們心裡不理論只憑他去倒也好趙姨娘道我的娘不憑他去難道誰還敢把他怎麽樣嗎馬道婆道不是我說句造孽的話你們沒本事也難怪明裡不敢罷咧暗裡也算計了還等到如今趙姨娘聽這話裡有話心裡暗暗的喜歡便說道怎麽暗裡算計我倒有這個心只是沒這樣的能幹人你教給我這個法子我大大的謝你馬道婆聽了這話拿攏了一處便又故意說道阿彌陀佛你快別問我我那裡知道這些事罪罪過過的趙姨娘道你又來了你是最肯濟困扶危的人難道就眼睜睜的看着人家來擺佈死了我們娘兒們不成難道還怕我不謝你麽馬道婆聽如此便笑道要說我不忍你們娘兒兩個受

別人的委屈還猶可要說謝我那我可是不想的呀趙姨娘聽這話鬆動了些便說你這麼個明白人怎麼糊塗了果然法子靈驗把他兩人絕了這家私還怕不是我們的那時候你要什麽不得呢馬道婆聽了低了半日頭說那時候兒事情妥當了又無憑據你還理我呢趙姨娘道這有何難我儹了幾兩體巳還有些衣裳首飾你先拿幾樣去我再寫個欠契給你到那時候見我照數還你馬道婆想了一回道也罷了我少不得先墊上了趙姨娘不及再問忙將一個小丫頭也支開赶著開了箱子將首飾拿了些出來並體巳散碎銀子又寫了五十兩欠約遞與馬道婆道你先拿去作供養馬道婆見了這些東西又有

欠字遂滿口應承伸手先將銀子拿了然後收了契向趙姨娘要了張紙拿剪子鉸了兩個紙人兒問了他二人年庚寫在上面又找了一張藍紙鉸了五個青面鬼叫他併在一處拿針釘了回去我再作法自有效驗的忽見王夫人的丫頭進來道姨奶奶在屋裡呢麼太太等你呢于是二人散了馬道婆自去不在話下却說黛玉因寶玉燙了臉不出門倒常在一處說話兒這日飯後看了兩篇書又和紫鵑作了一會針線總悶悶不舒便出來看庭前纔迸出的新笋不覺出了院門來到園中四望無人惟見花光鳥語信步便往怡紅院來只見幾個丫頭舀水都在遊廊上看畫眉洗澡呢聽見房內笑聲原來是李紈鳳姐

寶釵都在這裡一見他進來都笑道這不又來了兩個黛玉笑道今日齊全誰下帖子請的鳳姐道我前日打發人送了兩瓶茶葉給姑娘可還好麼黛玉道我正忘了多謝想着寶玉道我嚐了不好也不知別人說怎麼樣寶釵道口頭也還好鳳姐道那是暹羅國進貢的我嚐了不覺怎麼好還不及我們常喝的呢黛玉道我吃著好不知你們的脾胃是怎樣的寶玉道你說好把我的都拿了吃去罷鳳姐道我那裡還多著呢黛玉道我叫丫頭取去鳳姐道不用我打發人送來我明日還有一事求你一同叫人送來罷黛玉聽了笑道你們聽聽這是吃了他一點子茶葉就使喚起人來了鳳姐笑道你既吃了我們家的

茶怎麽還不給我們家作媳婦兒衆人都大笑起來黛玉漲紅了臉回過頭去一聲兒不言語寳釵笑道二嫂子的詼諧眞是好的黛玉道什麽詼諧不過是貧嘴賤舌的討人厭罷了說著又啐了一口鳳姐兒道你給我們家做了媳婦還虧負你麽指著寳玉道你瞧瞧人物兒配不上門第兒配不上根基兒家私兒配不上那一點兒玷辱你黛玉起身便走寳釵叫道顰兒急了還不回來呢走了倒沒意思說着站起來拉住纔到房門只見趙姨娘和周姨娘兩個人都來瞧寳玉寳玉和衆人都起身讓坐獨鳳姐不理寳釵正欲說話只見王夫人房裡的丫頭來說舅太太來了請奶奶姑娘們過去呢李紈連忙同着鳳姐兒

走了趙周兩人也都出去了寶玉道我不能出去你們好歹別叫舅母進來又說林妹妹你略站站我和你說話鳳姐聽了回頭向黛玉道有人叫你說話呢回去罷便把黛玉往後一推和李紈笑着去了這裡寶玉拉了黛玉的手只是笑又不說話黛玉不覺又紅了臉掙着要走寶玉道噯喲好頭疼黛玉道該阿彌陀佛寶玉大叫一聲將身一跳離地有三四尺高口內亂嚷盡是胡話黛玉並衆丫鬟都唬慌了忙報知王夫人與賈母此時王子騰的夫人也在這裡都一齊來看寶玉寶玉一發拿刀弄杖尋死覓活的鬧的天翻地覆賈母王夫人一見唬的抖衣亂戰兒一聲肉一聲放聲大哭於是驚動了衆人連賈赦邢夫人賈

珍賈政並璉蓉芸萍薛姨媽薛蟠並周瑞家的一干家中上下人等並丫鬟媳婦等都來園內看視登時亂麻一般正沒個主意只見鳳姐手持一把明晃晃的刀砍進園來見雞殺雞見犬殺犬見了人瞪着眼就要殺人衆人一發慌了周瑞家的帶着幾個力大的女人上去抱住奪了刀抬回房中平兒豐兒等哭的哀天叫地賈政心中也着忙當下衆人七言八語有說送祟的有說跳神的有薦玉皇閣張道士捉怪的整鬧了半日祈求禱告百般醫治並不見好日落後王子騰夫人告辭去了次日王子勝也來問候接著小史侯家邢夫人弟兄並各親戚都來瞧看也有送符水的也有薦僧道的也有薦醫的他叔嫂二人

一發糊塗不省人事身熱如火在床上亂說到夜裡更甚因此那些婆子丫鬟不敢上前故將他叔嫂二人都搬到王夫人的上房內着人輪班守視賈母王夫人邢夫人並薛姨媽寸步不離只鬧着哭此時賈赦賈政又恐哭壞了賈母日夜熬油費火鬧的上下不安賈赦還各處去尋覓僧道賈政見不效驗因阻賈政道兒女之數總由天命非人力可強他二人之病百般醫治不效想是天意該如此也只好由他去賈赦不理仍是百般忙亂看看三日的光陰鳳姐寶玉躺在床上連氣息都微了合家都說沒了指望了忙的將他二人的後事都治備下了賈母王夫人賈璉平兒襲人等更哭的死去活來只說趙姨娘外面

假作憂愁心中稱願至第四日早寶玉忽睜開眼向賈母說道從今已後我可不在你家了快打發我走罷賈母聽見這話如同摘了心肝一般趙姨娘在旁勸道老太太也不必過於悲痛哥兒已是不中用了不如把哥兒的衣服穿好讓他早些回去也省他受些苦只管捨不得他這口氣不斷他在那裡也受罪不安這些話沒說完被賈母照臉啐了一口唾沫罵道爛了舌頭的混賬老婆怎麽見得不中用了你願意他死了有什麽好處你別作夢他死了我只合你們要命都是你們素日調唆着逼他念書寫字把膽子唬破了見了他老子就像個避猫鼠兒一樣都不是你們這起小婦調唆的這會子逼死了他你們就

隨了心了我饒那一個一面哭一面罵賈政在傍聽見這些話心裡越發着急忙喝退了趙姨娘委宛勸解了一番忽有人來回兩口棺木都做齊了賈母聞之如刀刺心一發哭着大罵問是誰叫做的棺材快把做棺材的人拿來打死鬧了個天翻地覆忽聽見空中隱隱有木魚聲念了一句南無解冤解結菩薩有那人口不利家宅不安中邪祟逢凶險的找我們醫治賈母王夫人都聽見了便命人向街上找尋去原來是一個癩和尚同一個跛道士那和尚是怎的模樣但見

鼻如懸膽兩眉長　目似明星有寶光
破衲芒鞋無住跡　腌臢更有一頭瘡

那道人是如何模樣看他時

一足高來一足低　渾身帶水又拖泥
相逢若問家何處　却在蓬萊弱水西

賈政因命人請進來問他二人在何山修道那僧笑道長官不消多話因知府上人口欠安特來醫治的賈政道有兩個人中了邪不知有何仙方可治那道人笑道你家現有希世之寶可治此病何須問方賈政心中便動了因道小兒生時雖帶了一塊玉來上面刻着能除凶邪然亦未見靈效那僧道長官有所不知那寶玉原是靈的只因為聲色貨利所迷故此不靈了今將此寶取出來待我持誦持誦自然依舊靈了賈政便向寶玉

項上取下那塊玉來遞與他二人那和尚擎在掌上長歎一聲道青埂峰下別來十三載矣人世光陰迅速塵緣未斷奈何奈何可羨你當日那段好處

天不拘兮地不羈　心頭無喜亦無悲
只因煅煉通靈後　便向人間惹是非

可惜今日這番經歷呵

粉漬脂痕汚寶光　房櫳日夜困鴛鴦
沉酣一夢終須醒　寃債償清好散場

念畢又摩弄了一回說了些瘋話遞與賈政道此物已靈不可褻瀆懸於臥室上檻除自己親人外不可令陰人冲犯三十三

日之後包管好了賈政忙命人讓茶那二人已經走了只得依言而行鳳姐寶玉果一日好似一日的漸漸醒來知道餓了賈母王夫人纔放心了衆姊妹都在外間聽消息黛玉先念了一聲佛寶釵笑而不言惜春道寶姐姐笑什麼寶釵道我笑如來佛比人還忙又要度化衆生又要保佑人家病痛都叫他速好又要管人家的婚姻叫他成就你說可忙不忙可好笑不好笑一時黛玉紅了臉啐了一口道你們都不是好人再不跟着好人學只跟着鳳丫頭學的貧嘴賤舌的一面說一面掀簾子出去了欲知端詳下回分解

紅樓夢第二十五回終

# 紅樓夢第二十六回

## 蜂腰橋設言傳心事　瀟湘館春困發幽情

話說寶玉養過了三十三天之後不但身體强壯亦且連臉上瘡痕平復仍回大觀園去這也不在話下且說近日寶玉病的時節賈芸帶着家下小厮坐更看守晝夜在這裏那小紅同衆丫鬟也在這裏守着寶玉彼此相見日多漸漸的混熟了小紅見賈芸手裏拿著塊絹子倒像是自已從前掉的待要問他又不好問不料那和尚道士來過用不着一切男人賈芸仍種樹去了這件事待放下又放不下待要問去又怕人猜疑正是猶豫不决神魂不定之際忽聽窻外問道姐姐在屋裏没有小紅

聞聽在窗眼內望外一看原來是本院的個小丫頭佳蕙因答說在家裡呢你進來罷佳蕙聽了跑進來就坐在床上笑道我好造化纔在院子裡洗東西寶玉叫往林姑娘那裡送茶葉花大姐姐交給我送去可巧老太太給林姑娘送錢來正分給他們的丫頭們呢見我去了林姑娘就抓了兩把給我也不知是多少你替我收着便把手絹子打開把錢倒出來交給小紅小紅就替他一五一十的數了收起佳蕙道你這兩日心裡到底覺着怎麼樣依我說你竟家去住兩日請一個大夫來瞧瞧吃兩劑藥就好了小紅道那裡的話好好兒的家去做什麼佳蕙道我想起來了林姑娘生的弱時常他吃藥你就和他要些來

吃也是一樣小紅道胡說藥也是混吃的佳蕙道你這也不是個長法兒又懶吃懶喝的終久怎麼樣小紅道怕什麼還不如早些死了倒干淨佳蕙道好好兒的怎麼說這些話小紅道你那裡知道我心裡的事佳蕙點頭想了一會道可也怨不得你這個地方本也難站就像昨兒老太太因寶玉病了這些日子說伏侍的人都辛苦了如今身上好了各處還香了愿叫把跟着的人都按着等兒賞他們我們筭年紀小上不去我也不抱怨像你怎麼也不算在裡頭我心裡就不服襲人那怕他得十分兒也不惱他原該的說句良心話誰還能比他呢別說他素日殷勤小心就是不殷勤小心也拼不得只可氣晴雯綺霞他

們這幾個都筭在上等裡去仗著寶玉疼他們衆人就都捧着他們你說可氣不可氣小紅道也犯不著氣他們俗語說的千里搭長棚沒有個不散的筵席誰守一輩子呢不過三年五載各人幹各人的去了那時誰還管誰呢這兩句話不覺感動了佳蕙心腸由不得眼圈兒紅了又不好意思無端的哭只得勉强笑道你這話說的是昨兒寶玉還說明兒怎麽收拾房子怎麽做衣裳倒像有幾百年熬煎是的小紅聽了冷笑兩聲方要說話只見一個未留頭的小丫頭走進來手裡拿著些花樣子幷兩張紙說道這兩個花樣子叫你描出來呢說着向小紅擲下叫轉身就跑了小紅向外問道到底是誰的也等不的說完

就跑誰蒸下饅頭等着你怕冷了不成那小丫頭在窗外只說得一聲是綺大姐姐的抬起腳來咕咚咕咚又跑了小紅便賭氣把那樣子擱在一邊向抽屜內找筆找了半天都是禿的因說道前兒一枝新筆放在那裡了怎麼想不起來一面說一面出神想了一回方笑道是了前兒晚上這兒拿了去了因向佳蕙道你替我取了來佳蕙道花大姐姐還等着我替他拿箱子你自已取去罷小紅道他等著你你還坐着閑磕牙兒我不叫你取去他也不等你了壞透了的小蹄子說着自已便出房來出了怡紅院一逕往寶釵院內來剛至沁芳亭畔只見寶玉的奶娘李嬤嬤從那邊來小紅立住笑問道李奶奶你老人家那

裡去了怎麼打這裡來李嬤嬤站住將手一拍道你說好好兒的又看上了那個什麼雲哥兒雨哥兒的這會子逼着我叫了他來明兒叫上屋裡聽見可又是不好小紅笑道你老人家當真的就信著他去叫麽李嬤嬤道可怎麼樣呢小紅笑道那一個要是知好歹就不進來纔是李嬤嬤道他又不傻爲什麽不進來小紅道既是進來你老人家該别和他一塊兒來回來叫他一個人混碰看他怎麽樣李嬤嬤道我有那們大工夫和他走不過告訴了他回來打發個小丫頭子或是老婆子帶進他來就完了說着拄著拐一逕去了小紅聽說便站着出神且不去取筆不多時只見一個小丫頭跑來見小紅站在那裡便問

道紅姐姐你在這裡作什麼呢小紅抬頭見是小丫頭子墜兒小紅道那裡去墜兒道叫我帶進芸二爺來說着一逕跑了這裡小紅剛走至蜂腰橋門前只見那邊墜兒引着賈芸來了那賈芸一面走一面拿眼把小紅一溜那小紅只粧着和墜兒說話也把眼去一溜賈芸四目恰好相對小紅不覺把臉一紅一扭身往蘅蕪苑去了不在話下這裡賈芸隨着墜兒逶迤來至怡紅院中墜兒先進去回明了然後方領賈芸進去賈芸看時只見院內略略有幾點山石種着芭蕉那邊有兩隻仙鶴在松樹下剔翎一溜迴廊上弔着各色籠子籠着仙禽異鳥上面小小五間抱厦一色雕鏤新鮮花樣槅扇上面懸着一個匾四個

大字題道是怡紅快綠賈芸想道怪道叫怡紅院原來匾上是這四個字正想着只聽裡面隔着紗窗子笑說道快進來罷我怎麽就忘了你兩三個月賈芸聽見是寶玉的聲音連忙進入房內抬頭一看只見金碧輝煌文章熌爍却看不見寶玉在那裡一回頭只見左邊立着一架大穿衣鏡從鏡後轉出兩個一對兒十五六歲的丫頭來說請二爺裡頭屋裡坐賈芸連正眼也不敢看連忙答應了又進一道碧紗廚只見小小一張塡漆床上懸着大紅銷金撒花帳子寶玉穿着家常衣服靸着鞋倚在床上拿着本書看見他進來將書擲下早帶笑立起身來賈芸忙上前請了安寶玉讓坐便在下面一張椅子上坐了寶玉

笑道只從那個月見了你我叫你往書房裡來誰知接接連連許多事情就把你忘了賈芸笑道總是我沒造化偏又遇著叔叔欠安叔叔如今可大安了寶玉道大好了我倒聽見說你辛苦了好幾天賈芸道辛苦也是該當的叔叔大安了也是我們一家子的造化說著只見有個丫鬟端了茶來與他那賈芸嘴裡和寶玉說話眼睛却瞅那丫鬟細挑身子容長臉兒穿著銀紅襖兒青緞子坎肩白綾細摺兒裙子那賈芸自從寶玉病了他在裡頭混了兩天都把有名人口記了一半他看見這丫鬟知道是襲人他在寶玉房中比別人不同如今端了茶來寶玉又在傍邊坐著便忙站起來笑道姐姐怎麼給我倒起茶來我

來到叔叔這裡又不是客等我自已倒罷了寶玉道你只管坐着罷了頭們跟前也是這麼着賈芸笑道雖那麼說叔叔屋裡的姐姐們我怎麼敢放肆呢一面說一面坐下吃茶那寶玉便和他說些沒要緊的散話又說道誰家的戲子好誰家的花園好又告訴他誰家的丫頭標緻誰家的酒席豐盛又是誰家有奇貨又是誰家有異物那賈芸口裡只得順着他說說了一回見寶玉有些懶懶的了便起身告辭寶玉也不甚留只說你明兒閑了只管來仍命小丫頭子墜兒送出去了賈芸出了怡紅院見四顧無人便慢慢的停著些走口裡一長一短和墜兒說話先問他幾歲了名字叫什麼你父母在那行上在寶叔屋裡

幾年了一個月多少錢共總寶叔屋內有幾個女孩子那墜兒見問便一樁樁的都告訴他了賈芸又道剛纔那個和你說話的他可是叫小紅墜兒笑道他就叫小紅你問他作什麼賈芸道方纔他問你什麼絹子我倒揀了一塊墜兒聽了笑道他問了我好幾遍可有看見他的絹子的我那裏那麼大工夫管這些事今兒他又問我他說我替他找着了他還謝我呢纔在蘅蕪苑門口兒說的二爺也聽見了不是我撒謊好二爺你既揀了給我罷我看他拿什麼謝我原來上月賈芸進來種樹之時便揀了一塊羅帕知是這園內的人失落的但不知是那一個人的故不敢造次今聽見小紅問墜兒知是他的心內不勝喜

幸又見墜兒追索心中早得了主意便向袖內將自巳的一塊取出來向墜兒笑道我給是給你你要得了他的謝禮可不許瞞着我墜兒滿口裡答應了接了絹子送出賈芸回來找小紅不在話下如今且說寳玉打發賈芸去後意思懶懶的歪在床上似有朦朧之態襲人便走上來坐在床沿上推他說道怎麽又要睡覺你悶的狠出去逛逛不好寳玉見說攜着他的手笑道我要去只是捨不得你襲人笑道你别没的說了一面說一面拉起他來寳玉道可往那裡去呢怪膩膩煩煩的襲人道你出去了就好了只管這麽委瑣越發心裡膩煩了寳玉無精打彩只得依他䠷出了房門在廻廊上調弄了一回雀兒出至院

外順着沁芳溪看了一回金魚只見那邊山坡上兩隻小鹿兒箭也是的跑來寶玉不解何意正自納悶只見賈蘭在後面拿着一張小弓兒赶來一見寶玉在前便站住了笑道二叔叔在家裡呢我只當出門去了呢寶玉道你又淘氣了好好兒的射他做什麼賈蘭笑道這會子不念書閒着做什麼所以演習演習騎射寶玉道磕了牙那時候兒纔不演呢說着便順脚一逕來至一個院門前看那鳳尾森森龍吟細細正是瀟湘館寶玉信步走入只見湘簾垂地悄無人聲走至窗前覺得一縷幽香從碧紗窗中暗暗透出寶玉便將臉貼在紗窗上看時耳內忽聽得細細的長歎了一聲道每日家情思睡昏昏寶玉聽了不

覺心內癢將起來再看時只見黛玉在床上伸懶腰寶玉在牕外笑道為什麽每日家情思睡昏昏的一面說一面掀簾子進來了黛玉自覺忘情不覺紅了臉拿袖子遮了臉翻身向裡粧睡着了寶玉纔走上來要扳他的身子只見黛玉的奶娘並兩個婆子却跟進來了說妹妹睡覺呢等醒來再請罷剛說着黛玉便翻身坐起來笑道誰睡覺呢那兩三個婆子見黛玉起來便笑道我們只當姑娘睡着了說着便叫紫鵑說姑娘醒了進來伺候一面說一面都去了黛玉坐在床上一面抬手整理鬢髮一面笑向寶玉道人家睡覺你進來做什麽寶玉見他星眼微餳香腮帶赤不覺神魂早蕩一歪身坐在椅子上笑道你纔

說什麽黛玉道我没說什麽寶玉笑道給你們個榧子吃呢我都聽見了二人正說話只見紫鵑進來寶玉笑道紫鵑把你們的好茶沏碗我喝紫鵑道我們那裡有好的要好的只好等襲人來黛玉道别理他你先給我舀水去罷紫鵑道他是客自然先沏了茶來再舀水去說着倒茶去了寶玉笑道好丫頭若共你多情小姐同鴛帳怎捨得叫你叠被鋪床黛玉登時急了撂下臉來說道你說什麽寶玉笑道我何嘗說什麽黛玉便哭道如今新興的外頭聽了村話來也說給我聽看了混賬書也拿我取笑兒我成了替爺們解悶兒的了一面哭一面下牀来往外就走寶玉心下慌了忙赶上來說好妹妹我一時該死你好歹

別告訴去我再敢說這些話嘴上就長個疔爛了舌頭正說着只見襲人走來說道快回去穿衣裳去罷老爺叫你呢寶玉聽了不覺打了個焦雷一般也顧不得別的疾忙回來穿衣服出園來只見焙茗在二門前等着寶玉問道你可知道老爺叫我是為什麽焙茗道爺快出來罷横竪是見去的到那裡就知道了一面說一面催着寶玉轉過大廳寶玉心裡還自狐疑只聽墻角邊一陣呵呵大笑回頭見薛蟠拍着手跳出來笑道要不說姨夫叫你你那裡肯出來的這麽快焙茗也笑着跪下了寶玉怔了半天方想過來是薛蟠哄出他來薛蟠連忙打恭作揖陪不是又求別難為了小子都是我央及他去的寶玉也無法

了只好笑問道你哄我也罷了怎麼說是老爺呢我告訴姨娘去評評這個理可使得麼薛蟠忙道好兄弟我原爲求你快些出來就忘了忌諱這句話改日你要哄我也說我父親就完了寶玉道噯喲越發的該死了又向焙茗道反叛雜種還跪着做什麼焙茗連忙叩頭起來薛蟠道要不是我也不敢驚動只因明兒五月初三日是我的生日誰知老胡和老程他們不知那裡尋了來的這麼粗這麼長粉脆的鮮藕這麼大的西瓜這麼長這麼大的暹羅國進貢的靈柏香熏的暹羅猪魚你說這四樣禮物可難得不難得那魚猪不過貴而難得這藕和瓜虧他怎麼種出來的我先孝敬了母親赶着就給你們老太太姨母

送了些去如今留了些我要自己吃恐怕折福左思右想除我之外惟你還配吃所以特請你來可巧唱曲兒的一個小子又來了我和你樂一天何如一面說一面來到他書房裡只見詹光程日興胡斯來單聘仁等并唱曲兒的小子都在這裡見他進來請安的問好的都彼此見過了吃了茶薛蟠即命人擺酒來說猶未了衆小厮七手八脚擺了半天方纔停當歸坐寶玉果見瓜藕新異因笑道我的壽禮還沒送來倒先擾了薛蟠道可是呢你明兒來拜壽打算送什麽新鮮物兒寶玉道我沒有什麽送的若論銀錢吃穿等類的東西究竟還不是我的惟有寫一張字或畫一張畫這纔是我的薛蟠笑道你提畫兒我纔

想起來了昨兒我看見人家一本春宮兒畫的狠好上頭還有許多的字我也沒細看只看落的欵原來是什麼庚黃的真好的了不得寶玉聽說心下猜疑道古今字畫也都見過些那裡有個庚黃想了半天不覺笑將起來命人取過筆來在手心裡寫了兩個字又問薛蟠道你看真了是庚黃麼薛蟠道怎麼沒看真寶玉將手一撒給他看道可是這兩個字罷其實和庚黃相去不遠衆人都看時原來是唐寅兩個字都笑道想必是這兩個字大爺一時眼花了也未可知薛蟠自覺沒趣笑道誰知他是糖銀是菓銀的正說着小厮來回馮大爺來了寶玉便知是神武將軍馮唐之子馮紫英來了薛蟠等一齊都叫快請說

衕未了只見馮紫英一路說笑已進來了眾人忙起席讓坐馮紫英笑道好啊也不出門了在家裡高樂罷寶玉薛蟠都笑道一向少會老世伯身上安好紫英答道家父倒也托庇康健但近來家母偶着了些風寒不好了兩天薛蟠見他面上有些青傷便笑道這臉上又和誰揮拳來掛了幌子了馮紫英笑道從那一遭把仇都尉的兒子打傷了我記了再不慪氣如何又揮拳這臉上是前日打圍在鐵網山叫兎鶻梢了一翅膀寶玉道幾時的話紫英道三月二十八日去的前兒也就回來了寶玉道怪道前兒初三四兒我在沈世兄家赴席不見你呢我要問不知怎麽忘了單你去了還是老世伯也去了紫英道可不是

家父去我没法兒去罷了難道我閑瘋了偺們幾個人吃酒聽唱的不樂尋那個苦惱去這一次大不幸之中却有大幸薛蟠衆人見他吃完了茶都說道且入席有話慢慢的說馮紫英聽說便立起身來說道論理我該陪飲幾杯纔是只是今兒有一件狠要緊的事囘去還要見家父面回實不敢領薛蟠寶玉衆人那裡肯依死拉着不放馮紫英笑道這又奇了你我這些年那一回有這個道理的實在不能遵命若必定叫我喝拿大杯來我領兩杯就是了衆人聽說只得罷了薛蟠執壺寶玉把盞斟了兩大海那馮紫英站着一氣而盡寶玉道你倒底把這個不幸之幸說完了再走馮紫英笑道今兒說的也不盡興我為

這個還要特治一個東兒請你們去細談一談二則還有奉懇之處說着撒手就走薛蟠道越發說的人熱刺刺的扔不下多早晚纔請我們告訴了也省了人打悶雷馮紫英道多則十日少則八天一面說一面出門上馬去了衆人回來依席又飲一回方散寶玉回至園中襲人正惦記他去見賈政不知是禍是福只見寶玉醉醺醺回來因問其原故寶玉一一向他說了襲人道人家牽腸掛肚的等著你且高樂去也到底打發個人來給個信兒寶玉道我何嘗不要送信兒因馮世兄來了就混忘了正說着只見寶釵走進來笑道偏了我們新鮮東西了寶玉笑道姐姐家的東西自然先偏了我們了寶釵搖頭笑道昨

兒哥哥倒特特的請我吃我不吃我叫他留着送給別人罷我知道我的命小福薄不配吃那個說着丫鬟倒了茶來吃茶說閑話兒不在話下却說那黛玉聽見賈政叫了寶玉去了一日不回來心中也替他憂慮至晚飯後聞得寶玉來丶心裡要找他問問是怎麽樣了一步步行來見寶釵進寶玉的園內去了自己也隨後走了來剛到了沁芳橋只見各色水禽盡都在池中浴水也認不出名色來但見一個個文彩燗灼好看異常因而站住看了一回再往怡紅院來門已關了黛玉即便叫門誰知晴雯和碧痕二人正拌了嘴沒好氣忽見寶釵來了那晴雯正把氣移在寶釵身上偷着在院內報怨說有事沒事跑了來

坐著叫我們三更半夜的不得睡覺忽聽又有人叫門晴雯越發動了氣也並不問是誰便說道都睡下了明兒再來罷黛玉素知丫頭們的性情他們彼此頑耍慣了恐怕院內的丫頭沒聽見是他的聲音只當別的丫頭們了所以不開門因而又高聲說道是我還不開門麼晴雯偏偏還沒聽見便使性子說道憑你是誰二爺吩咐的一槩不許放進人來呢黛玉聽了這話不覺氣怔在門外待要高聲問他逗起氣來自己又回思一番雖說是舅母家如同自己家一樣到底是客邊如今父母雙亡無依無靠現在他家依栖若是認真慪氣也覺沒趣一面想一面又滚下淚珠來了真是回去不是站着不是正沒主意只聽

裡面一陣笑語之聲細聽一聽竟是寶玉寶釵二人黛玉心中越發動了氣左思右想忽然想起早起的事來必竟是寶玉惱我告他的原故但只我何嘗告你去了你也不打聽打聽就惱我到這步田地你今兒不叫我進來難道明兒就不見面了越想越覺傷感便也不顧着蒼露冷花徑風寒獨立墻角邊花陰之下悲悲切切嗚咽起來原來這黛玉秉絕代之姿容具稀世之俊美不期這一哭把那些附近的柳枝花朵上宿鳥棲鴉一聞此聲俱忒楞楞飛起遠避不忍再聽正是

花魂點點無情緒　鳥夢痴痴何處驚

因又有一首詩道

顰兒才貌世應稀　獨抱幽芳出繡闈
嗚咽一聲猶未了　落花滿地鳥驚飛

那黛玉正自啼哭忽聽吱嘍一聲院門開處不知是那一個出來要知端的下回分解

紅樓夢第二十六回終

# 紅樓夢第二十七囘

## 滴翠亭楊妃戲彩蝶　埋香塚飛燕泣殘紅

話說黛玉正自悲泣忽聽院門響處只見寶釵出來了寶玉襲人一羣人都送出來待要上去問着寶玉又恐當着衆人問羞了寶玉不便因而閃過一傍讓寶釵去了寶玉等進去關了門方轉過來尚望着門灑了幾點淚自覺無味轉身囘來無精打彩的卸了殘粧紫鵑雪雁素日知道黛玉的情性無事悶坐不是愁眉便是長歎且好端端的不知爲着什麽常常的便自淚不乾的先時還有人解勸或怕他思父母想家鄉受委屈用話來寬慰誰知後來一年一月的竟是常常如此把這個樣兒看

慣了也都不理論了所以也沒人去理他由他悶坐只管外間
自便去了那黛玉倚着床欄杆兩手抱着膝眼睛含着淚好似
木雕泥塑的一般直坐到二更多天方纔睡了一宿無話至次
日乃是四月二十六日原來這日未時交芒種節尚古風俗凡
交芒種節的這日都要設擺各色禮物祭餞花神言芒種一過
便是夏日了衆花皆卸花神退位須要餞行閨中更興這件風
俗所以大觀園中之人都早起來了那些女孩子們或用花瓣
柳枝編成轎馬的或用綾錦紗羅疊成干旄旌幢的都用綵線
繫了每一棵樹頭每一枝花上都繫了這些物事滿園裏繡帶
飄颻花枝招展更兼這些人打扮的桃羞杏讓燕妒鶯慚一時

也道不盡且說寶釵迎春探春惜春李紈鳳姐等並大姐兒香菱與衆丫鬟們都在園裡頑耍獨不見黛玉迎春因說道林妹妹怎麽不見好個懶丫頭這會子難道還睡覺不成寶釵道你們等着等我去鬧了他來說着便撂下衆人一直往瀟湘館來正走着只見文官等十二個女孩子也來了上來問了好說了一回閒話兒纔走開寶釵回身指道他們都在那裡呢你們找他們去我找林姑娘去就來說著逶迤往瀟湘館來忽然抬頭見寶玉進去了寶釵便站住低頭想了一想寶玉和黛玉是從小兒一處長大的他兄妹間多有不避嫌疑之處嘲笑不忌喜怒無常况且黛玉素多猜忌好弄小性兒此刻自巳也跟進去

一則寶玉不便二則黛玉嫌疑倒是回來的妙想畢抽身回來剛要尋別的姊妹去忽見面前一雙玉色蝴蝶大如團扇一上一下迎風翩躚十分有趣寶釵意欲撲了來頑耍遂向袖中取出扇子來向草地下來撲只見那一雙蝴蝶忽起忽落來來往往將欲過河去了引的寶釵躡手躡脚的一直跟到池邊滴翠亭上香汗淋漓嬌喘細細寶釵也無心撲了剛欲回來只聽那亭裡邊嘁嘁喳喳有人說話原來這亭子四面俱是遊廊曲欄蓋在池中水上四面雕鏤槅子糊着紙寶釵在亭外聽見說話便煞住脚往裡細聽只聽說道你瞧這絹子果然是你丟的那一塊你就拿着要不是就還芸二爺去又有一個說可不是我

那塊拿來給我罷又聽道你拿什麽謝我呢難道白找了來不成又答道我已經許了謝你自然是不哄你的又聽說道我找了來給你自然謝我但只是那揀的人你就不謝他麽那一個又說道你别胡說他是個爺們家揀了我們的東西自然該還的叫我拿什麽謝他呢又聽說道你不謝他我怎麽回他呢况且他再三再四的和我說了若没謝的不許我給你呢半晌又聽說道也罷拿我這個給他算謝他的罷你要告訴别人呢須得起個誓又聽說道我要告訴人嘴上就長一個疔日後不得好死又聽說道噯喲偺們只顧說看仔細有人來悄悄的在外頭聽見不如把這槅子都推開了就是人見偺們在這裡他們

只當我們說頑話兒呢走到跟前偺們也看的見就別說了寶釵外面聽見這話心中吃驚想道怪道從古至今那些姦淫狗盜的人心機都不錯這一開了見我在這裡他們豈不臊了況且說話的語音大似寶玉房裡的小紅他素昔眼空心大是個頭等刁鑽古怪的丫頭今兒我聽了他的短兒人急造反狗急跳墻不但生事而且我還沒趣如今便趕着躲了料也躲不及少不得要使個金蟬脫殼的法子猶未想完只聽咯吱一聲寶釵便故意放重了脚步笑着叫道顰兒我看你往那裡藏一面說一面故意往前赶那亭內的小紅墜兒剛一推窗只聽寶釵如此說着往前赶兩個人都唬怔了寶釵反向他二人笑道你

們把林姑娘藏在那裡了墜兒道何曾見林姑娘了寶釵道我纔在河那邊看着林姑娘在這裡蹲着弄水兒呢我要悄悄的唬他一跳還沒有走到跟前他倒看見我了朝東一繞就不見了別是藏在裡頭了一面說一面故意進去尋了一尋抽身就走口內說道一定又鑽在山子洞裡去了遇見蛇咬一口也罷了一面說一面走心中又好笑這件事算遮過去了不知他二人怎麽樣誰知小紅聽了寶釵的話便信以爲真讓寶釵去遠便拉墜兒道了不得了林姑娘蹲在這裡一定聽了話去了墜兒聽了也半日不言語小紅又道這可怎麽樣呢墜兒道聽見了管誰筋疼各人幹各人的就完了小紅道要是寶姑娘聽見

還罷了那林姑娘嘴裡又愛尅薄人心裡又細他一聽見了倘或走露了怎麼樣呢二人正說著只見香菱臻兒司棋侍書等上亭子來了二人只得掩着這話且和他們頑笑只見鳳姐兒站在山坡上招手兒小紅便連忙棄了衆人跑至鳳姐前堆着笑問奶奶使喚做什麼事鳳姐打諒了一回見他生的干净俏麗說話知趣因笑道我的丫頭們今兒沒跟進我來我這會子想起一件事來要使喚個人出去不知你能幹不能幹說的齊全不齊全小紅笑道奶奶有什麼話只管分付我說去要說的不齊全悞了奶奶的事任憑奶奶責罰就是了鳳姐笑道你是那位姑娘屋裡的我使你出去他回來找你我好替你說小紅

道我是寶二爺屋裡的鳳姐聽了笑道噯喲你原来是寶玉屋裡的怪道呢也罷了等他問我替你說你到我們家告訴你平姐姐外頭屋裡棹子上汝窑盤子架兒底下放著一卷銀子那是一百二十兩給綉匠的工價等張材家的來當面秤給他瞧了再給他拿去還有一件事裡頭床頭兒上有個小荷包兒拿了來小紅聽說答應着撤身去了不多時回來不見鳳姐在山坡上了因見司棋從山洞裡出來站着繫帶子便赶來問道姐姐不知道二奶奶往那裡去了司棋道沒理論小紅聽了回身又往四下裡一看只見那邊探春寶釵在池邊看魚小紅上來陪笑道姑娘們可知道二奶奶剛纔那裡去了探春道往你大

奶奶院裡找去小紅聽了再往稻香村來頂頭見晴雯綺霞碧痕秋紋麝月侍書入畫鶯兒等一羣人來了晴雯一見小紅便說道你只是瘋罷院子裡花兒也不澆雀兒也不喂茶爐子也不弄就在外頭逛小紅道昨兒二爺說了今兒不用澆花兒過一日澆一回我喂雀兒的時候兒你還睡覺呢碧痕道茶爐子呢小紅道今兒不該我的班兒有茶沒茶別問我綺霞道你聽聽他的嘴你們別說了讓他逛罷小紅道你們再問問我逛了沒逛二奶奶纔使喚我說話取東西去說着將荷包舉給他們看方沒言語了大家走開晴雯冷笑道怪道呢原來爬上高枝兒去了就不服我們說了不知說了一句話半句話名兒姓兒

知道了沒有就把他興頭的這個樣兒這一遭半遭兒的也算不得什麼過了後兒還得聽呵有本事從今兒出了這園子長長遠遠的在高枝兒上纔算好的呢一面說着去了這裡小紅聽了不便分證只得忍氣來找鳳姐到了李氏房中果見鳳姐在這裡和李氏說話兒呢小紅上來回道平姐姐說奶奶剛出來了他就把銀子收起來了纔張材家的來取當面秤了給他拿了去了說着將荷包遞上去又道平姐姐叫我來回奶奶纔旺兒進來討奶奶的示下好往那家子去平姐姐就把那話按着奶奶的主意打發他去了鳳姐笑道他怎麼按著我的主意打發去了呢小紅道平姐姐說我們奶奶問這裡奶奶好我們

二爺没在家雖然遲了兩天只管請奶奶放心等五奶奶好些我們奶奶還會了五奶奶來瞧奶奶呢五奶奶前兒打發了人來說舅奶奶帶了信來了問奶奶好還要和這裡的姑奶奶尋幾丸延年神驗萬金丹若有了奶奶打發人來只管送在我們奶奶這裡明兒有人去就順路給那邊舅奶奶帶了去小紅還未說完李氏笑道嗳喲這話我就不懂了什麽奶奶爺爺的一大堆鳳姐笑道怨不得你不懂這是四五門子的話呢說着又向小紅笑道好孩子難爲你說的齊全不像他們扭扭捏捏蚊子是的嫂子不知道如今除了我隨手使的這幾個丫頭老婆之外我就怕和别人說話他們必定把一句話拉長了作兩三

截兒咬文嚼字拿着腔兒哼哼唧唧的急的我冒火他們那裡知道我們平兒先也是這麼著我就問着他難道必定粧蚊子哼哼就算美人兒了說了幾遭兒纔好些兒了李紈笑道都像你潑辣貨纔好鳳姐道這個丫頭就好剛纔這兩遭說話雖不多口角兒就很剪斷說着又向小紅笑道明兒你伏侍我罷我認你做乾女孩兒我一調理你就出息了小紅聽了撲哧一笑鳳姐道你怎麽笑你說我年輕比你能大幾歲就做你的媽了你做春夢呢你打聽打聽這些人比你大的趕着我叫媽我還不理呢今兒抬舉了你了小紅笑道我不是笑這個我笑奶奶認錯了輩數兒了我媽是奶奶的乾女孩兒這會子又認我做

乾女孩兒鳳姐道誰是你媽李紈笑道你原來不認的他他是林之孝的女孩兒鳳姐聽了十分詫異因說道哦是他的丫頭啊又笑道林之孝兩口子都是錐子扎不出一聲兒來的我成日家說他們倒是配就了的一對兒一個天聾一個地啞那裡承望養出這麼個伶俐丫頭來你十幾了小紅道十七歲了又問名字小紅道原叫紅玉因爲重了寶二爺如今只叫小紅了鳳姐聽說將眉一皺把頭一回說道討人嫌的狠得了玉的便宜是的你也玉我也玉因說嫂子不知道我和他媽說賴大家的如今事多也不知這府裡誰是誰你替我好好兒的挑兩個丫頭我使他只管答應着他饒不挑倒把他的女孩兒送給別

處去難道跟我必定不好李紈笑道你可是又多心了進來在先你說在後怎麽怨的他媽鳳姐也笑道既這麽着明兒我和寶玉說叫他再要人叫這丫頭跟我去可不知本人愿意不愿意小紅笑道愿意不愿意我們也不敢說只是跟着奶奶我們學些眉眼高低出入上下大小的事兒也得見識見識剛說着只見王夫人的丫頭來請鳳姐便辭了李紈去了小紅自回怡紅院去不在話下如今且說黛玉因夜間失寢次日起來遲了聞得衆姐妹都在園中做餞花會恐人笑他痴懶連忙梳洗了出來剛到了院中只見寶玉進門來了便笑道好妹妹你昨兒告了我了没有叫我懸了一夜的心黛玉便回頭叫紫鵑把屋

子收拾了下一扇紗屜子看那大燕子囬來把簾子放下來拿獅子倚住燒了香就把爐罩上一面說一面又往外走寶玉見他這樣還認作是昨日晌午的事那知晚間的這件公案還打恭作揖的黛玉正眼兒也不看各自出了院門一直找別的姐妹去了寶玉心中納悶自己猜疑看起這樣光景來不像是爲昨兒的事但只昨日我囬來的晚了又沒有見他再沒有冲撞他的去處兒了一面想一面由不得隨後跟了來只見寶釵探春正在那邊看鶴舞見黛玉來了三個一同站著說話兒又見寶玉來了探春便笑道寶哥哥身上好我整整的三天沒見你了寶玉笑道妹妹身上好我前兒還在大嫂子跟前問你呢探

春道寶哥哥你往這裡來我和你說話寶玉聽說便跟了他離了釵玉兩個到了一棵石榴樹下探春因說道這幾天老爺没叫你嗎寶玉笑道沒有叫探春道昨兒我恍惚聽見說老爺叫你出去來着寶玉笑道那想是別人聽錯了並沒叫我探春又笑道這幾個月我又攢下有十來吊錢了你還拿了去明兒出門逛去的時候或是好字畫好輕巧頑意兒替我帶些來寶玉道我這麼逛去城裡城外大廊大廟的逛也沒見個新奇精緻東西總不過是那些金玉銅磁器沒處擱的古董兒再麼就是綢緞吃食衣服了探春道誰要那些作什麼像你上回買的那柳枝兒編的小籃子兒竹子根兒挖的香盒兒膠泥垛的風爐

子兒就好了我喜歡的了不的誰知他們都愛上了都當寶貝兒是的搶了去了寶玉笑道原來要這個這不值什麼拿幾吊錢出去給小子們管拉兩車來探春道小廝們知道什麼你揀那有意思兒又不俗氣的東西你多替我帶幾件來我還像上回的鞋做一雙你穿比那雙還加工夫如何呢寶玉笑道你提起鞋來我想起故事來了一同穿著可巧遇見了老爺老爺就不受用問是誰做的我那裡敢提三妹妹我就回說是前兒我的生日舅母給的老爺聽了是舅母給的纔不好說什麼了半日還說何苦來虛耗人力作踐綾羅做這樣的東西我回來告訴了襲人襲人說這還罷了趙姨娘氣的抱怨的了不得正經

親兄弟鞋塌拉襪塌拉的沒人看見且做這些東西探春聽說登時沉下臉來道你說這話糊塗到什麼田地怎麼我是該做鞋的人麼環兒難道沒有分例的衣裳是衣裳鞋襪是鞋襪丫頭老婆一屋子怎麼抱怨這些話給誰聽呢我不過閑着沒事作一雙半雙愛給那個哥哥兄弟隨我的心誰敢管我不成這也是他瞎氣寶玉聽了點頭笑道你不知道他心裡自然又有個想頭了探春聽說一發動了氣將頭一扭說道連你也糊塗了他那想頭自然是有的不過是那陰微下賤的見識他只管這麼想我只管認得老爺太太兩個人別人我一槩不管就是姐妹弟兄跟前誰和我好我就和誰好什麼偏的庶的我也不

知道論理我不該說他但他忒昏瞶的不像了還有笑話兒呢就是上回我給你那錢替我買那些頑的東西過了兩天他見了我就說是怎麼沒錢怎麼難過我也不理誰知後來丫頭們出去了他就抱怨起我來說我攢的錢爲什麼給你使倒不給環兒使呢我聽見這話又好笑又好氣我就出來往太太跟前去了正說着只見寶釵那邊笑道說完了來罷顯見的是哥哥妹妹了撂下別人且說體已去我們聽一句兒就使不得了說着探春寶玉二人方笑著來了寶玉因不見了黛玉便知他躲了別處去了想了一想索性遲兩日等他的氣息一息再去也罷了因低頭看見許多鳳仙石榴等各色落花錦重重的落

了一地因歎道這是他心裡生了氣也不收拾這花兒來了等我送了去明兒再問着他說着只見寶釵約着他們往後頭去寶玉道我就來等他二人去遠把那花兒兜起來登山渡水過樹穿花一直奔了那日和黛玉葬桃花的去處將已到了花塚猶未轉過山坡只聽那邊有嗚咽之聲一面數落着哭的好不傷心寶玉心下想道這不知是那屋裡的丫頭受了委屈跑到這個地方來哭一面想一面煞住脚步聽他哭道是

花謝花飛飛滿天　紅消香斷有誰憐
遊絲軟繫飄春榭　落絮輕沾撲繡簾
閨中女兒惜春暮　愁緒滿懷無着處

手把花鋤出綉簾　忍踏落花來復去
柳絲榆莢自芳菲　不管桃飄與李飛
桃李明年能再發　明年閨中知有誰
三月香巢初壘成　樑間燕子太無情
明年花發雖可啄　卻不道人去樑空巢已傾
一年三百六十日　風刀霜劍嚴相逼
明媚鮮妍能幾時　一朝飄泊難尋覓
花開易見落難尋　堦前愁殺葬花人
獨把花鋤偷灑淚　灑上空枝見血痕
杜鵑無語正黃昏　荷鋤歸去掩重門

青燈照壁人初睡　冷雨敲窗被未溫
怪儂底事倍傷神　半為憐春半惱春
憐春忽至惱忽去　至又無言去不聞
昨宵庭外悲歌發　知是花魂與鳥魂
花魂鳥魂總難留　鳥自無言花自羞
愿儂此日生雙翼　隨到花飛天盡頭
天盡頭　何處有香丘
未若錦囊收艷骨　一抔淨土掩風流
質本潔來還潔去　不教污淖陷渠溝
爾今死去儂收葬　未卜儂身何日喪

儂今葬花人笑痴　他年葬儂知是誰

試看春殘花漸落　便是紅顏老死時

一朝春盡紅顏老　花落人亡兩不知

正是一面低吟一面哽咽那邊哭的自巳傷心却不道這邊聽的早巳痴倒了要知端詳下回分解

紅樓夢第二十七回終

# 紅樓夢第二十八回

蔣玉函情贈茜香羅　薛寶釵羞籠紅麝串

話說林黛玉只因昨夜晴雯不開門一事錯疑在寶玉身上次日又可巧遇見餞花之期正在一腔無明未曾發洩又勾起傷春愁思因把些殘花落瓣去掩埋由不得感花傷已哭了幾聲便隨口念了幾句不想寶玉在山坡上聽見先不過點頭感嘆次又聽到儂今葬花人笑痴他年葬儂知是誰一朝春盡紅顏老花落人亡兩不知等句不覺慟倒山坡上懷裡兜的落花撒了一地試想林黛玉的花顏月貌將來亦到無可尋覓之時寧不碎心膓斷既黛玉終歸無可尋覓之時推之於他人如寶釵

香菱襲人等亦可以到無可尋覓之時矣寶釵等終歸無可尋覓之時則自已又安在呢且自身尚不知何在何往將来斯處斯園斯花斯柳又不知當屬誰姓因此一而二二而三反復推求了去真不知此時此際如何解釋這段悲傷正是

花影不離身左右　鳥聲只在耳東西

那黛玉正自傷感忽聽山坡上也有悲聲心下想道人人都笑我有痴病難道還有一個痴的不成抬頭一看見是寶玉黛玉便啐道呸我打諒是誰原来是這個狠心短命的剛說到短命二字又把口掩住長嘆一聲自已抽身便走這裡寶玉悲慟了一回見黛玉去了便知黛玉看見他躲開了自已也覺無味抖

抖土起來下山尋歸舊路徃怡紅院來可巧看見黛玉在前頭走連忙赶上去說道你且站着我知道你不理我我只說一句話從今已後撂開手黛玉回頭見是寶玉待要不理他聽他說只說一句話便道請說寶玉笑道兩句話說了你聽不聽呢黛玉聽說回頭就走寶玉在身後面嘆道既有今日何必當初黛玉聽見這話由不得站住回頭道當初怎麼樣今日怎麼樣寶玉道噯當初姑娘來了那不是我陪着頑笑憑我心愛的姑娘要就拿去我愛吃的聽見姑娘也愛吃連忙收拾的干干淨淨收著等着姑娘回來一個棹子上吃飯一個床兒上睡覺丫頭們想不到的我怕姑娘生氣替丫頭們都想到了我想著姊妹

們從小兒長大親也罷熱也罷和氣到了兒纔見得比別人好如今誰承望姑娘人大心大不把我放在眼裡三日不理四日不見的倒把外四路兒的什麼寶姐姐鳳姐姐的放在心坎兒上我又沒個親兄弟親妹妹雖然有兩個你難道不知道是我隔母的我也和你是獨出只怕你和我的心一樣誰知我是白操了這一番心有冤無處訴說着不覺哭起來那時黛玉耳內聽了這話眼內見了這光景心內不覺灰了大半也不覺滴下淚來低頭不語寶玉見這般形像遂又說道我也知道我如今不好了但只任憑我怎麼不好萬不敢在妹妹跟前有錯處就有一二分錯處你或是教導我戒我下次或駡我幾句打我幾

下我都不灰心誰知你總不理我叫我摸不着頭腦兒少魂失魄不知怎麼樣纔好就是死了也是個屈死鬼任憑高僧高道懺悔也不能脫生還得你說明了緣故我纔得托生呢黛玉聽了這話不覺將昨晚的事都忘在九霄雲外了便說道你旣這麼說爲什麼我去了你不叫丫頭開門呢寶玉詫異道這話從那裡說起我要是這麼着立刻就死了黛玉啐道大清早起死呀活的也不忌諱你說有呢就有沒有就沒有起什麼誓呢寶玉道實在沒有見你去就是寶姐姐坐了一坐就出來了黛玉想了一想笑道是了必是丫頭們懶待動喪聲歪氣的也是有的寶玉道想必是這個原故等我囘去問了是誰教訓教訓他

們就好了黛玉道你的那些姑娘們也該教訓教訓只是論理我不該說今兒得罪了我的事小倘或明兒寶姑娘來什麼貝姑娘來也得罪了事情可就大了說着抿着嘴兒笑寶玉聽了又是咬牙又是笑二人正說話見丫頭來請吃飯遂都往前頭來了王夫人見了黛玉因問道大姑娘你吃那鮑太醫的藥可好些黛玉道也不過這麼着老太太還叫我吃王大夫的藥呢寶玉道太太不知道林妹妹是內症先天生的弱所以禁不住一點兒風寒不過吃兩劑煎藥疏散了風寒還是吃丸藥的好王夫人道前兒大夫說了個丸藥的名字我也忘了寶玉道我知道那些丸藥不過叫他吃什麼人參養榮丸王夫人道不是

寶玉又道八珍益母丸左歸右歸再不就是八味地黃丸王夫人道都不是我只記得有個金剛兩個字的寶玉拍手笑道從來没聽見有個什麽金剛丸若有了金剛丸自然有菩薩散了說的滿屋裡人都笑了寶釵抿嘴笑道想是天王補心丹王夫人笑道是這個名兒如今我也糊塗了寶玉道太太倒不糊塗都是叫金剛菩薩支使糊塗了王夫人道扯你娘的臊又欠你老子捶你了寶玉笑道我老子再不爲這個捶我王夫人又道既有這個名兒明兒就叫人買些來吃寶玉道這些藥都是不中用的太太給我三百六十兩銀子我替妹妹配一料丸藥包管一料不完就好了王夫人道放屁什麽藥就這麽貴寶玉笑

道當真的呢我這個方子比別的不同那個藥名兒也古怪一時也說不清只講那頭胎紫河車人形帶葉參三百六十兩不足龜大何首烏千年松根茯苓胆諸如此類的藥不算爲奇只在羣藥裏算那爲君的藥說起來唬人一跳前年薛大哥哥求了我一二年我纔給了他這方子他拿了方子去又尋了二三年花了有上千的銀子纔配成了太太不信只問寶姐姐寶釵聽說笑着搖手兒說道我不知道也沒聽見你別叫姨娘問我王夫人笑道到底是寶丫頭好孩子不撒謊寶玉站在當地聽見如此說一回身把手一拍說道我說的倒是眞話呢倒說撒謊口裏說著忽一回身只見林黛玉坐在寶釵身後抿着嘴笑

用手指頭在臉上畫着羞他鳳姐因在裡間屋裡看着人放桌子聽如此說便走來笑道寶兄弟不是撒謊這倒是有的前日薛大爺親自和我來尋珍珠我問他做什麽他說配藥他還抱怨說不配也罷了如今那裡知道這麽費事我問什麽藥他說是寶兄弟說的方子說了多少藥我也不記得他又說不是我就買幾顆珍珠了只是必要頭上戴過的所以纔來尋幾顆要沒有散的花兒就是頭上戴過的拆下來也使得過後兒我揀好的再給穿了來我沒法兒只得把兩枝珠子花兒現拆了給他還要一塊三尺長上用的大紅紗拿乳鉢研了麵子呢鳳姐說一句寶玉念一句佛鳳姐說完了寶玉又道太太打量怎麽

着這不過也是將就罷咧正經按方子這珍珠寶石是要在古坟裡有那古時富貴人家兒粧裹的頭面拿了來纔好如今那裡爲這個去刨坟掘墓所以只是活人帶過的也使得王夫人聽了道阿彌陀佛不當家花拉的就是坟裡有人家死了幾百年這會子番屍倒骨的作了藥也不靈啊寶玉因向黛玉道你聽見了沒有難道二姐姐也跟著我撒謊不成臉望著黛玉說却拿眼睛瞟着寶釵黛玉便拉王夫人道舅母聽聽寶姐姐不替他圓謊他只問着我王夫人也道寶玉狠會欺負你妹妹寶玉笑道太太不知道這個原故寶姐姐先在家裡住着薛大哥的事他也不知道何況如今在裡頭住着呢自然是越發不

知道了林妹妹纔在背後以爲是我撒謊就羞我正說着見賈母房裡的丫頭找寶玉和黛玉去吃飯黛玉也不叫寶玉便起身帶著那丫頭走那丫頭說等著寶二爺一塊兒走啊黛玉道他不吃飯不和偺們走我先走了說着便出去了寶玉道我今兒還跟着太太吃罷王夫人道罷罷我今兒吃齋你正經吃你的去罷寶玉道我也跟着吃齋說著便叫那丫頭去罷自已跑到桌子上坐了王夫人向寶釵等笑道你們只管吃你們的由他去罷寶釵因笑道你正經去罷吃不吃陪著林妹妹走一輪他心裡正不自在呢何苦來寶玉道理他呢過一會子就好了一時吃過飯寶玉一則怕賈母惦記二則也想着黛玉忙忙的

要茶漱口探春惜春都笑道二哥哥你成日家忙的是什麼吃飯吃茶也是這麼忙碌碌的寶釵笑道你叫他快吃了瞧黛玉妹妹去罷叫他在這裡胡鬧什麼呢寶玉吃了茶便出來一直往西院來可巧走到鳳姐兒院前只見鳳姐兒在門前站着蹬着門檻子拿耳挖子剔牙看著十來個小厮們挪花盆呢見寶玉來了笑道你來的好進來進來替我寫幾個字兒寶玉只得跟了進來到了房裡鳳姐命人取過筆硯紙來向寶玉道大紅粧緞四十疋蟒緞四十疋各色用上紗一百疋金項圈四個寶玉道這筭什麼又不是賬又不是禮物怎麼個寫法兒鳳姐兒道你只管寫上橫竪我自己明白就罷了寶玉聽說只得寫了

鳳姐一面收起來一面笑道還有何話告訴你不知依不依你屋裡有個丫頭叫小紅的我要叫了來使喚明兒我再替你挑一個可使得麼寶玉道我屋裡的人也多的狠姐姐喜歡誰只管叫了來何必問我鳳姐笑道既這麼着我就叫人帶他去了寶玉道只管帶去罷說著要走鳳姐道你回來我還有一句話呢寶玉道老太太叫我呢有話等回來罷說着便至賈母這邊只見都已吃完了飯了賈母因問他跟着你娘吃了什麼好的了寶玉笑道也沒什麼好的我倒多吃了一碗飯因問林姑娘在那裡賈母道裡頭屋裡呢寶玉進來只見地下一個丫頭吹熨斗炕上兩個丫頭打粉線黛玉灣着腰拿剪子裁什麼呢寶

玉走進來笑道哦這是做什麼呢纔吃了飯這麼控着頭一會子又頭疼了黛玉並不理只管裁他的有一個丫頭說道那塊紬子角兒還不好呢再熨熨罷黛玉便把剪子一撂說道理他呢過一會子就好了寶玉聽了自是納悶只見寶釵探春等也來了和賈母說了一回話寶釵也進來問妹妹做什麼呢因見林黛玉裁剪笑道越發能幹了連裁鉸都會了黛玉笑道這也不過是撒謊哄人罷了寶釵笑道我告訴你個笑話兒纔剛爲那個藥我說了個不知道寶兄弟心裏就不受用了黛玉道理他呢過會子就好了寶玉向寶釵道老太太要抹骨牌正沒人你抹骨牌去罷寶釵聽說便笑道我是爲抹骨牌纔來麽說着

便走了黛玉道你倒是去罷這裡有老虎看吃了你說着又裁寶玉見他不理只得還陪笑說道你也去逛逛再裁不遲黛玉總不理寶玉便問丫頭們這是誰叫他裁的黛玉見問丫頭們便說道憑他誰叫我裁也不管二爺的事寶玉方欲說話只見有人進來回說外頭有人請呢寶玉聽了忙徹身出來黛玉向外頭說道阿彌陀佛趕你回來我死了也罷了寶玉來到外面只見焙茗說馮大爺家請寶玉聽了知道是昨日的話便說要衣裳去就自己往書房裡來焙茗一直到了二門前等人只見出來了一個老婆子焙茗上去說道寶二爺在書房裡等出門的衣裳你老人家進去帶個信兒那婆子啐道呸放你娘的屁

寶玉如今在園裡住着跟他的人都在園裡你又跑了這裡來帶信兒了焙茗聽了笑道罵的是我也糊塗了說着一逕往東邊二門前來可巧門上小厮在甬路底下踢球焙茗將原故說了有個小厮跑了進去半日纔抱了一個包袱出來遞給焙茗回到書房裡寶玉換上叫人備馬只帶着焙茗鋤藥雙瑞壽兒四個小厮去了一逕到了馮紫英門口有人報與馮紫英出來迎接進去只見薛蟠早已在那裡久候了還有許多唱曲兒的小厮們並唱小旦的蔣玉函錦香院的妓女雲兒大家都見過了然後吃茶寶玉擎茶笑道前兒說的幸與不幸之事我晝夜懸想今日一聞呼喚即至馮紫英笑道你們令姑表弟兄倒都

心寶前日不過是我的設辭誠心請你們喝一盃酒恐怕推托纔說下這句話誰知都信了真了說畢大家一笑然後擺上酒來依次坐定馮紫英先叫唱曲兒的小廝過來遞酒然後叫雲兒也過來敬三鍾那薛蟠三杯落肚不覺忘了情拉着雲兒的手笑道你把那體已新鮮曲兒唱個我聽我喝一鐔子好不好雲兒聽說只得拿起琵琶來唱道

兩個冤家都難丟下想着你來又惦記着他兩個人形容俊俏都難描畫想昨宵幽期私訂在荼蘼架一個偷情一個尋拿拿住了三曹對案我也無回話

唱畢笑道你喝一鐔子罷了薛蟠聽說笑道不值一鐔再唱好

的來寶玉笑道聽我說罷這麼濫飲易醉而無味我先喝一大海發一個新令有不遵者連罰十大海逐出席外給人斟酒馮紫英蔣玉函等都道有理有理寶玉拿起海來一氣飲盡說道如今要說悲愁喜樂四個字都要說出女兒來還要註明這四個字的原故說完了喝門杯酒面要唱一個新鮮曲子酒底要席上生風一樣東西或古詩舊對四書五經成語薛蟠不等說完先站起來攔道我不來別算我這竟是頑我呢雲兒也站起來推他坐下笑道怕什麼這還虧你天天喝酒呢難道連我也不及我回來還說呢說是了罷不是了不過罰上幾杯那裏就醉死了你如今一亂令倒喝十大海下去斟酒不成衆人都拍

手道妙薛蟠聽說無法只得坐了聽寶玉說道女兒悲青春已大守空閨女兒愁悔教夫婿覓封侯女兒喜對鏡晨粧顏色美女兒樂鞦韆架上春衫薄衆人聽了都說道好薛蟠獨揚着臉搖頭說不好該罰衆人問如何該罰薛蟠道他說的我全不懂怎麽不該罰雲兒便擰他一把笑道你悄悄兒的想你的罷回來說不出來又該罰了于是拿琵琶聽寶玉唱道

滴不盡相思血淚抛紅豆開不完春柳春花滿畫樓睡不穩紗窗風雨黃昏後忘不了新愁與舊愁嚥不下玉粒金波噎滿喉照不盡菱花鏡裡形容瘦展不開的眉頭捱不明的更漏呀恰便似遮不住的青山隱隱流不斷的綠水

悠悠

唱完大家齊聲喝彩獨薛蟠說沒板兒寳玉飲了門杯便拈起一片梨來說道雨打梨花深閉門完了令下該馮紫英說道女兒喜頭胎養了雙生子女兒樂私向花園掏蟋蟀女兒悲兒夫染病在垂危女兒愁大風吹倒梳粧樓說畢端起酒來唱道

你是個可人你是個多情你是個刁鑽古怪鬼靈精你是個神仙也不靈我說的話兒你全不信只叫你去背地裡細打聽纔知道我疼你不疼

唱完飲了門杯說道雞鳴茅店月令完下該雲兒雲兒便說道女兒悲將來終身倚靠誰薛蟠笑道我的兒有你薛大爺在你

怕什麽衆人都道别混他别混他雲兒又道女兒愁媽媽打罵何時休薛蟠道前兒我見了你媽還囑咐他不叫他打你呢衆人都道再多說的罰酒十杯薛蟠連忙自已打了一個嘴巴子說道沒耳性再不許說了雲兒又說女兒喜情郎不捨還家裡女兒樂住了簫管弄絃索說完便唱道

豆蔻花開三月三一個蟲兒往裡鑽鑽了半日不進去爬到花兒上打鞦韆肉兒小心肝我不開了你怎麽鑽

唱畢飲了門盃說道桃之夭夭令完下該薛蟠薛蟠道我可要說了女兒悲說了半日不見說底下的馮紫英笑道悲什麽快說薛蟠登時急的眼睛鈴鐺一般便說道女兒悲又咳嗽了兩

聲方說道女兒悲嫁了個男人是烏龜衆人聽了都大笑起来薛蟠道笑什麽難道我說的不是一個女兒嫁了漢子要做忘八怎麽不傷心呢衆人笑的灣著腰說道你說的是快說底下的罷薛蟠瞪了瞪眼又說道女兒愁說了這句又不言語了衆人道怎麽愁薛蟠道綉房鑽出個大馬猴衆人哈哈笑道該罰該罰先還可恕這句更不通了說着便要斟酒寳玉道押韻就好薛蟠道令官都準了你們鬧什麽衆人聽說方罷了雲兒笑道下兩句越發難說了我替你說罷薛蟠道胡說當眞我就没好的了聽我說罷女兒喜洞房花燭朝慵起衆人聽了都咤異道這句何其太雅薛蟠道女兒樂一根㲺㲺往裡戳衆人聽了

都回頭說道該死該死快唱了罷薛蟠便唱道一個蚊子哼哼哼衆人都怔了說道這是個什麼曲兒薛蟠還唱道兩個蒼蠅嗡嗡嗡衆人都道罷罷罷薛蟠道愛聽不聽這是新鮮曲兒叫做哼哼韻兒你們要懶待聽連酒底兒都免了我就不唱衆人都道免了罷倒別耽悞了別人家于是蔣玉函說道女兒悲丈夫一去不回歸女兒愁無錢去打桂花油女兒喜燈花並頭結雙蕊女兒樂夫唱婦隨真和合說畢唱道

可喜你天生成百媚姣恰便似活神仙離碧霄度青春年正小配鸞鳳真也巧呀看天河正高聽譙樓鼓敲剔銀燈同入鴛幃悄

唱畢飲了門杯笑道這詩詞上我倒有限幸而昨日見了一幅對子只記得這句可巧席上還有這件東西說畢便乾了酒拿起一朵木樨來念道花氣襲人知晝暖衆人都倒依了完令薛蟠又跳起來喧嚷道了不得了不得該罰該罰這席上並沒有寶貝你怎麽說起寶貝來了蔣玉函忙說道何曾有寶貝薛蟠道你還賴呢你再說蔣玉函只得又念了一遍薛蟠道這襲人可不是寶貝是什麽你們不信只問他說畢指着寶玉寶玉沒好意思起來說薛大哥你該罰多少薛蟠道該罰該罰說著拿起酒來一飲而盡馮紫英和蔣玉函等還問他原故雲兒便告訴了出來蔣玉函忙起身陪罪衆人都道不知者不作罪少刻

寶玉出席解手蔣玉函隨着出來二人站在廊簷下蔣玉函又陪不是寶玉見他嫵媚溫柔心中十分留戀便緊緊的攥着他的手叫他閒了往我們那裡去還有一句話問你也是你們貴班中有一個叫琪官兒的他如今名馳天下可惜我獨無緣一見蔣玉函笑道就是我的小名兒寶玉聽說不覺欣然跌足笑道有幸有幸果然名不虛傳今兒初會却怎麽樣呢想了一想向袖中取出扇子將一個玉玦扇墜解下來遞給琪官道微物不堪略表今日之誼琪官接了笑道無功受祿何以克當也罷我這裡也得了一件奇物今日早起纔繫上還是簇新聊可表我一點親熱之意說畢撩衣將繫小衣兒的一条大紅汗巾子

解下來遞給寳玉道這汗巾子是茜香國女國王所貢之物夏天繫着肌膚生香不生汗漬昨日北靜王給的今日纔上身若是別人我斷不肯相贈二爺請把自己繫的解下來給我繫着寳玉聽說喜不自禁連忙接了將自己一条松花汗巾解下來遞給琪官二人方束好只聽一聲大叫我可拿住了只見薛蟠跳出來拉着二人道放着酒不喝兩個人逃席出來幹什麼快拿出來我瞧瞧二人都道沒有什麼薛蟠那裡肯依還是馮紫英出來纔解開了復又歸坐飲酒至晚方散寳玉回至園中寛衣吃茶襲人見扇上的墜兒沒了便問他往那裡去了寳玉道馬上丢了襲人也不理論及睡時見他腰裡一条血點似的大

紅汗巾子便猜着了八九分因說道你有了好的繫褲子了把我的那条還我罷寶玉聽說方想起那汗巾子原是襲人的不該給人心裡後悔口裡說不出來只得笑道我賠你一条罷襲人聽了點頭歎道我就知道你又幹這些事了也不該拿我的東西給那些混賬人哪也難爲你心裡沒個算計兒還要說幾句又恐慪上他的酒來少不得也睡了一宿無話次日天明方醒只見寶玉笑道夜裡失了盜也不知道你瞧瞧褲子上襲人低頭一看只見昨日寶玉繫的那条汗巾子繫在自巳腰裡了便知是寶玉夜裡換的忙一頓就解下來說道我不希罕這行子趁早兒拿了去寶玉見他如此只得委婉解勸了一回襲人

無法暫且繫上過後寶玉出去終久解下來扔在個空箱子裡了自已又換了一条繫着寶玉並未理論因問起昨日可有什麽事情襲人便回說二奶奶打發人叫了小紅去了他原要等你來着我想什麽要緊我就做了主打發他去了寶玉道狠是我已經知道了不必等我罷了襲人又道昨兒貴妃打發夏太監出來送了一百二十兩銀子叫在清虛觀初一到初三打三天平安醮唱戲獻供叫珍大爺領着眾位爺們跪香拜佛呢還有端午兒的節禮也賞了說着命小丫頭來將昨日的所賜之物取出來却是上等宮扇兩柄紅麝香珠二串鳳尾羅二端芙蓉簟一領寶玉見了喜不自勝問別人的也都是這個嗎襲人

道老太太多着一個香玉如意一個瑪瑙枕老爺太太姨太太的只多着一個香玉如意你的和寶姑娘的一樣林姑娘和二姑娘三姑娘四姑娘只单有扇子和數珠兒别的都沒有大奶奶二奶奶他兩個是每人兩疋紗兩疋羅兩個香袋兒兩個錠子藥寶玉聽了笑道這是怎麼個原故怎麼林姑娘的倒不和我的一樣倒是寶姐姐的和我一樣别是傳錯了罷襲人道昨兒拿出來都是一分一分的寫著籤子怎麽會錯了呢你的是在老太太屋裡我去拿了来了的老太太說了明兒叫你一個五更天進去謝恩呢寶玉道自然要走一趟說着便叫了紫鵑來拿了這個到你們姑娘那裡去就說是昨兒我得的愛什麽

留下什麽紫鵑答應了拿了去不一時回來說姑娘說了昨兒也得了二爺留着罷寶玉聽說便命人收了剛洗了臉出來要往賈母那裏請安去只見黛玉頂頭來了寶玉赶上去笑道我的東西叫你揀你怎麽不揀黛玉昨日所惱寶玉的心事早又丢開只顧今日的事了因說道我沒這麽大福氣禁受比不得寶姑娘什麽金哪玉的我們不過是個草木人兒罷了寶玉聽他提出金玉二字來不覺心裏疑猜便說道除了别人說什麽金什麽玉我心裏要有這個想頭天誅地滅萬世不得人身黛玉聽他這話便知他心裏動了疑了忙又笑道好沒意思白白的起什麽誓呢誰管你什麽金什麽玉的寶玉道我心裏的事

也難對你說日後自然明白除了老太太老爺太太這三個人第四個就是妹妹了有第五個人我也起個誓黛玉道你也不用起誓我很知道你心裡有妹妹但只是見了姐姐就把妹妹忘了寶玉道那是你多心我再不是這麼樣的黛玉道昨兒寶丫頭他不替你圓謊你爲什麼問着我呢那要是我你又不知怎麼樣了正說着只見寶釵從那邊來了二人便走開了寶釵分明看見只粧沒看見低頭過去了到了王夫人那裡坐了一回然後到了賈母這邊只見寶玉也在這裡呢寶釵因往日母親對王夫人曾提過金鎖是個和尚給的等日後有玉的方可結爲婚姻等語所以總遠着寶玉昨日見元春所賜的東西獨

他與寶玉一樣心裡越發沒意思起來幸虧寶玉被一個黛玉纏綿住了心心念念只惦記着黛玉並不理論這事此刻忽見寶玉笑道寶姐姐我瞧瞧你的那香串子呢可巧寶釵左腕上籠着一串見寶玉問他少不得褪了下來寶釵原生的肌膚豐澤一時褪不下來寶玉在傍邊看着雪白的胳膊不覺動了羨慕之心暗暗想道這個膀子若長在林姑娘身上或者還得摸一摸偏長在他身上正是恨我沒福忽然想起金玉一事來再看看寶釵形容只見臉若銀盆眼同水杏唇不點而含丹眉不畫而横翠比黛玉另具一種嫵媚風流不覺又呆了寶釵褪下串子來給他他也忘了接寶釵見他呆呆的自己倒不好意思

的起來扔下串子回身纔要走只見黛玉蹬着門檻子嘴裏咬着絹子笑呢寶釵道你又禁不得風吹怎麽又站在那風口裏黛玉笑道何曾不是在房裏來着只因聽見天上一聲叫出來瞧了瞧原來是個獃雁寶釵道獃雁在那裏呢我也瞧瞧黛玉道我纔出來他就忒兒的一聲飛了口裏說着將手裏的絹子一甩向寶玉臉上甩來寶玉不知正打在眼上噯喲了一聲要知端的下回分解

紅樓夢第二十八回終

# 紅樓夢第二十九回

## 享福人福深還禱福　多情女情重愈斟情

話說寳玉正自發怔不想黛玉將手帕子扔了來正碰在眼睛上倒唬了一跳問這是誰黛玉搖着頭兒笑道不敢是我失了手因爲寳姐姐要看獃雁我比給他看不想失了手寳玉揉著眼睛待要說什麽又不好說的一時鳳姐兒來了因說起初一日在清虚觀打醮的事來約着寳釵寳玉黛玉等看戲去寳釵笑道罷罷怪熱的什麽没看過的戲我不去鳳姐道他們那裡凉快兩邊又有樓偺們要去我頭幾天先打發人去把那些道士都赶出去把樓上打掃了掛起簾子來一個閑人不許放進

廟去纔是好呢我已經回了太太了你們不去我自家去這些日子也悶的狠了家裡唱動戲我又不得舒舒服服的看賈母聽說就笑道旣這麽着我和你去鳳姐聽說笑道老祖宗也去敢仔好可就是我又不得受用了賈母道到明兒我在正面樓上你在傍邊樓上你也不用到我這邊來立規矩可好不好鳳姐笑道這就是老祖宗疼我了賈母因向寶釵道你也去連你母親也去長天老日的在家裡也是睡覺寶釵只得答應着賈母又打發人去請了薛姨媽順路告訴王夫人要帶了他們姊妹去王夫人因一則身上不好二則預備元春有人出來早已回了不去的聽賈母如此說笑道還是這麽高興打發人去到

園裡告訴有要逛去的只管初一跟老太太逛去這個話一傳開了別人還可已只是那些丫頭們天天不得出門檻兒聽了這話誰不要去就是各人的主子懶怠去他也百般的攛掇了去因此李紈等都說去賈母心中越發喜歡早已吩咐人去打掃安置不必細說单表到了初一這一日榮國府門前車輛紛紛人馬簇簇那底下執事人等聽見是貴妃做好事賈母親去拈香况是端陽佳節因此凡動用的物件一色都是齊全的不同往日少時賈母等出來賈母坐一乘八人大轎李氏鳳姐薛姨媽每人一乘四人轎寶釵黛玉二人共坐一輛翠蓋珠纓八寶車迎春探春惜春三人共坐一輛朱輪華蓋車然後賈母的

丫頭鴛鴦鸚鵡琥珀珍珠黛玉的丫頭紫鵑雪雁鸚哥寶釵的丫頭鶯兒文杏迎春的丫頭司棋繡橘探春的丫頭侍書翠墨惜春的丫頭入畫彩屏薛姨媽的丫頭同喜同貴外帶香菱香菱的丫頭臻兒李氏的丫頭素雲碧月鳳姐兒的丫頭平兒豐兒小紅並王夫人的兩個丫頭金釧彩雲也跟了鳳姐兒來奶子抱着大姐兒另在一輛車上還有幾個粗使的丫頭連上各房的老嬷嬷奶媽子並跟著出門的媳婦子們黑壓壓的站了一街的車那街上的人見是賈府去燒香都站在兩邊觀看那些小門小戶的婦女也都開了門在門口站著七言八語指手畫脚就像看那過會的一般只見前頭的全副執事擺開一位

青年公子騎着銀鞍白馬彩轡朱纓在那八人轎前領着那些車轎人馬浩浩蕩蕩一片錦綉香烟遮天壓地而來却是鴉雀無聞只有車輪馬蹄之聲不多時已到了清虛觀門口只聽鐘鳴鼓响早有張法官執香披衣帶領衆道士在路傍迎接寶玉下了馬賈母的轎剛至山門以內見了本境城皇土地各位泥塑聖像便命住轎賈珍帶領各子弟上來迎接鳳姐兒的轎子却赶在頭裡先到了帶著鴛鴦等迎接上來見賈母下了轎忙要攙扶可巧有個十二三歲的小道士兒拿着個剪筒照管各處剪燭花兒正欲得便且藏出去不想一頭撞在鳳姐兒懷裡鳳姐便一揚手照臉打了個嘴巴把那小孩子打了一個觔斗

罵道小野雜種往那裡跑那小道士也不顧拾燭剪爬起来往外還要跑正值寶釵等下車衆婆娘媳婦正圍隨的風雨不透但見一個小道士滚了出來都喝聲叫拿拿打打賈母聽了忙問是怎麽了賈珍忙過來問鳳姐上去攙住賈母就回說一個小道士兒剪燭花的没躱出去這會子混鑽呢賈母聽說忙道快帶了那孩子來别唬着他小門小户的孩子都是嬌生慣養慣了的那裡見過這個勢派倘或唬著他到怪可憐見兒的他老子娘豈不疼呢説着便叫賈珍去好生帶了來賈珍只得去拉了那孩子一手拿着燭剪跪在地下亂顫賈母命賈珍拉起來叫他不用怕問他幾歲了那孩子總説不出話來賈母還説

可憐見兒的又向賈珍道珍哥帶他去罷給他幾個錢買菓子吃別叫人難爲了他賈珍答應領出去了這裡賈母帶着衆人一層一層的瞻拜觀玩外面小廝們見賈母等進入二層山門忽見賈珍領了個小道士出來叫人來帶了去給他幾百錢別難爲了他家人聽說忙上來領去賈珍站在臺堦上因問管家在那裡底下站的小厮們見問都一齊喝聲說叫管家登時林之孝一手整理着帽子跑進來到了賈珍跟前賈珍道雖說這裡地方兒大今兒偺們的人多你使的人你就帶了在這院裡罷使不着的打發到那院裡去把小么兒們多挑幾個在這二層門上和兩邊的角門上伺候着要東西傳話你可知道不知

道令兒姑娘奶奶們都出來一個閒人也不許到這裡來林之孝忙答應知道又說了幾個是賈珍道去罷又問怎麼不見蓉兒一聲未了只見賈蓉從鐘樓裡跑出來了賈珍道你瞧瞧我這裡沒熱他倒凉快去了喝命家人啐他那小厮們都知道賈珍素日的性子違拗不得就有個小厮上來向賈蓉臉上啐了一口賈珍還瞪著他那小厮便問賈蓉爺還不怕熱哥兒怎麼先凉快去了賈蓉垂著手一聲不敢言語那賈芸賈萍賈芹等聽見了不但他們慌了並賈璉賈㻞賈瓊等也都忙了一個一個都從墻根兒底下慢慢的溜下來了賈珍又向賈蓉道你站着做什麼還不騎了馬跑到家裡告訴你娘母子去老太太和

姑娘們都來了叫他們快來伺候賈蓉聽說忙跑了出來一叠連聲的要馬一面抱怨道早都不知做什麽的這會子尋趁我一面又罵小子綑着手呢麽馬也拉不來要打發小厮去又恐怕後來對出來說不得親自走一輌騎馬去了且說賈珍方要抽身進來只見張道士站在傍邊陪笑說道論理我不比别人應該裡頭伺候只因天氣炎熱衆位千金都出來了法官不敢擅入請爺的示下恐老太太尚或要隨喜那裡我只在這裡伺候罷了賈珍知道這張道士雖然是當日榮國公的替身曾經先皇御口親呼爲大幻仙人如今現掌道録司印又是當今封爲終了眞人現今王公藩鎮都稱爲神仙所以不敢輕慢二則

他又常往兩個府裡去太太姑娘們都是見的今見他如此說便笑道偺們自巳你又說起這話來再多說我把你這鬍子還揪了你的呢還不跟我進來呢那張道士呵呵的笑着跟了賈珍進來賈珍到賈母跟前控身陪笑說道張爺爺進來請安賈母聽了忙道請他來賈珍忙去攙過來那張道士先呵呵笑道無量壽佛老祖宗一向福壽康寧衆位奶奶姑娘納福一向沒到府裡請安老太太氣色越發好了賈母笑道老神仙你好張道士笑道托老太太的萬福小道也還康健別的倒罷了只記掛着哥兒一向身上好前日四月二十六我這裡做遮天大王的聖誕人也來的少東西也很干净我說請哥兒來逛逛怎麼

說不在家賈母說道果真不在家一面回頭叫寶玉誰知寶玉解手兒去了纔來忙上前問張爺爺好張道士也抱住問了好又向賈母笑道哥兒越發發福了賈母道他外頭好裡頭弱又搭着他老子逼着他念書生生兒的把個孩子逼出病來了張道士道前日我在好幾處看見哥兒寫的字做的詩都好的了不得怎麼老爺還抱怨哥兒不大喜歡念書呢依小道看來也就罷了又嘆道我看見哥兒的這個形容身段言談舉動怎麼就和當日國公爺一個稿子說着兩眼酸酸的賈母聽了也由不得有些戚慘說道正是呢我養了這些兒子孫子也沒一個像他爺爺的就只這玉兒還像他爺爺那張道士又向賈珍道

當日國公爺的模樣兒爺們一輩兒的不用說了自然沒赶上大約連大老爺二老爺也記不淸楚了能說畢又呵呵大笑道前日在一個人家兒看見位小姐今年十五歲了長的倒也好個模樣兒我想着哥兒也該提親了要論這小姐的模樣兒聰明智慧根基家當倒也配的過但不知老太太怎麼樣小道也不敢造次等請了示下纔敢提去呢賈母道上回有個和尚說了這孩子命裡不該早娶等再大一大兒再定罷你如今也訪聽著不管他根基富貴只要模樣兒配的上就來告訴我就是那家子窮也不過帮他幾兩銀子就完了只是模樣兒性格兒難得好的說畢只見鳳姐兒笑道張爺爺我們丫頭的寄名符

兒你也不換去前兒虧你還有那麼大臉打發人和我要鵝黃緞子去要不給你又恐怕你那老臉上下不來張道士哈哈大笑道你瞧我眼花了也沒見奶奶在這裡也沒道謝寄名符早已有了前日原想送去不承望娘娘來做好事也就混忘了還在佛前鎮著呢等著我取了來說着跑到大殿上一時拿了個茶盤搭著大紅蟒緞經袱子托出符來大姐兒的奶子接了符張道士纔要抱過大姐兒來只見鳳姐笑道你就手裡拿出來罷了又拿個盤子托着張道士道手裡不干不淨的怎麼拿用盤子潔净些鳳姐笑道你只顧拿出盤子到唬了我一跳我不說你是爲送符倒像和我們化佈施來了衆人聽說閧然一笑

連賈璉也掌不住笑了賈母回頭道猴兒猴兒你不怕下割舌地獄鳳姐笑道我們爺兒們不相干他怎麽常常的說我該積陰隲遲了就短命呢張道士也笑道我拿出盤子來一舉兩用倒不爲化佈施倒要把哥兒的那塊玉請下來托出去給那些遠來的道友和徒子徒孫們見識見識賈母道旣這麽着你老人家老天拔地的跑什麽呢帶着他去瞧了叫他進來就是了張道士道老太太不知道看着小道是八十歲的人托老太太的福倒還硬朗二則外頭的人多氣味難聞況且大暑熱的天哥兒受不慣倘或哥兒中了腌臢氣味倒值多了賈母聽說便命寶玉摘下通靈玉來放在盤內那張道士兢兢業業的用蟒

袱子墊着捧出去了這裡賈母帶著衆人各處遊玩一回方去上樓只見賈珍囘說張爺爺送了玉來剛說着張道士捧著盤子走到跟前笑道衆人托小道的福見了哥兒的玉實在稀罕都沒什麽敬賀的這是他們各人傳道的法器都愿意爲敬賀之禮雖不稀罕哥兒只留着頑耍賞人罷賈母聽說向盤內看時只見也有金璜也有玉玦或有事事如意或有歲歲平安皆是珠穿寶嵌玉琢金鏤共有三五十件因說道你也胡鬧他們出家人是那裡來的何必這樣這斷不能收張道士笑道這是他們一點敬意小道也不能阻擋老太太要不留下倒叫他們看着小道微薄不像是門下出身了賈母聽如此說方命人接

下了寶玉笑道老太太張爺爺既這麼說又推辭不得我要這個也無用不如叫小子捧了這個跟着我出去散給窮人罷賈母笑道這話說的也是張道士忙攔道哥兒雖要行好但這些東西雖說不甚稀罕也到底是幾件器皿若給了窮人一則與他們也無益二則反倒遭塌了這些東西要捨給窮人何不就散錢給他們呢寶玉聽說便命收下等晚上拿錢施捨罷說畢張道士方纔退出這裡賈母和衆人上了樓在正面樓上歸坐鳳姐等上了東樓衆丫頭等在西樓輪流伺候一時賈珍上來回道神前拈了戲頭一本是白蛇記賈母便問是什麼故事賈珍道漢高祖斬蛇起首的故事第二本是滿床笏賈母點頭道

倒是第二本也還罷了神佛旣這樣也只得如此又問第三本賈珍道第三本是南柯夢賈母聽了便不言語賈珍退下來走至外邊預備着申表焚錢糧開戲不在話下且說寶玉在樓上坐在賈母傍邊因叫個小丫頭子捧着方纔那一盤子東西將自巳的玉帶上用手畨弄尋撥一件一件的挑與賈母看賈母因看見有個赤金點翠的麒麟便伸手拿起來笑道這件東西好像是我看見誰家的孩子也帶着一個的寶釵笑道史大妹妹有一個比這個小些賈母道原來是雲兒有這個寶玉道他這麼往我們家去住着我也沒看見探春笑道寶姐姐有心不管什麼他都記得黛玉冷笑道他在別的上頭心還有限惟有

這些人帶的東西上他纔是留心呢寶釵聽說回頭粧沒聽見
寶玉聽見史湘雲有這件東西自己便將那麒麟忙拿起来揣
在懷裡忽又想到怕人看見他聽是史湘雲有了他就留着這
件因此手裡揣著却拿眼睛瞟人只見衆人倒都不理論惟有
黛玉瞅着他點頭兒似有讚嘆之意寶玉心裡不覺沒意思起
來又掏出來瞅着黛玉訕笑道這個東西有趣兒我替你拿着
到家裡穿上個穗子你帶好不好黛玉將頭一扭道我不稀罕
寶玉笑道你既不稀罕我可就拿着了說着又揣起來剛要說
話只見賈珍之妻尤氏和賈蓉續娶的媳婦胡氏婆媳兩個來
了見過賈母賈母道你們又來做什麼我不過沒事來逛逛一

句話說了只見人報馮將軍家有人來了原來馮紫英家聽見賈府在廟裡打醮連忙預備猪羊香燭茶食之類趕來送禮鳳姐聽了忙趕過正樓來拍手笑道噯呀我却沒防着這個只說偺們娘兒們來閒逛逛人家只當偺們大擺齋壇的來送禮都是老太太鬧的這又不得預備賞封兒剛說了只見馮家的兩個管家女人上樓來了馮家兩個未去接着趙侍郎家也有禮來了於是接二連三都聽見賈府打醮女眷都在廟裡凡一應遠親近友世家相與都來送禮賈母纔後悔起來說又不是什麽正經齋事我們不過閒逛逛沒的驚動人因此雖看了一天戲至下午便回來了次日便懶怠去鳳姐又說打墻也是動土

已經驚動了人今見樂得還去逛逛賈母因昨日見張道士提起寶玉說親的事來誰知寶玉一日心中不自在回家來生氣嗔着張道士與他說了親口口聲聲說從今已後再不見張道士了別人也並不知爲什麼原故二則黛玉昨日回家又中了暑因此二事賈母便執意不去了鳳姐見不去自已帶了人去也不在話下且說寶玉因見黛玉病了心裡放不下飯也懶待吃不時來問只怕他有個好歹黛玉因說道你只管聽你的戲去罷在家裡做什麼寶玉因昨日張道士提親之事心中大不受用今聽見黛玉如此說心裡因想道別人不知道我的心還可恕連他也奚落起我來因此心中更比往日的煩惱加了百

倍要是別人跟前斷不能動這肝火只是黛玉說了這話倒又比往日別人說這話不同由不得立刻沉下臉來說道我白認得你了罷了罷了黛玉聽說冷笑了兩聲道你白認得了我嗎我那裡能彀像人家有什麼配的上你的呢寶玉聽了便走來直問到臉上道你這麼說是安心咒我天誅地滅黛玉一時解不過這話來寶玉又道昨兒還為這個起了誓呢今兒你到底兒又重我一句我就天誅地滅你又有什麼益處呢黛玉一聞此言方想起昨日的話來今日原自己說錯了又是急又是愧便抽抽搭搭的哭起來說道我要安心咒你我也天誅地滅何苦來呢我知道昨日張道士說親你怕攔了你的姻緣你心裡

生氣來拿我煞性子原來寶玉自幼生成來的有一種下流痴病況從幼時和黛玉耳鬢斯磨心情相對如今稍知些事又看了些邪書僻傳凡遠親近友之家所見的那些閨英闈秀皆未有稍及黛玉者所以早存一段心事只不好說出來故每每或喜或怒變盡法子暗中試探那黛玉偏生也是個有些痴病的也每用假情試探因你也將真心真意瞞起來我也將真心真意瞞起來都只用假意試探如此兩假相逢終有一真其間瑣瑣碎碎難保不有口角之事即如此刻寶玉的心內想的是別人不知我的心還可恕難道你就不想我的心裡眼裡只有你你不能為我解煩惱反來拿這個話堵噎我可見我心裡時時

刻刻白有你你心裡竟没我了寶玉是這個意思只口裡說不出来那黛玉心裡想著你心裡自然有我雖有金玉相對之說你豈是重這邪說不重人的呢我就時常提這金玉你只管了然無聞的方見的是待我重無毫髮私心了怎麽我只一提金玉的事你就着急呢可知你心裡時時有這個金玉的念頭我一提你怕我多心故意兒着急安心哄我那寶玉心中又想着我不管怎麽様都好只要你隨意我就立刻因你死了也是情愿的你知也罷不知也罷只由我的心那纔是你和我近不和我遠黛玉心裡又想着你只管你就是了你好我自然好你要把自己丢開只管周旋我是你不叫我近你竟叫我遠了看官

你道兩個人原是一個心如此看來却都是多生了枝葉將那求近之心反弄成踈遠之意了此皆他二人素昔所存私心難以備述如今只說他們外面的形容那寶玉又聽見他說好姻緣三個字越發逆了巳意心裡乾噎口裡說不出來便賭氣向頸上摘下通靈玉來咬咬牙狠命往地下一摔道什麼勞什子我砸了你就完了事了偏生那玉堅硬非常摔了一下竟文風不動寶玉見不破便回身找東西來砸黛玉見他如此早巳哭起來說道何苦來你砸那啞吧東西有砸他的不如來砸我二人鬧着紫鵑雪雁等忙來解勸後來見寶玉下死勁的砸那玉忙上來奪又奪不下來見比往日鬧的大了少不得去叫襲人

襲人忙赶了來纔奪下來寳玉冷笑道我是砸我的東西與你們什麽相干襲人見他臉都氣黄了眉眼都變了從來沒氣的這麽樣更拉着他的手笑道你合妹妹拌嘴不犯着砸他倘或砸壞了叫他心裡臉上怎麽過的去呢黛玉一行哭著一行聽了這話說到自巳心坎兒上來可見寳玉連襲人不如越發傷心大哭起來心裡一急方纔吃的香薷飲便承受不住哇的一聲都吐出來了紫鵑忙上來用絹子接住登時一口一口的把塊絹子吐濕雪雁忙上來捶揉紫鵑道雖然生氣姑娘到底也該保重些纔吃了藥好些兒這會子因和寳二爺拌嘴又吐出來了倘或犯了病寳二爺怎麽心裡過的去呢寳玉聽了這話

說到自巳心坎兒上來可見黛玉竟還不如紫鵑呢又見黛玉臉紅頭脹一行啼哭一行氣湊一行是淚一行是汗不勝怯弱寶玉見了這般又自巳後悔方纔不該和他較証這會子他這樣光景我又替不了他心裡想着也由不得滴下淚來了襲人守着寶玉見他兩個哭的悲痛也心酸起來又摸着寶玉的手氷涼要勸寶玉不哭罷一則恐寶玉有什麽委屈悶在心裡二則又恐薄了黛玉兩頭兒爲難正是女兒家的心性不覺也流下淚來紫鵑一面收拾了吐的藥一面拿扇子替黛玉輕輕的搧着見三個人都鴉雀無聲各自哭各自的索性也傷起心來也拿着絹子拭淚四個人都無言對泣還是襲人勉強笑向寶

玉道你不看别的你看看這玉上穿的穗子也不該和林姑娘拌嘴呀黛玉聽了也不顧病赶来奪過去順手抓起一把剪子來就鉸襲人紫鵑剛要奪已經剪了幾段黛玉哭道我也是白効力他也不稀罕自有别人替他再穿好的去呢襲人忙接了玉道何苦來這是我纔多嘴的不是了寶玉向黛玉道你只管鉸我横竪不帶他也沒什麽只顧裡頭鬧誰知那些老婆子們見黛玉大哭大吐寶玉又砸玉不知道要鬧到什麽田地見便連忙的一齊往前頭去回了賈母王夫人知道好不至于連累了他們那賈母王夫人見他們忙忙的做一件正經事來告訴也都不知有了什麽緣故便一齊進園來瞧急的襲人抱怨紫

鵑為什麼驚動了老太太太太紫鵑又只當是襲人着人去告訴的也抱怨襲人那賈母王夫人進來見寳玉也無言黛玉也無話問起來又没為什麼事便將這禍移到襲人紫鵑兩個人身上說為什麼你們不小心伏侍這會子鬧起來都不管呢因此將二人連駡帶說教訓了一頓二人都没的說只得聽着還是賈母帶出寳玉去了方纔平伏過了一日至初三日乃是薛蟠生日家裡擺酒唱戲賈府諸人都去了寳玉因得罪了黛玉二人總未見面心中正自後悔無精打彩那裡還有心腸去看戲因而推病不去黛玉不過前日中了些暑溽之氣本無甚大病聽見他不去心裡想他是好吃酒聽戲的今日反不去自然

是因爲昨兒氣着了再不然他見我不去他也沒心腸去只是昨兒千不該萬不該鉸了那玉上的穗子管定他再不帶了還得我穿了他纔帶因而心中十分後悔那賈母見他兩個都生氣只說趂今兒那邊去看戲他兩個見了也就完了不想又都不去老人家急的抱怨說我這老寃家是那一世裡造下的孽障偏偏兒的遇見了這麽兩個不懂事的小寃家兒沒有一天不叫我操心眞眞的是俗語兒說的不是寃家不聚頭了幾時我閉了眼斷了這口氣任憑你們兩個寃家鬧上天去我眼不見心不煩也就能了偏他娘的又不嚥這口氣自己抱怨着也哭起來了誰知這個話傳到寶玉黛玉二人耳內他二人竟從

來沒有聽見過不是寃家不聚頭的這句俗語兒如今忽然得了這句話好似參禪的一般都低着頭細嚼這句話的滋味兒不覺的潸然淚下雖然不曾會面却一個在瀟湘館臨風灑淚一個在怡紅院對月長吁正是人居兩地情發一心了襲人因勸寶玉道千萬不是都是你的不是往日家裡的小廝們和他的姐姐妹妹拌嘴或是兩口子分爭你要是聽見了還罵那些小廝們蠢不能體貼女孩兒們的心腸今兒怎麼你也這麼着起來了明兒初五大節下的你們兩個再這麼仇人是的老太太越發要生氣了一定弄的大家不安生依我勸你正經下個氣兒陪個不是大家還是照常一樣兒的這麼着不好麼寶玉

聽了不知依與不依要知端詳下回分解

紅樓夢第一百十九回終

# 紅樓夢第三十回

寶釵借扇機帶雙敲　椿齡畫薔痴及局外

話說林黛玉自與寶玉口角後也覺後悔但又無去就他之理因此日夜悶悶如有所失紫鵑也看出八九便勸道論前兒的事竟是姑娘太浮躁了些別人不知寶玉的脾氣難道偺們也不知道爲那玉也不是鬧了一遭兩遭了黛玉啐道呸你倒來替人派我的不是我怎麼浮躁了紫鵑笑道好好兒的爲什麼鉸了那穗子不是寶玉只有三分不是姑娘倒有七分不是我看他素日在姑娘身上就好皆因姑娘小性兒常要歪派他纔這麼樣黛玉欲答話只聽院外叫門紫鵑聽了聽笑道這是寶

玉的聲音想必是來賠不是來了黛玉聽了說不許開門紫鵑
道姑娘又不是了這麼熱天毒日頭地下晒壞了他如何使得
呢口裡說着便出去開門果然是寶玉一面讓他進來一面笑
着說道我只當寶二爺再不上我們的門了誰知道這會子又
來了寶玉笑道你們把極小的事倒說大了好好的爲什麼不
來我就死了魂也要一日來一百遭妹妹可大好了紫鵑道身
上病好了只是心裡氣還不大好寶玉笑道我知道了有什麼
氣呢一面說着一面進來只見黛玉又在床上哭那黛玉本不
曾哭聽見寶玉來由不得傷心止不住滚下淚來寶玉笑着走
近床來道妹妹身上可大好了黛玉只顧拭淚並不答應寶玉

因便挨在床沿上坐了一面笑道我知道你不惱我但只是我不來叫傍人看見倒像是咱們又拌了嘴的是的要等他們來勸咱們那時候兒豈不咱們倒覺生分了不如這會子你要打要罵憑你怎麼樣千萬別不理我說着又把好妹妹叫了幾十聲黛玉心裡原是再不理寶玉的這會子聽見寶玉說別叫人知道咱們拌了嘴就生分了是的這一句話又可見得比別人原親近因又掌不住便哭道你也不用來哄我從今已後我也不敢親近二爺權當我去了寶玉聽了笑道你往那裡去呢黛玉道我回家去寶玉笑道我跟了去黛玉道我死了呢寶玉道你死了我做和尚黛玉一聞此言登時把臉放下來問道想是

你要死了胡說的是什麼你們家倒有幾個親姐姐親妹妹呢明兒都死了你幾個身子做和尚去呢等我把這個話告訴別人評評理寶玉自知說的造次了後悔不來登時臉上紅漲低了頭不敢作聲幸而屋裡沒人黛玉兩眼直瞪瞪的瞅了他半天氣的噯了一聲說不出話來見寶玉憋的臉上紫漲便咬着牙用指頭狠命的在他額上戳了一下子哼了一聲說道你這個剛說了三個字便又嘆了一口氣仍拿起絹子來擦眼淚寶玉心裡原有無限的心事又兼說錯了話正自後悔又見黛玉戳他一下子要說也說不出來自嘆自泣因此自已也有所感不覺掉下淚來要用絹子揩拭不想又忘了帶來便用衫袖去

擦黛玉雖然哭着却一眼看見他穿着簇新藕合紗衫竟去拭淚便一面自已拭淚一面回身將枕上搭的一方綃帕拿起來向寶玉懷裡一摔一語不發仍掩面而泣寶玉見他摔了帕子來忙接住拭了淚又挨近前些伸手拉了他一隻手笑道我的五臟都揉碎了你還只是哭走罷我和你到老太太那裡去罷黛玉將手一摔道誰和你拉拉扯扯的一天大似一天還這麽涎皮賴臉的連個理也不知道一句話沒說完只聽嚷道好了寶黛兩個不防都唬了一跳回頭看時只見鳳姐兒跑進來笑道老太太在那裡抱怨天抱怨地只叫我來瞧瞧你們好了沒有我說不用瞧過不了三天他們自已就好了老太太罵我說

我懶我來了果然應了我的話了也沒見你們兩個有些什麼可拌的三日好了兩日惱了越大越成了孩子了有這會子拉着手哭的昨兒爲什麼又成了烏眼鷄是的呢還不跟着我到老太太跟前叫老人家也放點兒心呢說着拉了黛玉就走黛玉回頭叫丫頭們一個也沒有鳳姐道又叫他們做什麼有我伏侍呢一面說一面拉着就走寶玉在後頭跟着出了園門到了賈母跟前鳳姐笑道我說他們不用人費心自己就會好的老祖宗不信一定叫我去說和趕我到那裡說和誰知兩個人在一塊兒對賠不是呢倒像黃鷹抓住鷂子的脚兩個人都扣了環了那裡還要人去說呢說的滿屋裡都笑起來此時寶釵

正在這裡那黛玉只一言不發挨著賈母坐下寶玉沒什麼說的便向寶釵笑道大哥哥好日子偏我又不好沒有別的禮送連個頭也不磕去大哥哥不知道我病倒像我推故不去是的倘或明兒姐姐閑了替我分辯分辯寶釵笑道這也多事你就要去也不敢驚動何況身上不好弟兄們常在一處要存這個心倒生分了寶玉又笑道姐姐知道體諒我就好了又道姐姐怎麼不聽戲去寶釵道我怕熱聽了兩齣熱的很要走呢客又不散我少不得推身上不好就躲了寶玉聽說自己由不得臉上沒意思只得又搭赸笑道怪不得他們拿姐姐比楊妃原也富胎些寶釵聽說登時紅了臉待要發作又不好怎麼樣回思

了一回臉上越下不來便冷笑了兩聲說道我倒像楊妃只是沒個好哥哥好兄弟可以做得楊國忠的正說着可巧小丫頭靚兒因不見了扇子和寶釵笑道必是寶姑娘藏了我的好姑娘賞我罷寶釵指着他厲聲說道你要仔細你見我和誰頑過有和你素日嘻皮笑臉的那些姑娘們你該問他們去說的靚兒跑了寶玉自知又把話說造次了當著許多人比纔在黛玉跟前更不好意思便急回身又向別人搭訕去了黛玉聽見寶玉奚落寶釵心中着實得意纔要搭言也趁勢取個笑兒不想靚兒因找扇子寶釵又發了兩句話他便改口說道寶姐姐你聽了兩齣什麼戲寶釵因見黛玉面上有得意之態一定是聽

了寶玉方纔奚落之言遂了他的心願忽又見他問這話便笑道我看的是李逵罵了宋江後來又賠不是寶玉便笑道姐姐通今博古色色都知道怎麼連這一齣戲的名兒也不知道就說了這麼一套這叫做負荊請罪寶釵笑道原來這叫負荊請罪你們通今博古纔知道負荊請罪我不知什麼叫負荊請罪一句話未說了寶玉黛玉二人心裡有病聽了這話早把臉羞紅了鳳姐這些上雖不通但只看他三人的形景便知其意也笑問道這們大熱的天誰還吃生薑呢衆人不解便道沒有吃生薑的鳳姐故意用手摸着腮咤異道既沒人吃生薑怎麼這麼辣辣的呢寶玉黛玉二人聽見這話越發不好意思了寶釵

再欲說話見寶玉十分羞愧形景改變也就不好再說只得一笑收住別人總沒解過他們四個人的話來因此付之一笑一時寶釵鳳姐去了黛玉向寶玉道你也試着比我利害的人了誰都像我心拙口夯的由着人說呢寶玉正因寶釵多心自已沒趣兒又見黛玉問著他越發沒好氣起來欲待要說兩句又怕黛玉多心說不得忍氣無精打彩一直出來誰知目今盛暑之際又當早飯已過各處主僕人等多半都因日長神倦寶玉背着手到一處一處鴉雀無聲從賈母這裡出來往西走過了穿堂便是鳳姐的院落到他院門前只見院門掩着知道鳳姐素日的規矩每到天熱午間要歇一個時辰的進去不便遂進

角門來到王夫人上房裡只見幾個丫頭手裡拿著針線却打盹兒王夫人在裡間凉牀上睡着金釧兒坐在傍邊搥腿也乜斜着眼亂恍寶玉輕輕的走到跟前把他耳墜上的墜子一摘金釧兒睁眼見是寶玉寶玉便悄悄的笑道就困的這麽着金釧抿嘴兒一笑擺手叫他出去仍合上眼寶玉見了他就有些戀戀不捨的悄悄的探頭瞧瞧王夫人合着眼便自巳向身邊荷包裡帶的香雪潤津丹掏了一丸出來向金釧兒嘴裡一送金釧兒也不睁眼只管噙了寶玉上來便拉着手悄悄的笑道我和太太討了你偺們在一處罷金釧兒不答寶玉又道等太太醒了我就說金釧兒睁開眼將寶玉一推笑道你忙什麽金

箸兒掉在井裡頭有你的只是有你的連這句俗語難道也不明白我告訴你個巧方兒你往東小院兒裡頭拿環哥兒和彩雲去寶玉笑道誰管他的事咱們只說咱們的只見王夫人翻身起來照金釧兒臉上就打了個嘴巴指著罵道下作小娼婦兒好好兒的爺們都叫你們教壞了寶玉見王夫人起來早一溜烟跑了這裡金釧兒半邊臉火熱一聲不敢言語登時衆丫頭聽見王夫人醒了都忙進來王夫人便叫玉釧兒把你媽叫來帶出你姐姐去金釧兒聽見忙跪下哭道我再不敢了太太要打要罵只管發落別叫我出去就是天恩了我跟了太太十來年這會子攆出去我還見人不見人呢王夫人固然是個

寬仁慈厚的人從來不曾打過丫頭們一下子今忽見金釧兒行此無耻之事這是平生最恨的所以氣忿不過打了一下子罵了幾句雖金釧兒苦求也不肯收留到底叫了金釧兒的母親白老媳婦兒領出去了那金釧兒含羞忍辱的出去不在話下且說寶玉見王夫人醒了自己沒趣忙進大觀園來只見赤日當天樹陰匝地滿耳蟬聲靜無人語剛到了薔薇架只聽見有人哽噎之聲寶玉心中疑惑便站住細聽果然那邊架下有人此時正是五月那薔薇花葉茂盛之際寶玉悄悄的隔着藥欄一看只見一個女孩子蹲在花下手裡拿着根别頭的簪子在地下摳土一面悄悄的流淚寶玉心中想道難道這也是個

痴丫頭又像顰兒來葬花不成因又自笑道若真也葬花可謂東施效顰了不但不為新奇而且更是可厭想畢便要叫那女子說你不用跟着林姑娘學了話未出口幸而再看時這女孩子面生不是個侍兒倒像是那十二個學戲的女孩子裡頭的一個却辨不出他是生旦淨丑那一個脚色來寶玉把舌頭一伸將口掩住自已想道幸而不曾造次上兩回皆因造次了顰兒也生氣寶兒也多心如今再得罪了他們越發沒意思了一面想一面又恨不認得這個是誰再留神細看見這女孩子眉蹙春山眼顰秋水面薄腰纖裊裊婷婷大有黛玉之態寶玉早又不忍棄他而去只管痴看只見他雖然用金簪畫地並不是

掘土埋花竟是向土上畫字寶玉拿眼隨着簪子的起落一直到底一畫一點一勾的看了去數一數十八筆自已又在手心裡拿指頭按着他方纔下筆的規矩寫了猜是個什麼字寫成一想原來就是個薔薇花的薔字寶玉想道必定是他也要做詩填詞這會子見了這花因有所感或者偶成了兩句一時興至怕忘了在地下畫着推敲也未可知且看他底下再寫什麼一面想一面又看只見那女孩子還在那裡畫呢畫来畫去還是個薔字再看還是個薔字裡面的原是早已痴了畫完一個薔又畫一個薔已經畫了有幾十個外面的不覺也看痴了兩個眼睛珠兒只管隨着簪子動心裡却想這女孩子一定有什

麽說不出的心事纔這麽個樣兒外面他既是這個樣兒心裡還不知怎麽熬煎呢看他的模樣兒這麽單薄心裡那裡還擱的住熬煎呢可恨我不能替你分些過來却說伏中陰晴不定片雲可以致雨忽然涼風過處颯颯的落下一陣雨來寶玉看那女孩子頭上往下滴水把衣裳登時濕了寶玉想道這是下雨了他這個身子如何禁得驟雨一激因此禁不住便說道不用寫了你看身上都濕了那女孩子聽說倒唬了一跳抬頭一看只見花外一個人叫他不用寫了一則寶玉臉面俊秀二則花葉繁茂上下俱被枝葉隱住剛露著半邊臉兒那女孩子只當也是個丫頭再不想是寶玉因笑道多謝姐姐提醒了我難

道姐姐在外頭有什麽避雨的一句提醒了寶玉噯喲了一聲纔覺得渾身氷凉低頭看看自已身上也都濕了說不好只得一氣跑回怡紅院去了心裡却還記罣着那女孩子沒處避雨原來明日是端陽節那文官等十二個女孩子都放了學進園來各處頑耍可巧小生寶官正旦玉官兩個女孩子正在怡紅院和襲人頑笑被雨阻住大家堵了溝把水積在院內拿些綠頭鴨花鸂鶒彩鴛鴦捉的捉赶的赶縫了翅膀放在院內頑耍將院門關了襲人等都在遊廊上嘻笑寶玉見關着門便用手扣門裡面諸人只顧笑那裡聽見叫了半日拍得門山响裡面方聽見了料着寶玉這會子再不回來的襲人笑道誰這會子

叫門沒人開去寶玉道是我麝月道是寶姑娘的聲音晴雯道胡說寶姑娘這會子做什麽來襲人道等我隔著門縫兒瞧瞧可開就開别叫他淋着回去說着便順着遊廊到門前往外一瞧只見寶玉淋得雨打鷄一般襲人見了又是著忙又是好笑忙開了門笑着灣腰拍手道那裡知道是爺回來了你怎麽大雨裡跑了來寶玉一肚子沒好氣滿心裡要把開門的踢幾脚方開了門並不看真是誰還只當是那些小丫頭們便一脚踢在肋上襲人噯喲了一聲寶玉還罵道下流東西們我素日担待你們得了意一點兒也不怕越發拿着我取笑兒了口裡說着一低頭見是襲人哭了方知踢錯了忙笑道噯喲是你來了

踢在那裡了襲人從來不曾受過一句大話兒的今忽見寶玉生氣踢了他一下子又當着許多人又是羞又是氣又是疼真一時置身無地待要怎麽樣料着寶玉未必是安心踢他少不得忍著說道沒有踢着還不換衣裳去呢寶玉一面進房解衣一面笑道我長了這麽大頭一遭兒生氣打人不想偏偏兒就碰見你了襲人一面忍痛換衣裳一面笑道我是個起頭兒的人也不論事大事小是好是歹自然也該從我起但只是別說打了我明日順了手只管打起別人來寶玉道我纔也不是安心襲人道誰說是安心呢素日開門關門的都是小丫頭們的事他們是憨皮慣了的早已恨的人牙癢癢他們也沒個怕懼

要是他們踢一下子唬唬也好剛纔是我淘氣不叫開門的說着那雨已住了寶官玉官也早去了襲人只覺肋下疼的心裡發鬧晚飯也不曾吃到晚間脫了衣服只見肋上青了碗大的一塊自已倒唬了一跳又不好聲張一時睡下夢中作痛由不得嗳喲之聲從睡中哼出寶玉雖說不是安心因見襲人懶懶的心裡也不安穩半夜裡聽見襲人嗳喲便知踢重了自已下床來悄悄的秉燈來照剛到床前只見襲人嗽了兩聲吐出一口痰來嗳喲一聲睁眼見了寶玉倒唬了一跳道作什麽寶玉道你夢裡嗳喲必是踢重了我瞧瞧襲人道我頭上發暈嗓子裡又腥又甜你倒照一照地下罷寶玉聽說果然持燈向地下

一照只見一口鮮血在地寶玉慌了只說了不得了襲人見了也就心冷了半截要知端的下回分解

紅樓夢第三十回終

# 紅樓夢第三十一回

## 撕扇子作千金一笑　因麒麟伏白首雙星

話說襲人見了自己吐的鮮血在地也就冷了半截想着往日常聽人說少年吐血年月不保縱然命長終是廢人了想起此言不覺將素日想着後來爭榮誇耀之心盡皆灰了眼中不覺的滴下淚來寶玉見他哭了也不覺心酸起來因問道你心裡覺着怎麽樣襲人勉強笑道好好兒的覺怎麽樣呢寶玉的意思即刻便要叫人燙黃酒要山羊血黎洞丸來襲人拉着他的手笑道你這一鬧不大緊鬧起多少人來倒抱怨我輕狂分明人不知道倒鬧的人知道了你也不好我也不好正經明兒你

打發小子問問王大夫去弄點子藥吃吃就好了人不知鬼不覺的不好嗎寶玉聽了有理也只得罷了向案上斟了茶來給襲人漱口襲人知寶玉心内也不安待要不叫他伏侍他又必不依况且定要驚動别人不如且由他去罷因此倚在榻上由寶玉去伏侍那天剛亮寶玉也顧不得梳洗忙穿衣出來將王濟仁叫來親自確問王濟仁問其原故不過是傷損便說了個丸藥的名字怎麽吃怎麽敷寶玉記了回園來依方調治不在話下這日正是端陽佳節蒲艾簪門虎符繫臂午間王夫人治了酒席請薛家母女等過節寶玉見寶釵淡淡的也不和他說話自知是昨日的原故王夫人見寶玉沒精打彩也只當是昨

曰金釧兒之事他沒好意思的越發不理他黛玉見寶玉懶懶的只當是他因爲得罪了寶釵的原故心中不受用形容也就懶懶的鳳姐昨日晚上王夫人就告訴了他寶玉金釧兒的事知道王夫人不喜歡自已如何敢說笑也就隨着王夫人的氣色行事更覺淡淡的迎春姐妹見衆人沒意思也都沒意思了因此大家坐了一坐就散了那黛玉天性喜散不喜聚他想的也有個道理他說人有聚就有散聚時喜歡到散時豈不清冷既清冷則生感傷所以不如倒是不聚的好比如那花兒開的時候兒叫人愛到謝的時候兒便增了許多惆悵所以倒是不開的好故此人以爲歡喜時他反以爲悲慟那寶玉的性情只

顧人常聚不散花常開不謝及到筵散花謝雖有萬種悲傷也就没奈何了因此今日之筵大家無興散了黛玉還不覺怎麽着倒是寶玉心中悶悶不樂回至房中長吁短歎偏偏晴雯上來換衣裳不防又把扇子失了手掉在地下將骨子跌折寶玉因歎道蠢才蠢才將來怎麽樣明日你自己當家立業難道也是這麽顧前不顧後的晴雯冷笑道二爺近來氣大的狠行動就給臉子瞧前兒連襲人都打了今兒又來尋我的不是要踢要打憑爺去就是跌了扇子也算不的什麽大事先時候兒什麽玻璃缸瑪瑙碗不知弄壞了多少也没見個大氣兒這會子一把扇子就這麽着何苦來呢嫌我們就打發了我們再挑好

的便好離好散的倒不好寶玉聽了這些話氣的渾身亂戰因說道你不用忙將來橫豎有散的日子襲人在那邊早已聽見忙趕過來向寶玉道好好兒的又怎麼了可是我說的一時我不到就有事故兒晴雯聽了冷笑道姐姐既會說就該早來呀省了我們惹的生氣自古以來就只是你一個人會伏侍我們原不會伏侍因為你伏侍的好為什麼昨兒纔挨窩心脚啊我們不會伏侍的明日還不知犯什麼罪呢襲人聽了這話又是惱又是愧待要說幾句又見寶玉已經氣的黄了臉少不得自已忍了性子道好妹妹你出去逛逛兒原是我們的不是晴雯聽他說我們兩字自然是他和寶玉了不覺又添了醋意冷笑

幾聲道我們不知道你們是誰別叫我替你們害臊了你們鬼鬼祟祟幹的那些事也瞞不過我去不是我說正經明公正道的連個姑娘還沒掙上去呢也不過和我是的那裡就稱起我們來了襲人羞得臉紫漲起來想想原是自己把話說錯了寳玉一面說道你們氣不忿我明日偏擡舉他襲人忙拉了寳玉的手道他一個糊塗人你和他分證什麼况且你素日又是有擔待的比這大的過去了多少今日是怎麼了晴雯冷笑道我原是糊塗人那裡配和我說話我不過奴才罷咧襲人聽說道姑娘到底是和我拌嘴是和二爺拌嘴呢要是心裡惱我你只和我說不犯著當着二爺吵要是惱二爺不該這麼吵的萬人

知道我纔也不過為了事進來勸開了大家保重姑娘到尋上我的晦氣又不像是惱我又不像是惱二爺夾鎗帶棒終久是個什麼主意我就不說讓你說去說著便往外走寶玉向晴雯道你也不用生氣我也猜著你的心事了我回太太去你也大了打發你出去可好不好晴雯聽了這話不覺越傷起心來含淚說道我為什麼出去要嫌我變着法兒打發我去也不能彀的寶玉道我何曾經過這樣吵鬧一定是你要出去了不如回太太打發你去罷說着站起來就要走襲人忙回身攔住笑道往那裡去寶玉道回太太去襲人笑道好沒意思認真的去回你也不怕臊了他就是他認真要去也等把這氣下去了等無

事中說話兒回了太太也不遲這會子急急的當一件正經事去回豈不叫太太犯疑寳玉道太太必不犯疑我只明說是他鬧着要去的晴雯哭道我多早晚鬧著要去了饒生了氣還拿話壓派我只管去回我一頭碰死了也不出這門兒寳玉道這又奇了你又不去你又只管鬧我經不起這麽吵不如去了倒干凈說着一定要去回襲人見攔不住只得跪下了碧痕秋紋麝月等衆丫鬟見吵鬧的利害都鴉雀無聞的在外頭聽消息這會子聽見襲人跪下央求便一齊進來都跪下了寳玉忙把襲人拉起来嘆了一聲在床上坐下叫衆人起去向襲人道叫我怎麽樣纔好這個心使碎了也沒人知道說着不覺滴下淚

來襲人見寶玉流下泪來自已也就哭了晴雯在傍哭著方欲說話只見黛玉進來晴雯便出去了黛玉笑道大節下怎麽好好兒的哭起來了難道是爲爭粽子吃爭惱了不成寶玉和襲人都撲哧的一笑黛玉道二哥哥你不告訴我我不問就知道了一面說一面拍着襲人的肩膀笑道好嫂子你告訴我必定是你們兩口兒拌了嘴了告訴妹妹替你們和息和息襲人推他道姑娘你鬧什麽我們一個丫頭姑娘只是混說黛玉笑道你說你是丫頭我只拿你當嫂子待寶玉道你何苦來替他招罵呢饒這麽着還有人說閒話還擱得住你來說這些個襲人笑道姑娘你不知道我的心除非一口氣不來死了倒也罷了

黛玉笑道你死了别人不知怎麽樣我先就哭死了寶玉笑道你死了我做和尚去襲人道你老實些兒罷何苦還混說黛玉將兩個指頭一伸抿着嘴兒笑道做了兩個和尚了我從今已後都記着你做和尚的遭數兒寶玉聽了知道是點他前日的話自己一笑也就罷了一時黛玉去了就有人來說薛大爺請寶玉只得去了原來是吃酒不能推辭只得盡席而散晚間回來已帶了幾分酒踉蹌來至自己院內只見院中早把乘凉的枕榻設下榻上有個人睡着寶玉只當是襲人一面在榻沿上坐下一面推他問道疼的好些了只見那人翻身起來說何苦來又招我寶玉一看原來不是襲人却是晴雯寶玉將他一拉

拉在身傍坐下笑道你的性子越發慣嬌了早起就是跌了扇子我不過說了那麽兩句你就說上那些話你說我也罷了襲人好意勸你又刮拉上他你自巳想想該不該晴雯道怪熱的拉拉扯扯的做什麽叫人看見什麽樣兒呢我這個身子本不配坐在這裡寶玉笑道你既知道不配爲什麽躺着呢晴雯没的說嗤的又笑了說道你不來使的你來了就不配了起來讓我洗澡去襲人麝月都洗了我叫他們來寶玉笑道我纔又喝了好些酒還得洗洗你既没洗拿水來偺們兩個洗晴雯搖手笑道罷罷我不敢惹爺還記得碧痕打發你洗澡啊足有兩三個時辰也不知道做什麽呢我們也不好進去後來洗完了進

去瞧瞧地下的水淹着床腿子連蓆子上都汪着水也不知是怎麽洗的笑了幾天我也沒工夫收拾水你也不用和我一塊兒洗今兒也凉快我也不洗了我倒是舀一盆水來你洗洗臉篦篦頭纔鴛鴦送了好些菓子來都湃在那水晶缸裡呢叫他們打發你吃不好嗎寶玉笑道旣這麽着你不洗就洗洗手給我拿菓子來吃罷晴雯笑道可是說的我一個蠢才連扇子還跌折了那裡還配打發吃菓子呢倘或再砸了盤子更了不得了寶玉笑道你愛砸就砸這些東西原不過是借人所用你愛這樣我愛那樣各自性情比如那扇子原是搧的你要撕着頑兒也可以使得只是別生氣時拿他出氣就如杯盤原是盛東

西的你喜歡聽那一聲响就故意砸了也是使得的只别在氣頭兒上拿他出氣這就是愛物了晴雯聽了笑道既這麼說你就拿了扇子來我撕我最喜歡聽撕的聲兒寶玉聽了便笑着遞給他晴雯果然接過來嗤的一聲撕了兩半接着又聽嗤嗤幾聲寶玉在傍笑着說撕的好再撕响些正說着只見麝月走過來瞪了一眼啐道少作點孽兒罷寶玉赶上來一把將他手裡的扇子也奪了遞給晴雯晴雯接了也撕作幾半子二人都大笑起來麝月道這是怎麼說拿我的東西開心兒寶玉笑道你打開扇子匣子揀去什麼好東西麝月道既這麼說就把扇子搬出來讓他儘力撕不好嗎寶玉笑道你就搬去麝月道我

可不造這樣孽他沒折了手叫他自已搬去晴雯笑著便倚在床上說道我也乏了明兒再撕罷寶玉笑道古人云千金難買一笑幾把扇子能值幾何一面說一面叫襲人襲人纔換了衣服走出來小丫頭佳蕙過來拾去破扇大家乘凉不消細說至次日午間王夫人寶釵黛玉衆姐妹正在賈母房中坐著有人回道史大姑娘來了一時果見史湘雲帶領衆多丫鬟媳婦走進院來寶釵黛玉等忙迎至堦下相見青年姊妹經月不見一旦相逢自然是親密的一時進入房中請安問好都見過了賈母因說天熱把外頭的衣裳脫脫罷湘雲忙起身寬衣王夫人因笑道也沒見穿上這些做什麼湘雲笑道都是二嬸娘叫穿

的誰願意穿這些寶釵一傍笑道姨媽不知道他穿衣裳還更愛穿別人的可記得舊年三四月裡他在這裡住着把寶兄弟的袍子穿上靴子也穿上帶子也繫上猛一瞧活脫兒就像是寶兄弟就是多兩個墜子他站在那椅子後頭哄的老太太只是叫寶玉你過來仔細那上頭掛的燈穗子招下灰來迷了眼他只是笑也不過去後來大家忍不住笑了老太太纔笑了還說扮作小子樣兒更好看了黛玉道這算什麼惟有前年正月裡接了他來住了兩日下起雪來老太太和舅母那日想是纔拜了影回來老太太的一件新大紅猩猩毡的斗蓬放在那裡誰知眼不見他就披上了又大又長他就拿了條汗巾子攔腰

繫上和丫頭們在後院子裡撲雪人兒頑一跤栽倒了弄了一身泥說着大家想起來都笑了寶釵笑問那周奶媽道周媽你們姑娘還那麼淘氣不淘氣了周奶媽也笑了迎春笑道淘氣也罷了我就嫌他愛說話也沒見睡在那裡還是咭咭呱呱笑一陣說一陣也不知是那裡來的那些謊話王夫人道只怕如今好了前日有人家來相看眼見有婆婆家了還是那麼著賈母因問今日還是住着還是家去呢周奶媽笑道老太太沒有看見衣裳都帶了來了可不住兩天湘雲問寶玉道寶哥哥不在家麼寶釵笑道他再不想別人只想寶兄弟兩個人好頑笑這可見還沒改了淘氣賈母道如今你們大了別提小名兒了

剛說着只見寶玉來了笑道雲妹妹來了怎麼前日打發人接你去不來王夫人道這裡老太太纔說這一個他又來提名道姓的了黛玉道你哥哥有好東西等著給你呢湘雲道什麼好東西寶玉笑道你信他幾日不見越發高了湘雲笑道襲人姐姐好寶玉道好多謝你想着湘雲道我給他帶了好東西來了說着拿出絹子來挽着一個扢搭寶玉道又是什麼好物兒你倒不如把前日送來的那絳紋石的戒指兒帶兩個給他湘雲笑道這是什麼說着便打開衆人看時果然是上次送來的那絳紋戒指一包四個黛玉笑道你們瞧瞧他這個人前日一般的打發人給我們送來你就把他的也帶了來豈不省事今日

巴巴兒的自巳帶了來我打諒又是什麽新奇東西呢原來還是他真真你是個糊塗人湘雲笑道你纔糊塗呢我把這理說出來大家評評誰糊塗給你們送東西就是使來的人不用說話拿進來一看自然就知道是送姑娘們的要帶了他們的來須得我告訴來人這是那一個女孩兒的那是那一個女孩兒的那使來的人明白還好再糊塗些他們的名字多了記不清楚混鬧胡說的反倒連你們的都攪混了要是打發個女人來還好偏前日又打發小子來可怎麽說女孩兒們的名字呢還是我來給他們帶了來豈不清白說着把戒指放下說道襲人姐姐一個鴛鴦姐姐一個金釧兒姐姐一個平兒姐姐一個這

倒是四個人的難道小子們也記得這麼清楚衆人聽了都笑道果然明白寶玉笑道還是這麼會說話不讓人黛玉聽了冷笑道他不會說話就配帶金麒麟了一面說著便起身走了幸而諸人都不曾聽見只有寶釵抿着嘴兒一笑寶玉聽見了倒自已後悔又說錯了話忽見寶釵一笑由不得也一笑寶釵見寶玉笑了忙起身走開找了黛玉說笑去了賈母因向湘雲道喝了茶歇歇兒瞧瞧你嫂子們去園裡也凉快和你姐姐們去逛逛湘雲答應了因將三個戒指兒包上歇了歇便起身要瞧鳳姐等去衆奶娘丫頭跟着到了鳳姐那裡說笑了一回出來便往大觀園來見過了李紈少坐片時便往怡紅院來找襲

人因回頭說道你們不必跟着只管瞧你們的親戚去留下縷兒伏侍就是了衆人應了自去尋姑覓嫂单剩下湘雲翠縷兩個翠縷道這荷花怎麼還不開湘雲道時候兒還沒到呢翠縷道這也和偺們家池子裡的一樣也是樓子花兒湘雲道他們這個還不及偺們的翠縷道他們那邊有顆石榴接連四五枝真是樓子上起樓子這也難爲他長湘雲道花草也是和人一樣氣脈充足長的就好翠縷把臉一扭說道我不信這話要說和人一樣我怎麼沒見過頭上又長出一個頭來的人呢湘雲聽了由不得一笑說道我說你不用說話你偏愛說這叫人怎麼答言呢天地間都賦陰陽二氣所生或正或邪或奇或怪千

變萬化都是陰陽順逆就是一生出來人人罕見的究竟道理還是一樣翠縷道這麽說起来從古至今開天闢地都是些陰陽了湘雲笑道糊塗東西越說越放屁什麽都是些陰陽况且陰陽兩個字還只是一個字陽盡了就是陰陰盡了就是陽不是陰盡了又有一個陽生出來陽盡了又有個陰生出來翠縷道這糊塗死我了什麽是個陰陽沒影沒形的我只問姑娘這陰陽是怎麽個樣兒湘雲道這陰陽不過是個氣罷了器物付了纔成形質譬如天是陽地就是陰水是陰火就是陽日是陽月就是陰翠縷聽了笑道是了是了我今兒可明白了怪道人都管着日頭叫太陽呢算命的管著月亮叫什麽太陰星就是

這個理了湘雲笑道阿彌陀佛剛剛兒的明白了翠縷道這些東西有陰陽也罷了難道那些蚊子虼蚤蠓蟲兒花兒草兒瓦片兒磚頭兒也有陰陽不成湘雲道怎麼沒有呢比如那一個樹葉兒還分陰陽呢向上朝陽的就是陽背陰覆下的就是陰了翠縷聽了點頭笑道原來這麼著我可明白了只是偺們這手裏的扇子怎麼是陰怎麼是陽呢湘雲道這邊正面就爲陽那反面就爲陰翠縷又點頭笑了還要拿幾件東西要問因想不起什麼來猛低頭看見湘雲宮縧上的金麒麟便提起來笑道姑娘這個難道也有陰陽湘雲道走獸飛禽雄爲陽雌爲陰牝爲陰牡爲陽怎麼沒有呢翠縷道這是公的還是母的呢湘

雲啐道什麽公的母的又胡說了翠縷道這也罷了怎麽東西都有陰陽偺們人倒沒有陰陽呢湘雲沉了臉說道下流東西好生走罷越問越說出好的來了翠縷道這有什麽不告訴我的呢我也知道了不用難我湘雲撲嗤的笑道你知道什麽翠縷道姑娘是陽我就是陰湘雲拿着絹子掩着嘴笑起來翠縷道說的是了就笑的這麽樣湘雲道很是很是翠縷道人家說主子爲陽奴才爲陰我連這個大道理也不懂得湘雲笑道你很懂得正說着只見薔薇架下金晃晃的一件東西湘雲指着問道你看那是什麽翠縷聽了忙赶去拾起來看着笑道可分出陰陽來了說着先拿湘雲的麒麟瞧湘雲要把揀的瞧瞧翠

縷只管不放手笑道是件寶貝姑娘瞧不得這是從那裡來的好奇怪我只從來在這裡沒見人有這個湘雲道拿來我瞧瞧翠縷將手一撒笑道姑娘請看湘雲舉目一看却是文彩輝煌的一個金麒麟比自己佩的又大又有文彩湘雲伸手擎在掌上心裡不知怎麽一動似有所感忽見寶玉從那邊來了笑道你在這日頭底下做什麽呢怎麽不找襲人去呢湘雲連忙將那個麒麟藏起道正要去呢咱們一處走說着大家進了怡紅院來襲人正在堦下倚檻迎風忽見湘雲來了連忙迎下來攜手笑說一向別情一面進來讓坐寶玉因問道你該早來我得了一件好東西專等你呢說着一面在身上掏了半天嗳呀了

一聲便問襲人那個東西你收起來了麽襲人道什麽東西寶玉道前日得的麒麟襲人道你天天帶在身上的怎麽問我寶玉聽了將手一拍說道這可丢了往那裡找去就要起身自己尋去湘雲聽了方知是寶玉遺落的便笑問道你幾時又有個麒麟了寶玉道前日好容易得的呢不知多早晚丢了我也糊塗了湘雲笑道幸而是個頑的東西還是這麽慌張說着將手一撒𠀋道你瞧瞧是這個不是寶玉一見由不得歡喜非常要知後事下回分解

紅樓夢第三十一回終

# 紅樓夢第三十二回

## 訴肺腑心迷活寶玉　含耻辱情烈死金釧

話說寶玉見那麒麟心中甚是歡喜便伸手來拿笑道虧你揀着了你是怎麼撿着的湘雲笑道幸而是這個明日倘或把印也丟了難道也就罷了不成寶玉笑道倒是丟了印平常若丟了這個我就該死了襲人倒了茶來與湘雲吃一面笑道大姑娘我前日聽見你大喜呀湘雲紅了臉扭過頭去吃茶一聲也不荅應襲人笑道這會子又害臊了你還記得那幾年偺們在西邊煖閣上住着晚上你和我說的話那會子不害臊這會子怎麼又臊了湘雲的臉越發紅了勉强笑道你還說呢那會子

偺們那麼好後來我們太太没了我家去住了一程子怎麼就把你配給了他我來了你就不那麼待我了襲人也紅了臉笑道罷喲先頭裡姐姐長姐姐短哄着我替梳頭洗臉做這個弄那個如今拿出小姐款兒來了你既拿款我敢親近嗎湘雲道阿彌陀佛寃枉寃哉我要這麼着就立刻死了你瞧瞧這麼大熱天我來了必定先瞧瞧你你不信問縷兒我在家時時刻刻那一回不想念你幾句襲人和寶玉聽了都笑勸道說頑話兒你又認真了還是這麼性兒急湘雲道你不說你的話咽人倒說人性急一面說一面打開絹子將戒指遞與襲人襲人感謝不盡因笑道你前日送你姐姐們的我已經得了今日你親自

又送來可見是沒忘了我就為這個試出你來了戒指兒能值多少可見你的心真史湘雲道是誰給你的襲人道是寶姑娘給我的湘雲嘆道我只當林姐姐送你的原來是寶姐姐給了你我天天在家裡想着這些姐姐們再沒一個比寶姐姐好的可惜我們不是一個娘養的我但凡有這麼個親姐姐就是沒了父母也沒妨碍的說着眼圈兒就紅了寶玉道罷罷罷不用提起這個話了史湘雲道提這個便怎麼我知道你的心病恐怕你的林妹妹聽見又嗔我讚了寶姐姐了可是為這個不是襲人在傍嗤的一笑說道雲姑娘你如今大了越發心直嘴快了寶玉笑道我說你們這幾個人難說話果然不錯史湘雲道

好哥哥你不必說話叫我惡心只會在我跟前說話見了你林妹妹又不知怎麽好了襲人道且別說頑話正有一件事要求你呢史湘雲便問什麽事襲人道有一雙鞋摳了墊心子我這兩日身上不好不得做你可有工夫替我做做史湘雲道這又奇了你家放着這些巧人不筭還有什麽針線上的裁剪上的怎麽叫我做起來你的活計叫人做誰好意思不做呢襲人笑道你又糊塗了你難道不知道我們這屋裡的針線是不要那些針線上的人做的史湘雲聽了便知是寶玉的鞋因笑道既這麽說我就替你做做罷只是一件你的我纔做別人的我可不能襲人笑道又來了我是個什麽兒就敢煩你做鞋了寔告

訴你可不是我的你別管是誰的橫豎我領情就是了史湘雲道論理你的東西也不知煩我做了多少今日我倒不做的原故你必定也知道襲人道我倒也不知道史湘雲冷笑道前日我聽見把我做的扇套兒拿著和人家比賭氣又鉸了我早就聽見了你還瞞我這會子又叫我做我成了你們奴才了寶玉忙笑道前日的那個本不知是你做的襲人也笑道他本不知是你做的是我哄他的話說是新近外頭有個會做活的扎的絕出奇的好花兒叫他們拿了一個扇套兒試試看好不好他就信了拿出去給這個瞧那個看的不知怎麼又惹惱了那一位鉸了兩段回來他還叫趕著做去我纔說了是你做的他後

悔的什麽似的史湘雲道這越發奇了林姑娘也犯不上生氣他既會剪就叫他做襲人道他可不做呢饒這麽着老太太還怕他勞碌着了大夫又說好生靜養纔好誰還肯煩他做呢舊年好一年的工夫做了個香袋兒今年半年還沒見拿針線呢

正說着有人來回說興隆街的大爺來了老爺叫二爺出去會寶玉聽了便知賈雨村來了心中好不自在襲人忙去拿衣服寶玉一面登着靴子一面抱怨道有老爺和他坐着就罷了回回定要見我史湘雲一邊搖着扇子笑道自然你能迎賓接客老爺纔叫你出去呢寶玉道那裡是老爺都是他自己要請我見的湘雲笑道主雅客來勤自然你有些警動他的好處他纔

要會你寶玉道罷罷我也不過俗中又俗的一個俗人罷了並不願和這些人來往湘雲笑道還是這個性兒改不了如今大了你就不愿意去考舉人進士的也該常會會這些爲官作宦的談講談講那些仕途經濟也好將來應酬事務日後也有個正經朋友讓你成年家只在我們隊裡攪的出些什麽來寶玉聽了大覺逆耳便道姑娘請別的屋裡坐坐罷我這裡仔細腌臢了你這樣知經濟的人襲人連忙解說道姑娘快別說他上回也是寶姑娘說過一回他也不管人臉上過不去咳了一聲拿起脚來就走了寶姑娘的話也沒說完見他走了登時羞的臉通紅說不是不說又不是幸而是寶姑娘那要是林姑娘不

知又鬧的怎麼樣哭的怎麼樣呢提起這些話來寶姑娘叫人敬重自巳過了一會子去了我倒過不去只當他惱了誰知過後還是照舊一樣真真是有涵養心地寬大的誰知這一位反倒和他生分了那林姑娘見他賭氣不理他後來不知賠多少不是呢寶玉道林姑娘從來說過這些混賬話嗎要是他也說過這些混賬話我早和他生分了襲人和湘雲都點頭笑道這原是混賬話麼原來黛玉知道史湘雲在這裏寶玉一定又趕來說麒麟的原故因心下忖度著近日寶玉弄來的外傳野史多半才子佳人都因小巧玩物上撮合或有鴛鴦或有鳳凰或玉環金佩或鮫帕鸞縧皆由小物而遂終身之願今忽見寶玉

也有麒麟便恐借此生隙同湘雲也做出那些風流佳事來因而悄悄走來見機行事以察二人之意不想剛走進來正聽見湘雲說經濟一事寶玉又說林妹妹不說這些混賬話要說這話我也和他生分了黛玉聽了這話不覺又喜又驚又悲又嘆所喜者果然自己眼力不錯素日認他是個知己果然是個知己所驚者他在人前一片私心稱揚于我其親熱厚密竟不避嫌疑所嘆者你既爲我的知己自然我亦可爲你的知己既你我爲知己又何必有金玉之論呢既有金玉之論也該你我有之又何必來一寶釵呢所悲者父母早逝雖有銘心刻骨之言無人爲我主張况近日每覺神思恍惚病已漸成醫者更云氣

弱血虧恐致勞怯之症我雖爲你的知已但恐不能久待你縱爲我的知已奈我薄命何想到此間不禁淚又下來待要進去相見自覺無味便一面拭淚一面抽身回去了這裡寶玉忙忙的穿了衣裳出來忽見黛玉在前面慢慢的走着似乎有拭淚之狀便忙赶着上來笑道妹妹往那裡去怎麽又哭了又是誰得罪了你了黛玉回頭見是寶玉便勉强笑道好好的我何曾哭來寶玉笑道你瞧瞧眼睛上的淚珠兒沒乾還撒謊呢一面說一面禁不住抬起手來替他拭淚黛玉忙向後退了幾步說道你又要死了又這麽動手動脚的寶玉笑道說話忘了情不覺的動了手也就顧不得死活黛玉道死了倒不值什麽只是

丟下了什麼金叉是什麼麒麟可怎麼好呢一句話又把寶玉
說急了趕上來問道你還說這些話到底是咒我還是氣我呢
黛玉見問方想起前日的事來遂自悔這話又說造次了忙笑
道你別著急我原說錯了這有什麼要緊筋都疊暴起來急的
一臉汗一面說一面也近前伸手替他拭面上的汗寶玉瞅了
嘆半天方說道你放心黛玉聽了怔了半天說道我有什麼不
放心的我不明白你這個話你倒說說怎麼放心不放心寶玉
嘆了一口氣問道你果然不明白這話難道我素日在你身上的
心都用錯了連你的意思若體貼不着就難怪你天天爲我生
氣了黛玉道我真不明白放心不放心的話寶玉點頭嘆道好

妹妹你別哄我你真不明白這話不但我素日白用了心且連你素日待我的心也都辜負了你皆因都是不放心的原故纔弄了一身的病了但凡寬慰些這病也不得一日重似一日了黛玉聽了這話如轟雷掣電細細思之竟比自己肺腑中掏出來的還覺懇切竟有萬句言語滿心要說只是半個字也不能吐出只管怔怔的瞅着他此時寶玉心中也有萬句言詞不知一時從那一句說起却也怔怔的瞅着黛玉兩個人怔了半天黛玉只咳了一聲眼中淚直流下來回身便走寶玉忙上前拉住道好妹妹且略站住我說一句話再走黛玉一面拭淚一面將手推開說道有什麼可說的你的話我都知道了口裏說着

刦頭也不回竟去了寶玉望着只管發起獃來原來方纔出來忙了不曾帶得扇子襲人怕他熱忙拿了扇子赶來送給他猛抬頭看見黛玉和他站着一時黛玉走了他還站着不動因而赶上來說道你也不帶了扇子去虧了我看見赶着送來寶玉正出了神見襲人和他說話並未看出是誰只管呆着臉說道好妹妹我的這個心從來不敢說今日膽大說出來就是死了也是甘心的我為你也弄了一身的病又不敢告訴人只好捱着等你的病好了只怕我的病纔得好呢睡裡夢裡也忘不了你襲人聽了驚疑不止又是怕又是急又是臊連忙推他道這是那裡的話你是怎麽着了還不快去嗎寶玉一時醒過來方

知是襲人雖然羞的滿面紫漲却仍是默默的接了扇子一句話也沒有竟自走去這裡襲人見他去後想他方纔之言必是因黛玉而起如此看來倒怕將來難免不才之事令人可驚可畏却是如何處治方能免此醜禍想到此間也不覺呆呆的發起怔來誰知寶釵恰從那邊走來笑道大毒日頭地下出什麽神呢襲人見問忙笑說道我纔見兩個雀兒打架倒很有個頑意兒就看住了寶釵道寶兄弟纔穿了衣服忙忙的那裡去了我要叫住問他呢只是他慌慌張張的走過去竟像沒理會我的所以沒問襲人道老爺叫他出去的寶釵聽了忙說道嗳喲這麽大熱的天叫他做什麽别是想起什麽來生了氣叫他出

去教訓一場罷襲人笑道不是這個想必有客要會寶釵笑道這個客也沒意思這麼熱天不在家裡凉快跑什麼襲人笑道你可說麼寶釵因問雲丫頭在你們家做什麼呢襲人笑道纔說了會子閑話兒又瞧了會子我前日粘的鞋帮子明日還求他做去呢寶釵聽見這話便兩邊回頭看無人來往笑道你這麼個明白人怎麼一時半刻的就不會體諒人我近來看著雲姑娘的神情兒風裡言風裡語的聽起來在家裡一點兒做不得主他們家嫌費用大竟不用那些針線上的人差不多兒的東西都是他們娘兒們動手爲什麼這幾次他來了他和我說話兒見沒人在跟前他就說家裡累的慌我再問他兩句家常

過日子的話他就連眼圈兒都紅了嘴裡含含糊糊待說不說的看他的形景兒自然從小兒沒了父母是苦的我看見他也不覺的傷起心來襲人見說這話將手一拍道是了怪道上月我求他打十根蝴蝶兒結子過了那些日子纔打發人送來還說這是粗打的且在別處將就使罷要勻淨的等明日來住着再好生打如今聽姑娘這話想來我們求他他不好推辭不知他在家裡怎麼三更半夜的做呢可是我也糊塗了早知道是這麼着我也不該求他寶釵道上次他告訴我說在家裡做活做到三更天要是替別人做一點半點兒那些奶奶太太們還不受用呢襲人道偏我們那個牛心的小爺憑着小的大的活

計一槪不要家裡這些活計上的人做我又弄不開這些寶釵笑道你理他呢只管叫人做去就是了襲人道那裡哄的過他他纔是認得出來呢說不得我只好慢慢的累去罷了寶釵笑道你不必忙我替你做些就是了襲人笑道當真的這可就是我的造化了晚上我親自過來一句話未了忽見一個老婆子忙忙走來說道這是那裡說起金釧兒姑娘好好兒的投井死了襲人聽得唬了一跳忙問那個金釧兒那老婆子道那裡還有兩個金釧兒呢就是太太屋裡的前日不知爲什麽攆出去在家裡哭天抹淚的也都不理會他誰知找不着他纔有打水的人說那東南角上井裡打水見一個屍首趕着叫人打撈起

來誰知是他他們還只管亂着要救那裡中用了呢寶釵道這也奇了襲人聽說點頭讚嘆想素日同氣之情不覺流下淚來寶釵聽見這話忙向王夫人處來這裡襲人自回去了寶釵來至王夫人房裡只見鴉雀無聞獨有王夫人在裡間房內坐着垂淚寶釵便不好提這事只得一旁坐下王夫人便問你打那裡來寶釵道打園裡來王夫人道你打園裡來可曾見你寶兄弟寶釵道纔倒看見他了穿著衣裳出去了不知那裡去王夫人點頭歎道你可知道一件奇事金釧兒忽然投井死了寶釵見說道怎麼好好兒的投井這也奇了王夫人道原是前日他把我一件東西弄壞了我一時生氣打了他兩下子攆了下去

我只說氣他幾天還叫他上來誰知他這麽氣性大就投井死了豈不是我的罪過寶釵笑道姨娘是慈善人固然是這麽想據我看來他並不是賭氣投井多半他下去住着或是在井傍邊兒頑失了脚掉下去的他在上頭拘束慣了這一出去自然要到各處去頑頑逛逛兒豈有這樣大氣的理總然有這樣大氣也不過是個糊塗人也不爲可惜王夫人點頭歎道雖然如此到底我心裡不安寶釵笑道姨娘也不勞關心十分過不去不過多賞他幾兩銀子發送他也就盡了主僕之情了王夫人道纔剛我賞了五十兩銀子給他媽原要還把你姐妹們的新衣裳給他兩件粧裹誰知可巧都没有什麽新做的衣裳只有

你林妹妹做生日的兩套我想你林妹妹那孩子素日是個有心的況且他也三灾八難的旣說了給他作生日這會子又給人去粧裹豈不忌諱因這麽着我纔現叫裁縫赶着做一套給他要是別的丫頭賞他幾兩銀子也就完了金釧兒雖然是個丫頭素日在我跟前比我的女孩兒差不多兒口裡說著不覺流下淚來寶釵忙道姨娘這會子何用叫裁縫赶去我前日倒做了兩套拿來給他豈不省事況且他活的時候兒也穿過我的舊衣裳身量也相對王夫人道雖然這樣難道你不忌諱寶釵笑道姨娘放心我從來不計較這些一面說一面起身就走王夫人忙叫了兩個人跟寶釵去一時寶釵取了衣服回來只

見寶玉在王夫人旁邊坐著垂淚王夫人正纔說他因見寶釵來了就掩住口不說了寶釵見此景况察言觀色早知覺了七八分于是將衣服交明王夫人王夫人便將金釧兒的母親叫來拿了去了後事如何下回分解

紅樓夢第三十二回終

# 紅樓夢第三十三回

## 手足耽耽小動脣舌　不肖種種大承笞撻

却說王夫人喚上金釧兒的母親來拿了幾件簪環當面賞了又吩咐請幾衆僧人念經超度他金釧兒的母親磕了頭謝了出去原來寶玉會過雨村回來聽見金釧兒含羞自盡心中早巳五內摧傷進來又被王夫人數說教訓了一番也無可回說看見寶釵進來方得便走出茫然不知何往背着手低着頭一面感嘆一面慢慢的信步走至廳上剛轉過屏門不想對面來了一人正往裡走可巧撞了個滿懷只聽那人喝一聲站住寶玉唬了一跳抬頭看時不是別人却是他父親早不覺倒抽了

一口京氣只得垂手一旁站着賈政道好端端的你垂頭喪氣的嗐什麽方纔雨村來了要見你那半天纔出來既出來了全無一點慷慨揮灑的談吐仍是委委瑣瑣的我看你臉上一團私慾愁悶氣色這會子又唉聲嘆氣你那些還不足還不自在無故這樣是什麽緣故寶玉素日雖然口角伶俐此時一心却爲金釧兒感傷恨不得也身亡命殞如今見他父親說這些話究竟不曾聽明白了只是怔怔的站着賈政見他惶悚應對不似往日原本無氣的這一來倒生了三分氣方欲說話忽有門上人來回忠順親王府裡有人來要見老爺賈政聽了心下疑惑暗暗思忖道素日並不與忠順府來往爲什麽今日打發人

來一面想一面命快請廳上坐急忙進內更衣出來接見將那是忠順府長府官一面彼此見了禮歸坐獻茶未及敘談那長府官先就說道下官此來並非擅造潭府皆因奉命而來有一件事相求看王爺面上敢煩老先生做主不但王爺知情且連下官輩亦感謝不盡賈政聽了這話摸不着頭腦忙陪笑起身問道大人既奉王命而來不知有何見諭望大人宣明學生好遵諭承辦那長府官冷笑道也不必承辦只用老先生一句話就完了我們府裡有一個做小旦的琪官一向好好在府如今竟三五日不見回去各處去找又摸不著他的道路因此各處察訪這一城內十停人倒有八停人都說他近日和啣玉的那

位令郎相與甚厚下官輩聽了尊府不比別家可以擅來索取因此啓明王爺王爺亦說若是別的戲子呢一百個也罷了只是這琪官隨机應答謹慎老成甚合我老人家的心境斷斷少不得此人故此求老先生轉致令郎請將琪官放回一則可慰王爺諄諄奉懇之意二則下官輩也可免操勞求覓之苦說畢忙打一躬賈政聽了這話又驚又氣即命喚寶玉出來寶玉也不知是何原故忙忙趕來賈政便問該死的奴才你在家不讀書也罷了怎麼又做出這些無法無天的事來那琪官現是忠順王爺駕前承奉的人你是何等草莽無故引逗他出來如今禍及于我寶玉聽了唬了一跳忙回道實在不知此事究竟琪

官兩個字不知爲何物況更加以引逗二字說着便哭賈政未及開口只見那長府官冷笑道公子也不必隱飾或藏在家或知其下落早說出來我們也少受些辛苦豈不念公子之德呢寶玉連說實在不知恐是訛傳也未見得那長官冷笑兩聲道現有証據必定當着老大人說出來公子豈不吃虧既說不知此人那紅汗巾子怎得到了公子腰裡寶玉聽了這話不覺轟了魂魄目瞪口呆心下自思這話他如何知道他既連這樣機密事都知道了大約别的瞞不過他不如打發他去了免得再說出别的事來因說道大人既知他的底細如何連他置買房舍這樣大事倒不曉得了聽得說他如今在東郊離城二十里

有個什麽紫檀堡他在那裡置了幾畝田地幾間房舍想是在那裡也未可知那長府官聽了笑道這樣說一定是在那裡了我且去找一回若有了便罷若没有還要來請教說着便忙忙的告辭走了賈政此時氣得目瞪口歪一面送那官員一面回頭命寶玉不許動回來有話問你一直送那官去了纔回身時忽見賈環帶着幾個小厮一陣亂跑賈政喝命小厮給我快打賈環見了他父親嚇得骨軟筋酥趕忙低頭站住賈政便問你跑什麽帶着你的那些人都不管你不知往那裡去由你野馬一般喝叫跟上學的人呢賈環見他父親甚怒便乘機說道方纔原不曾跑只因從那井邊一過那井裡淹死了一個丫頭我

看腦袋這麼大身子這麼粗泡的實在可怕所以纔赶着跑過來了賈政聽了驚疑問道好端端誰去跳井我家從無這樣事情自祖宗以來皆是寬柔待下大約我近年於家務疎懶自然執事人操尅奪之權致使弄出這暴殄輕生的禍來若外人知道祖宗的顏面何在喝命叫賈璉賴大來小厮們答應了一聲方欲去叫賈環忙上前拉住賈政袍襟貼膝跪下道老爺不用生氣此事除太太屋裡的人別人一點也不知道我聽見我母親說說到這句便回頭四顧一看賈政知其意將眼色一丟小厮們明白都往兩邊後面退去賈環便悄悄說道我母親告訴我說寶玉哥哥前日在太太屋裡拉著太太的丫頭金釧兒强

姦不遂打了一頓金釧兒便賭氣投井死了話未說完把個賈政氣得面如金紙大叫拿寶玉來一面說一面便往書房去喝命今日再有人來勸我我把這冠帶家私一應就交與他和寶玉過去我免不得做個罪人把這幾根煩惱鬢毛剃去尋個干淨去處自了也免得上辱先人下生逆子之罪衆門客僕從見賈政這個形景便知又是爲寶玉了一個個咬指吐舌連忙退出賈政喘吁吁直挺挺的坐在椅子上滿面淚痕一疊連聲拿寶玉來拿大棍拿繩來把門都關上有人傳信到裡頭去立刻打死衆小廝們只得齊齊答應著有幾個來找寶玉那寶玉聽見賈政吩咐他不許動早知凶多吉少那裡知道賈環又添了

許多的話正在廳上旋轉怎得個人往裡頭捎信偏偏的沒個人來連焙茗也不知在那裡正盼望時只見一個老媽媽出來寶玉如得了珍寶便趕上來拉他說道快進去告訴老爺要打我呢快去快去要緊要緊寶玉一則急了說話不明白二則老婆子偏偏又耳聾不曾聽見是什麼話把要緊二字只聽做跳井二字便笑道跳井讓他跳去二爺怕什麼寶玉見是個聾子便着急道你出去叫我的小厮來罷那婆子道有什麼不了的事老早的完了太太又賞了銀子怎麼不了事呢寶玉急的手脚正沒抓尋處只見賈政的小厮走來逼著他出去了賈政一見眼都紅了也不暇問他在外流蕩優伶表贈私物在家荒疎

學業逆淫母婢只喝命堵起嘴來着實打死小厮們不敢違只得將寶玉按在櫈上舉起大板打了十來下寶玉自知不能討饒只是嗚嗚的哭賈政還嫌打的輕一脚踢開掌板的自已奪過板子來狠命的又打了十幾下寶玉生來未經過這樣苦楚起先覺得打的疼不過還亂嚷亂哭後來漸漸氣弱聲嘶哽咽不出眾門客見打的不祥了赶著上來懇求奪勸賈政那裡肯聽說道你們問問他幹的勾當可饒不可饒素日皆是你們這些人把他釀壞了到這步田地還來勸解明日釀到他弑父弑君你們纔不勸不成眾人聽這話不好知道氣急了忙亂着覓人進去給信王夫人聽了不及去回賈母便忙穿衣出來也不

顧有人沒人忙忙扶了一個丫頭趕往書房中來慌得衆門客小廝等避之不及賈政正要再打一見王夫人進來更加火上澆油那板子越下去的又狠又快按寶玉的兩個小廝忙鬆手走開寶玉早已動彈不得了賈政還欲打時早被王夫人抱住板子賈政道罷了罷了今日必定要氣死我纔罷王夫人哭道寶玉雖然該打老爺也要保重且炎暑天氣老太太身上又不大好打死寶玉事小倘或老太太一時不自在了豈不事大賈政冷笑道倒休提這話我養了這不肖的孽障我已不孝平昔教訓他一番又有衆人護持不如趁今日結果了他的狗命以絕將來之患說着便要繩來勒死王夫人連忙抱住哭道老爺

雖然應當管教兒子也要看夫妻分上我如今已五十歲的人只有這個孽障必定苦苦的以他為法我也不敢深勸今日越發要弄死他豈不是有意絕我呢既要勒死他索性先勒死我再勒死他我們娘兒們不如一同死了在陰司裡也得個倚靠說畢抱住寶玉放聲大哭起來賈政聽了此話不覺長嘆一聲向椅上坐了淚如雨下王夫人抱着寶玉只見他面白氣弱底下穿着一條綠紗小衣一片皆是血漬禁不住解下汗巾去由腿看至臀脛或青或紫或整或破竟無一點好處不覺失聲大哭起苦命的兒來因哭出苦命兒來又想起賈珠來便叫着賈珠哭道若有你活着便死一百個我也不管了此時裏面的人

聞得王夫人出來李紈鳳姐及迎探姊妹兩個也都出來了王夫人哭着賈珠的名字別人還可惟有李紈禁不住也抽抽搭搭的哭起來了賈政聽了那淚更似走珠一般滾了下來正沒開交處忽聽丫鬟來說老太太來了一言未了只聽窻外顫巍巍的聲氣說道先打死我再打死他就干淨了賈政見母親來了又急又痛連忙迎出來只見賈母扶着丫頭搖頭喘氣的走來賈政上前躬身陪笑說道大暑熱的天老太太有什麽吩咐何必自己走來只叫兒子進去吩咐便了賈母聽了便止步喘息一面厲聲道你原來和我說話我倒有話吩咐只是我一生沒養個好兒子却叫我和誰說去賈政聽這話不像忙跪下含

淚說道兒子管他也爲的是光宗耀祖老太太這話兒子如何當的起賈母聽說便啐了一口說道我說了一句話你就禁不起你那樣下死手的板子難道寶玉兒就禁的起了你說教訓兒子是光宗耀祖當日你父親怎麼教訓你來着說著也不覺淚往下流賈政又陪笑道老太太也不必傷感都是兒子一時性急從此以後再不打他了賈母便冷笑兩聲道你也不必和我賭氣你的兒子自然你要打就打想來你也厭煩我們娘兒們不如我們早離了你大家干淨說着便命人去看轎我和你太太寶玉兒立刻回南京去家下人只得答應着賈母又叫王夫人道你也不必哭了如今寶玉兒年紀小你疼他他將來長

大為官作官的也未必想着你是他母親了你如今倒是不疼
他只怕將來還少生一口氣呢賈政聽說忙叩頭說道母親如
此說兒子無立足之地了賈母冷笑道你分明使我無立足之
地你反說起你來只是我們回去了你心裡干淨看有誰來不
許你打一面說一面只命快打點行李車輛轎馬回去賈政直
挺挺跪着叩頭謝罪賈母一面說一面來看寶玉只見今日這
頓打不比往日又是心疼又是生氣也抱着哭個不了王夫人
與鳳姐等解勸了一會方漸漸的止住早有丫鬟媳婦等上來
要攙寶玉鳳姐便罵糊塗東西也不睜開眼瞧瞧這個樣兒怎
麼攙着走的還不快進去把那藤屜子春凳擡出來呢衆人聽

了連忙飛跑進去果然抬出春凳來將寶玉放上隨著賈母王夫人等進去送至賈母屋裡彼時賈政見賈母怒氣未消不敢自便也跟着進來看看寶玉果然打重了再看看王夫人一聲肉一聲兒的哭道你替珠兒早死了留着珠兒也免你父親生氣我也不白操這半世的心了這會子你倘或有個好歹撂下我叫我靠那一個數落一場又哭不爭氣的兒賈政聽了也就灰心自己不該下毒手打到如此地步先勸賈母賈母含淚說道兒子不好原是要管的不該打到這個分兒你不出去還在這裡做什麼難道於心不足還要眼看著他死了纔算嗎賈政聽說方諾諾的退出去了此時薛姨媽寶釵香菱襲人湘雲等

也都在這裡襲人滿心委屈只不好十分使出來見衆人圍着灌水的灌水打扇的打扇自已揷不下手去便索性走出門到二門前命小厮們找了焙茗來細問方纔好端端的爲什麽打起來你也不早來透個信兒焙茗急的說偏我没在跟前打到半中間我纔聽見了忙打聽原故却是爲琪官兒和金釧兒姐姐的事襲人道老爺怎麽知道了焙茗道那琪官兒的事多半是薛大爺素昔吃醋没法兒出氣不知在外頭挑唆了誰來在老爺跟前下的蛆那金釧兒姐姐的事大約是三爺說的我也是聽見跟老爺的人說襲人聽了這兩件事都對景心中也就信了八九分然後回來只見衆人都替寶玉療治調停完備賈

母命好生擡到他屋裡去衆人一聲答應七手八脚忙把寳玉送入怡紅院內自己床上卧好又亂了半日衆人漸漸的散去了襲人方纔進前來經心服侍細問要知端底寃竟如何且聽下回分解

紅樓夢三十三回終

# 紅樓夢第三十四回

## 情中情因情感妹妹　錯裡錯以錯勸哥哥

話說襲人見賈母王夫人等去後便走來寶玉身邊坐下含淚問他怎麽就打到這步田地寶玉歎氣說道不過為那些事問他做什麽只是下半截疼的狠你瞧瞧打壞了那裡襲人聽說便輕輕的伸手進去將中衣脫下略動一動寶玉便咬着牙叫噯喲襲人連忙停住手如此三四次纔褪下來了襲人看時只見腿上半段青紫都有四指闊的僵痕高起來襲人咬着牙說道我的娘怎麽下這般的狠手你但凡聽我一句話也不到這個分兒幸兒沒動筋骨倘或打出個殘疾來可叫人怎麽樣呢

正說着只聽丫鬟們說寶姑娘來了襲人聽見知道穿不及中衣便拿了一床夾紗被替寶玉蓋了只見寶釵手裡托著一丸藥走進來向襲人說道晚上把這藥用酒研開替他敷上把那淤血的熱毒散開就好了說畢遞與襲人又問這會子可好些寶玉一面道謝說好些了又讓坐寶釵見他睜開眼說話不像先時心中也寬慰了些便點頭歎道早聽人一句話也不至有今日別說老太太太太心疼就是我們看着心裡也剛說了半句又忙咽住不覺眼圈微紅雙腮帶赤低頭不語了寶玉聽得這話如此親切大有深意忽見他又咽住不往下說紅了臉低下頭含着淚只管弄衣帶那一種軟怯嬌羞輕憐痛惜之情竟

難以言語形容越覺心中感動將疼痛早已丢在九霄雲外去了想道我不過挨了幾下打他們一個個就有這些憐惜之態令人可親可敬假若我一時竟別有大故他們還不知何等悲感呢既是他們這樣我便一時死了得他們如此一生事業縱然盡付東流也無足歎惜了正想着只聽寶釵問襲人道怎麽好好的動了氣就打起來了襲人便把焙茗的話悄悄說了寶玉原來還不知賈環的話見襲人說出方纔知道因又拉上薛蟠惟恐寶釵沉心忙又止住襲人道薛大哥從來不是這樣你們別混猜度寶釵聽說便知寶玉是怕他多心用話攔襲人因心中暗暗想道打得這個形像疼還顧不過來還這樣細心怕

得罪了人你既這樣用心何不在外頭大事上做工夫老爺也歡喜了也不能吃這樣虧你雖然怕我沉心所以攔襲人的話難道我就不知我哥哥素日恣心縱欲毫無防範的那種心性嗎當日為個秦鐘還鬧的天翻地覆自然如今比先又加利害了想畢因笑道你們也不必怨這個怨那個據我想到底寶兄弟素日肯和那些人來往老爺纔生氣就是我哥哥說話不防頭一時說出寶兄弟來也不是有心挑唆一則也是本來的實話二則他原不理論這些防嫌小事襲姑娘從小兒只見過寶兄弟這樣細心的人何曾見過我哥哥那天不怕地不怕心裡有什麼口裡說什麼的人呢襲人因說出薛蟠來見寶玉攔他

的話早已明白自已說造次了恐寳釵沒意思聽寳釵如此說更覺羞愧無言寳玉又聽寳釵這一番話半是堂皇正大半是體貼自已的私心更覺比先心動神移方欲說話時只見寳釵起身道明日再來看你好生養着罷方纔我拿了藥來交給襲人晚上敷上管就好了說着便走出門去襲人赶着送出院外說姑娘倒費心了改日寳二爺好了親自來謝寳釵囘頭笑道這有什麽的只勸他好生養著別胡思亂想就好了要想什麽吃的頑的悄悄的往我那裡只管取去不必驚動老太太太太衆人倘或吹到老爺耳聯裡雖然彼時不怎麽樣將來對景終是要吃虧的說着去了襲人抽身囘來心内著實感激寳釵進

來見寶玉沉思默默似睡非睡的模樣因而退出房外櫛沐寶玉默默的躺在床上無奈臂上作痛如針挑刀挖一般更熱如火炙略展轉時禁不住噯喲之聲那時天色將晚因見襲人去了却有兩三個丫鬟伺候此時並無呼喚之事因說道你們且去梳洗等我叫時再來衆人聽了也都退出這裡寶玉昏昏沉沉只見蔣玉函走進來了訴說忠順府拿他之事一時又見金釧兒進來哭說爲他投井之情寶玉半夢半醒剛要訴說前情忽又覺有人推他恍恍惚惚聽得悲切之聲寶玉從夢中驚醒睜眼一看不是別人却是黛玉猶恐是夢忙又將身子欠起來向臉上細細一認只見他兩個眼睛腫得桃兒一般滿面淚光

不是黛玉却是那個寶玉還欲看時怎奈下半截疼痛難禁支持不住便噯喲一聲仍舊倒下歎了口氣說道你又做什麼來了太陽纔落那地上還是怪熱的倘或又受了暑怎麼好呢我雖然捱了打却也不很覺疼痛這個樣兒是粧出來哄他們好在外頭佈散給老爺聽其實是假的你別信真了此時黛玉雖不是嚎啕大哭然越是這等無聲之泣氣噎喉堵更覺利害聽了寶玉這些話心中提起萬句言詞要說時却不能說得半句半天方抽抽噎噎的道你可都改了罷寶玉聽說便長歎一聲道你放心別說這樣話我便爲這些人死了也是情願的一句話未了只見院外人說二奶奶來了黛玉便知是鳳姐來了連

忙立起身說道我從後院子裡去罷回來再來寶玉一把拉住道這又奇了好好的怎麼怕起他來了黛玉急得跺脚悄悄的說道你瞧瞧我的眼睛又該他們拿偺們取笑兒了寶玉聽說赶忙的放了手黛玉三步兩步轉過床後剛出了後院鳳姐從前頭已進來了問寶玉可好些了想什麽吃叫人往我那裡取去接着薛姨媽又來了一時賈母又打發了人來至掌燈時分寶玉只喝了兩口湯便昏昏沉沉的睡去接着周瑞媳婦帶新登媳婦鄭好時媳婦這幾個有年紀長來往的聽見寶玉捱了打也都進來襲人忙迎出来悄悄的笑道嬸娘們略來遲了一步二爺睡着了說着一面陪他們到那邊屋裡坐着倒茶給他

們吃那幾個媳婦子都悄悄的坐了一回向襲人說等二爺醒了你替我們說罷襲人答應了送他們出去剛要回來只見王夫人使個老婆子來說太太叫一個跟二爺的人呢襲人見說想了一想便回身悄悄的告訴晴雯麝月秋紋等人說太太叫人你們好生在屋裡我去了就來說畢同那老婆子一逕出了園子來至上房王夫人正坐在凉榻上搖著芭蕉扇子見他來了說道你不管叫誰來也罷了又撂下他來了誰伏侍他呢襲人見說連忙陪笑回道二爺纔睡了那四五個丫頭如今也好了會伏侍了太太請放心恐怕太太有什麽話吩咐打發他們來一時聽不明白到躭悮了事王夫人道也没什麽話白問問

他這會子疼的怎麼樣了襲人道寶姑娘送來的藥我給二爺敷上了比先好些了先疼的躺不住這會子都睡沉了可見好些王夫人又問吃了什麼沒有襲人道老太太給的一碗湯喝了兩口只嚷乾渴要吃酸梅湯我想酸梅是個收歛東西剛纔捱打又不許叫喊自然急的熱毒熱血未免存在心裡倘或吃下這個去激在心裡再弄出病來那可怎麼樣呢因此我勸了半天纔沒吃只拿那糖醃的玫瑰滷子和了吃了小半碗嫌吃絮了不香甜王夫人道噯喲你何不早來和我說前日倒有人送了幾瓶子香露來原要給他一點子我怕胡糟塌了就沒給既是他嫌那玫瑰膏子吃絮了把這個拿兩瓶子去一碗水裡

只用挑上一茶匙就香的了不得呢說着就喚彩雲來把前日的那幾瓶香露拿了來襲人道只拿兩瓶來罷多也白糟塌等不彀再來取也是一樣彩雲聽了去了半日果然拿了兩瓶來付與襲人襲人看時只見兩個玻璃小瓶却有三寸大小上面螺絲銀蓋鵝黃箋上寫着木樨清露那一個寫著玫瑰清露襲人笑道好尊貴東西這麽個小瓶兒能有多少王夫人道那是進上的你没看見鵝黃箋子你好生替他收着別糟塌了襲人答應着方要走時王夫人又叫站着我想起一句話來問你襲人忙又回來王夫人見房內無人便問道我恍惚聽見寶玉今日捱打是環兒在老爺跟前說了什麽話你可聽見這個話没

有襲人道我倒没聽見這個話只聽見說爲二爺認得什麽王府的戲子人家來和老爺說了爲這個打的王夫人搖頭說道也爲這個只是還有别的緣故呢襲人道别的緣故實在不知道又低頭遲疑了一會說道今日大膽在太太跟前說句冒撞話論理說了半截却又嚥住王夫人道你只管說襲人道太太别生氣我纔敢說王夫人道你說就是了襲人道論理寶二爺也得老爺教訓教訓纔好呢要老爺再不管不知將來還要做出什麽事來呢王夫人聽見了這話便點頭歎息由不得趕着襲人叫了一聲我的兒你這話說的狠明白和我的心裏想的一樣其實我何曾不知道寶玉該管比如先時你珠大爺在我

是怎麽樣管他難道我如今倒不知管兒子了只是有個緣故如今我想我已經五十歲的人了通共剩了他一個他又長的单弱况且老太太寶貝是的要管緊了他倘或再有個好歹兒或是老太太氣着那時上下不安倒不好所以就縱壞了他了我時常掰着嘴兒說一陣勸一陣哭一陣彼時也好過後來還是不相干到底吃了虧纔罷設若打壞了將來我靠誰呢說着由不得又滴下淚來襲人見王夫人這般悲感自已也不覺傷了心陪着落淚又道二爺是太太養的太太豈不心疼就是我們做下人的伏侍一場大家落個平安也筭造化了要這樣起來連平安都不能了那一日那一時我不勸二爺只是再勸不

醒偏偏那些人又肯親近他也怨不得他這樣如今我們勸的
倒不好了今日太太提起這話來我還惦記着一件事要來回
太太討太太個主意只是我怕太太疑心不但我的話白說了
且連葬身之地都沒有了王夫人聽了這話內中有因忙問道
我的兒你只管說近來我因聽見衆人背前面後都誇你我只
說你不過在寶玉身上留心或是諸人跟前和氣這些小意思
誰知你方纔和我說的話全是大道理正合我的心事你有什
麼只管說什麼只別叫別人知道就是了襲人道我也沒什麼
別的說我只想着討太太一個示下怎麼變個法兒已後竟還
叫二爺搬出園外來住就好了王夫人聽了吃一大驚忙拉了

襲人的手問道寶玉難道和誰作怪了不成襲人連忙回道太太別多心並沒有這話這不過是我的小見識如今二爺也大了裡頭姑娘們也大了况且林姑娘寶姑娘又是兩姨姑表姐妹雖說是姐妹們到底是男女之分日夜一處起坐不方便由不得叫人懸心既蒙老太太和太太的恩典把我派在二爺屋裡如今跟在園中住都是我的干係太太想多有無心中做出有心人看見當做有心事反說壞了的倒不如預先防著點兒况且二爺素日的性格太太是知道的他又偏好在我們隊裡鬧倘或不防前後錯了一點半點不論真假人多嘴雜那起壞人的嘴太太還不知道呢心順了說的比菩薩還好心不順就

没有忌諱了二爺將來倘或有人說好不過大家落個直過兒設若叫人哼出一聲不是來我們不用說粉身碎骨還是平常後來二爺一生的聲名品行豈不完了呢那時老爺太太也白疼了白操了心了不如這會子防避些似乎妥當太太事情又多一時固然想不到我們想不到便罷了既想到了要不回明了太太罪越重了近來我爲這件事日夜懸心又恐怕太太聽著生氣所以總沒敢言語王夫人聽了這話正觸了金釧兒之事直呆了半晌思前想後心下越發感愛襲人笑道我的兒你竟有這個心胸想得這樣週全我何曾又不想到這裡只是這幾次有事就混忘了你今日這話提醒了我難爲你這樣細心

真真好孩子也罷了你且去罷我自有道理只是還有一句話你如今既說了這樣的話我索性就把他交給你了好歹留神心兒别叫他糟塌了身子纔好自然不辜負你襲人低了一回頭方道太太吩咐敢不盡心嗎說着慢慢的退出回到院中寶玉方醒襲人回明香露之事寶玉甚喜即命調來吃果然香妙非常因心下惦着黛玉要打發人去只是怕襲人攔阻便設法先使襲人往寶釵那裡去借書襲人去了寶玉便命晴雯來吩咐道你到林姑娘那裡看他做什麼呢他要問我只說我好了晴雯道白眉赤眼兒的作什麼去呢到底說句話兒也像件事啊寶玉道沒有什麼可說的麼晴雯道或是送件東西或是取

件東西不然我去了怎麽搭赸呢寶玉想了一想便伸手拿了兩條舊絹子撂與晴雯笑道也罷就說我叫你送這個給他去了晴雯道這又奇了他要這半新不舊的兩條絹子他又要惱了說你打趣他寶玉笑道你放心他自然知道晴雯聽了只得拿了絹子往瀟湘館來只見春纖正在欄杆上晾手巾見他進來忙摇手兒說睡下了晴雯走進來滿屋漆黑並未點燈黛玉已睡在床上問是誰晴雯忙答道晴雯黛玉道做什麽晴雯道二爺叫給姑娘送絹子來了黛玉聽了心中發悶暗想做什麽送絹子來給我因問這絹子是誰送他的必定是好的叫他留着送別人罷我這會子不用這個晴雯笑道不是新的就是家

常舊的黛玉聽了越發悶住了細心揣度一時方大悟過來連忙說放下去罷晴雯只得放下抽身回去一路盤算不解何意這黛玉體貼出絹子的意思來不覺神癡心醉想到寶玉能領會我這一番苦意又令我可喜我這番苦意不知將來可能如意不能又令我可悲要不是這個意思忽然好好的送兩塊帕子來竟又令我可笑了再想到私相傳遞又覺可懼他既如此我却每每煩惱傷心反覺可愧如此左思右想一時五內沸然由不得餘意纏綿便命掌燈也想不起嫌疑避諱等事研墨蘸筆便向那兩塊舊帕上寫道

眼空蓄淚淚空垂　暗灑閒拋更向誰

尺幅鮫鮹勞惠贈　爲君那得不傷悲

其二

拋珠滾玉只偷潸　鎮日無心鎮日閒

枕上袖邊難拂拭　任他點點與斑斑

其三

綵線難收面上珠　湘江舊跡已糢糊

牕前亦有千竿竹　不識香痕漬也無

那黛玉還要往下寫時覺得渾身火熱面上作燒走至鏡臺揭起錦袱一照只見腮上通紅真合壓倒桃花却不知病由此起一時方上床睡去猶拿着絹子思索不在話下却說襲人來見

寶釵誰知寶釵不在園內往他母親那裡去了襲人不便空手回來等至起更寶釵方回原來寶釵素知薛蟠情性心中已有一半疑是薛蟠挑唆了人來告寶玉了誰知又聽襲人說出來越發信了究竟襲人是焙茗說的那焙茗也是私心窺度並未據實大家都是一半猜度竟認作十分真切了可笑那薛蟠因素日有這個名聲其實這一次却不是他幹的竟被人生生的把個罪名坐定這日正從外頭吃了酒回來見過了母親只見寶釵在這裡坐着說了幾句閒話兒忽然想起因問道聽見寶玉挨打是為什麼薛姨媽正為這個不自在見他問時便咬着牙道不知好歹的冤家都是你鬧的你還有臉來問薛蟠見說

便怔了忙問道我鬧什麽薛姨媽道你還粧腔呢人人都知道是你說的薛蟠道人人說我殺了人也就信了罷薛姨媽道連你妹妹都知道是你說難道他也賴你不成寶釵忙勸道媽媽和哥哥且別叫喊消消停停的就有個青紅皂白了又向薛蟠道是你說的也罷不是你說的也罷事情也過去了不必較正把小事倒弄大了我只勸你從此以後少在外頭胡鬧少管別人的事天天一處大家胡逛你是個不妨頭的人過後没事就罷了倘或有事不是你幹的人人都也疑惑說是你幹的不用別人我先就疑惑你薛蟠本是個心直口快的人見不得這樣藏頭露尾的事又是寶釵勸他別再胡逛去他母親又說他犯

舌寶玉之打是他治的早已急得亂跳賭神發誓的分辯又罵衆人誰這麽編派我我把那囚攮的牙敲了分明是爲打了寶玉沒的獻勤兒拿我來做幌子難道寶玉是天王他父親打他一頓一家子定要鬧幾天那一回爲他不好姨父打了他兩下子過後兒老太太不知怎麽知道了說是珍大哥治的好好兒的叫了去罵了一頓今日越發拉上我了旣拉上我也不怕索性進去把寶玉打死了我替他償命一面嚷一面找起一根門閂來就跑慌的薛姨媽拉住罵道作死的孽障你打誰去你先打我來薛蟠的眼急的銅鈴一般嚷道何苦來又不叫我去爲什麽好好的賴我將來寶玉活一日我就一日的口舌不如大

家死了清凈寶釵忙也上前勸道你忍奈些兒罷媽媽急的這個樣兒你不說來勸你倒反鬧的這樣别說是媽媽就是旁人來勸你也是爲好倒把你的性子勸上來薛蟠道你這會子又說這話都是你說的寶釵道你只怨我說再不怨你那顧前不顧後的形景薛蟠道你只會怨我顧前不顧後你怎麽不怨寶玉外頭招風惹草的呢别說别的就拿前日琪官兒的事比給你們聽那琪官兒我們見了十來次他並沒和我說一句親熱話怎麽前兒他見了連姓名還不知道就把汗巾子給他難道這也是我說的不成薛姨媽和寶釵急的說道還提這個可不是爲這個打他呢可見是你說的了薛蟠道眞眞的氣死人了

賴我說的我不惱我只氣一個寶玉鬧的這麼天翻地覆的寶釵道誰鬧來著你先持刀動杖的鬧起來倒說別人鬧薛蟠見寶釵說的話句句有理難以駁正比母親的話反難回答因此便要設法拿話堵回他去就無人敢攔自巳的話了也因正在氣頭兒上未曾想話之輕重便道好妹妹你不用和我鬧我早知道你的心了從先媽媽和我說你這金鎖要揀有玉的纔可配你留了心見寶玉有那勞什子你自然如今行動護著他話未說了把個寶釵氣怔了拉著薛姨媽哭道媽媽你聽哥哥說的是什麼話薛蟠見妹子哭了便知自巳冒撞便賭氣走到自巳房裡安歇不提寶釵滿心委屈氣忿待要怎樣又怕他母親

不安少不得含淚別了母親各自回來到屋裡整哭了一夜次日一早起來也無心梳洗胡亂整理了衣裳便出來瞧母親可巧遇見黛玉獨立在花陰之下問他那裡去寶釵因說家去口裡說著便只管走黛玉見他無精打彩的去了又見眼上好似有哭泣之狀大非往日可比便在後面笑道姐姐也自已保重些兒就是哭出兩缸淚來也醫不好棒瘡不知寶釵如何答對且聽下回分解

紅樓夢第三十四回終

# 紅樓夢第三十五回

## 白玉釧親嚐蓮葉羹　黄金鶯巧結梅花絡

話說寶釵分明聽見黛玉尅薄他因惦記着母親哥哥並不囘頭一徑去了這裡黛玉仍舊立於花陰之下遠遠的却向怡紅院內望着只見李紈迎春探春惜春並丫鬟人等都向怡紅院內去過之後一起一起的散盡了只不見鳳姐兒來心裡自巳盤筭說道他怎麼不來瞧瞧寶玉呢便是有事纏住了他必定也是要來打個花胡哨討老太太太太的好兒纔是呢今兒這早晚不來必有原故一面猜疑一面抬頭再看時只見花花簇簇一羣人又向怡紅院內來了定睛看時都是賈母搭着鳳姐

的手後頭邢夫人王夫人跟著周姨娘並丫頭媳婦等人都進院去了黛玉看了不覺點頭想起有父母的好處來早又淚珠滿面少頃只見薛姨媽寶釵等也進去了忽見紫鵑從背後走來說道姑娘吃藥去罷開水又冷了黛玉道你到底要怎麼樣只是催我吃不吃與你什麼相干紫鵑笑道咳嗽的纔好了些又不吃藥了如今雖是五月裡天氣熱到底也還該小心些大清早起在這個潮地上站了半日也該回去歇歇了一句話提醒了黛玉方覺得有點兒腿酸呆了半日方慢慢的扶着紫鵑回到瀟湘館來一進院門只見滿地下竹影參差苔痕濃淡不覺又想起西廂記中所云幽僻處可有人行點蒼苔白露冷冷

二句來因暗暗的嘆道雙文雖然命薄尚有孀母弱弟今日我黛玉之薄命一併連孀母弱弟俱無想到這裡又欲滴下淚來不防廊下的鸚哥見黛玉來了嘎的一聲撲了下來倒嚇了一跳因說道你作死呢又搧了我一頭灰那鸚哥又飛上架去便叫雪雁快掀簾子姑娘來了黛玉便止住步以手扣架道添了食水不曾那鸚哥便長嘆一聲竟大似黛玉素日吁嗟音韻接著念道儂今葬花人笑痴他年葬儂知是誰黛玉紫鵑聽了都笑起來紫鵑笑道這都是素日姑娘念的難爲他怎麼記了黛玉便命將架摘下來另掛在月洞窗外的鈎上於是進了屋子在月洞窗內坐了吃畢藥只見窗外竹影映入紗窗滿屋內陰

陰翠潤几簟生凉黛玉無可釋悶便隔着紗窗調逗鸚哥做戲又將素日所喜的詩詞也教與他念這且不在話下且說寶釵來至家中只見母親正梳頭呢看見他進來便笑着說道你這麽早就梳上頭了寶釵道我瞧瞧媽媽身上好不好昨兒我去了不知他可又過來鬧了沒有一面說一面在他母親身旁坐下由不得哭將起來薛姨媽見他一哭自己掌不住也就哭了一場一面又勸他我的兒你別委屈了你等我處分那孽障你要有個好歹叫我指望那一個呢薛蟠在外聽見連忙的跑過來對着寶釵左一個揖右一個揖只說好妹妹恕我這次罷原是我昨兒吃了酒回來的晚了路上撞客着了來家沒醒不知

胡說了些什麼連自己也不知道怨不得你生氣寶釵原是掩面而哭聽如此說由不得也笑了遂抬頭向地下啐了一口說道你不用做這些像生兒了我知道你的心裡多嫌我們娘兒們你是變着法兒叫我們離了你就心淨了薛蟠聽說連忙笑道妹妹這從那裡說起妹妹從來不是這麼多心說歪話的人哪薛姨媽忙又接着道你只會聽你妹妹的歪話難道昨兒晚上你說的那些話就使得嗎當真是你發昏了薛蟠道媽媽也不必生氣妹妹也不用煩惱從今已後我再不和他們一塊兒喝酒了好不好寶釵笑道這纔明白過來了薛姨媽道你要有個橫勁那龍也下蛋了薛蟠道我要再和他們一處喝妹妹聽

見了只管哼我再叫我畜生不是人如何苦來爲我一個人娘兒兩個天天兒操心媽媽爲我生氣還猶可要只管叫妹妹爲我操心我更不是人了如今父親沒了我不能多孝順媽媽多疼妹妹反叫娘母子生氣妹妹煩惱連個畜生不如了口裡說着眼睛裡掌不住掉下淚來薛姨媽本不哭了聽他一說又傷起心來寶釵勉强笑道你鬧彀了這會子又來招着媽媽哭了薛蟠聽說忙收淚笑道我何曾招媽媽哭來着罷罷罷扔下這個別提了叫香菱來倒茶妹妹喝寶釵道我也不喝茶等媽媽洗了手我們就進去了薛蟠道妹妹的項圈我瞧瞧只怕該炸一炸去了寶釵道黃澄澄的又炸他做什麼薛蟠又道妹妹

如今也該添補些衣裳了要什麼顏色花樣告訴我寶釵道連那些衣裳我還沒穿遍了又做什麼一時薛姨媽換了衣裳拉着寶釵進去薛蟠方出去了這裡薛姨媽和寶釵進園來看寶玉到了怡紅院中只見抱廈裡外迴廊上許多丫頭老婆站著便知賈母等都在這裡母女兩個進來大家見過了只見寶玉躺在榻上薛姨媽問他可好些寶玉忙欲欠身口裡答應著好些又說只管驚動姨娘姐姐我當不起薛姨媽忙扶他睡下又問他想什麼只管告訴我寶玉笑道我想起來自然和姨娘要去王夫人又問你想什麼吃回來好給你送來寶玉笑道也倒不想什麼吃倒是那一回做的那小荷葉兒小蓮蓬兒的湯還

好些鳳姐一旁笑道都聽聽口味倒不算高貴只是太磨牙了巴巴兒的想這個吃賈母便一叠連聲的叫做去鳳姐笑道老祖宗别急我想想這模子是誰收着呢因回頭吩咐個老婆問管厨房的去要那老婆去了半天來回話管厨房的說四付湯模子都繳上來了鳳姐聽說又想了一想道我也記得交上了就只不記得交給誰了多半是在茶房裡又遣人去問管茶房的也不曾收次後還是管金銀器的送了來了薛姨媽先接過來瞧時原來是個小匣子裡面裝着四付銀模子都有一尺多長一寸見方上面鑿着豆子大小也有菊花的也有梅花的也有蓮蓬的也有菱角的共有三四十樣打的十分精巧因笑

向賈母王夫人道你們府上也都想絕了吃碗湯還有這些樣子要不說出來我見了這個也不認得是做什麽用的鳳姐兒也不等人說話便笑道姑媽不知道這是舊年備膳的時候兒他們想的法兒不知弄什麽麵印出來借點新荷葉的清香全仗着好湯我吃着究竟也沒什麽意思誰家長吃他那一回是樣做了一回他今兒怎麽想起來了說着接過來遞與個婦人吩咐厨房裡立刻拿幾隻鷄另外添了東西做十碗湯來王夫人道要這些做什麽鳳姐笑道有個原故這一宗東西家常不大做今兒寳兄弟提起來了單做給他吃老太太姑媽太太都不吃似乎不大好不如就勢兒弄些大家吃吃托賴着連我也

嘗個新兒賈母聽了笑道猴兒把你乖的拿着官中的錢做人情說的大家笑了鳳姐忙笑道這不相干這個小東道兒我還孝敬的起便回頭吩咐婦人說給廚房裡只管好生添補着做了在我賬上領銀子婆子答應着去了寶釵一旁笑道我來了這麼幾年留神看起來二嫂子憑他怎麼巧再巧不過老太太賈母聽說便答道我的兒我如今老了那裡還巧什麼當日我像鳳丫頭這麼大年紀比他還來得呢他如今雖說不如我也就算好了比你姨娘强遠了你姨娘可憐見的不大說話和木頭是的公婆跟前就不獻好兒鳳兒嘴乖怎麼怨得人疼他寶玉笑道要這麼說不大說話的就不疼了賈母道不大說話的

又有不大說話的可疼之處嘴乖的也有一宗可嫌的倒不如不說的好寶玉笑道這就是了我說大嫂子倒不大說話呢老太太也是和鳳姐姐一樣的疼要說单是會說話的可疼這些姐妹裡頭也只鳳姐姐和林妹妹可疼了賈母道提起姐妹不是我當著姨太太的面奉承千真萬真從我們家裡四個女孩兒算起都不如寶丫頭薛姨媽聽了忙笑道這話是老太太說偏了王夫人忙又笑道老太太時常背地裡和我說寶丫頭好這倒不是假話寶玉勾着賈母原為要讚黛玉不想反讚起寶釵來倒也意出望外便看着寶釵一笑寶釵早扭過頭去和襲人說話去了忽有人來請吃飯賈母方立起身來命寶玉好生

養着罷把丫頭們又囑咐了一回方扶着鳳姐兒讓着薛姨媽大家出房去了猶問湯好了不曾又問薛姨媽等想什麽吃只管告訴我我有本事叫鳳丫頭弄了來偺們吃薛姨媽笑道老太太也會慪他時常他弄了東西來孝敬究竟又吃不多兒鳳姐兒笑道姑媽倒別這麽說我們老祖宗只是嫌人肉酸要不嫌人肉酸早已把我還吃了呢一句話沒說了引的賈母衆人都哈哈的大笑起來寶玉在屋裡也掌不住笑了襲人笑道真真的二奶奶的嘴怕死人寶玉伸手拉着襲人笑道你站了這半日可乏了一面說一面拉他身旁坐下襲人笑道可是又忘了趁寶姑娘在院子裡你和他說煩他們鶯兒來打上幾根絲

了寶玉笑道虧了你提起來說着便仰頭向窗外道寶姐姐吃過飯叫鶯兒來煩他打幾根絛子可得閑兒寶釵聽見回頭道是了一會兒就叫他來賈母等尚未聽真都止步問寶釵何事寶釵說明了賈母便說道好孩子你叫他來替你兄弟打幾根罷你要人使我那裡閑的丫頭多着的呢你喜歡誰只管叫來使喚薛姨媽寶釵等都笑道只管叫他來做就是了有什麽使喚的去處他天天也是閑着淘氣大家說着往前正走忽見湘雲平兒香菱等在山石邊掐鳳仙花呢見了他們走來都迎上來了少頃出至園外王夫人恐賈母乏了便欲讓至上房內坐賈母也覺腳酸便點頭依允王夫人便命丫頭忙先去鋪設坐

位那時趙姨娘推病只有周姨娘與那老婆丫頭們忙著打簾子立靠背鋪褥子賈母扶着鳳姐兒進來與薛姨媽分賓主坐了寶釵湘雲坐在下面王夫人親自捧了茶來奉與賈母李宮裁捧與薛姨媽賈母向王夫人道讓他們小妯娌們伏侍罷你在那裡坐下好說話兒王夫人方向一張小杌子上坐下便吩附鳳姐兒道老太太的飯放在這裡添了東西來鳳姐兒答應出去便命人去賈母那邊告訴那邊的老婆們忙往外傳了丫頭們忙都赶過來王夫人便命請姑娘們去請了半天只有探春惜春兩個來了迎春身上不耐煩不吃飯那黛玉是不消說十頓飯只好吃五頓眾人也不着意了少頃飯至眾人調放了

桌子鳳姐兒用手巾裹了一把牙箸站在地下笑道老祖宗和姨媽不用讓還聽我說就是了賈母笑向薛姨媽道我們就是這樣薛姨媽笑着應了於是鳳姐放下四雙箸上面兩雙是賈母薛姨媽兩邊是寶釵湘雲的王夫人李宮裁等都站在地下看着放菜鳳姐先忙着要干淨傢伙來替寶玉揀菜少頃蓮葉湯來了賈母看過了王夫人回頭見玉釧兒在那裡便命玉釧兒與寶玉送去鳳姐道他一個人難拿可巧鶯兒和同喜都來了寶釵知道他們已吃了飯便向鶯兒道寶二爺正叫你去打絛子你們兩個同去罷鶯兒答應着和玉釧兒出來鶯兒道這麼遠怪熱的那可怎麼端呢玉釧兒笑道你放心我自有道理

說著便命一個婆子來將湯飯等類放在一個捧盒裡命他端了跟著他兩個卻空著手走一直到了怡紅院門口玉釧兒方接過來了同著鶯兒進入房中襲人麝月秋紋三個人正和寶玉頑笑呢見他兩個來了都忙起來笑道你們兩個來的怎麼碰巧一齊來了一面說一面接過來玉釧兒便向一張杌子上坐下鶯兒不敢坐襲人便忙端了個腳踏來鶯兒還不敢坐寶玉見鶯兒來了卻倒十分歡喜見了玉釧兒便想起他姐姐金釧兒來了又是傷心又是慚愧便把鶯兒丟下且和玉釧兒說話襲人見把鶯兒不理恐鶯兒沒好意思的又見鶯兒不肯坐便拉了鶯兒出來到那邊屋裡去吃茶說話兒去了這裡麝月

等預備了碗飭來伺候吃飯寶玉只是不吃問玉釧兒道你母親身上好玉釧兒滿臉嬌嗔正眼也不看寶玉半日方說了一個好字寶玉便覺沒趣半日只得又陪笑問道誰叫你替我送來的玉釧兒道不過是奶奶太太們寶玉見他還是哭喪著臉便知他是爲金釧兒的原故待要虛心下氣哄他又見人多不好下氣的因而便尋方法將人都支出去然後又陪笑問長問短那玉釧兒先雖不欲理他只管見寶玉一些性氣也沒有憑他怎麼喪謗還是溫存和氣自己倒不好意思的了臉上方有三分喜色寶玉便笑央道好姐姐你把那湯端了來我嘗嘗玉釧兒道我從不會喂人東西等他們來了再喝寶玉笑道我不

是要你喂我我因爲走不動你遞給我喝了你好赶早回去交代了好吃飯去我只管躭悞了時候豈不餓壞了你你要懶怠動我少不得忍著疼下去取去說着便要下床扎掙起來禁不住噯喲之聲玉釧兒見他這般也忍不過起身說道躺下去罷那世裡造的孽這會子現世現報叫我那一個眼睛瞧的上一面說一面哧的一聲又笑了端過湯來寶玉笑道好姐姐你要生氣只管在這裡生罷見了老太太太太可和氣着些若還這樣你就要挨駡了玉釧兒道吃罷吃罷你不用和我甜嘴蜜舌的了我都知道啊說着催寶玉喝了兩口湯寶玉故意說不好吃玉釧兒撇嘴道阿彌陀佛這個還不好吃也不知什麽好吃

呢寶玉道一點味兒也沒有你不信嚐一嚐就知道了玉釧兒果真賭氣嚐了一嚐寶玉笑道這可好吃了玉釧兒聽說方解過他的意思來原是寶玉哄他喝一口便說道你既說不喝這會子說好吃也不給你喝了寶玉只管陪笑央求要喝玉釧兒又不給他一面又叫人打發吃飯丫頭方進來時忽有人來回話說傅二爺家的兩個嬤嬤來請安來見二爺寶玉聽說便知是通判傅試家的嬤嬤來了那傅試原是賈政的門生原來都賴賈家的名聲得意賈政也着實看待與別的門生不同他那裡常遣人來走動寶玉素昔最厭勇男蠢婦的今日却如何又命這兩個婆子進來其中原來有個緣故只因那寶玉聞得傅

試有個妹子名喚傅秋芳也是個瓊閨秀玉常聽人說才貌俱全雖自未親覩然遐思遙愛之心十分誠敬不命他們進來恐薄了傅秋芳因此連忙命讓進來那傅試原是暴發的因傅秋芳有幾分姿色聰明過人那傅試安心仗着妹子要與豪門貴族結親不肯輕意許人所以耽悞到如今目今傅秋芳已二十三歲尚未許人怎奈那些豪門貴族又嫌他本是窮酸根基淺薄不肯求配那傅試與賈家親密也自有一段心事今日遣來的兩個婆子偏偏是極無知識的聞得寶玉要見進來只剛問了好說了沒兩句話那玉釧兒見生人來也不和寶玉厮鬧了手裡端着湯却只顧聽寶玉又只顧和婆子說話一面吃飯伸

手去要湯兩個人的眼睛都看著人不想伸猛了手便將碗撞翻將湯潑了寶玉手上玉釧兒倒不曾燙着嚇了一跳忙笑道這是怎麼了慌的丫頭們忙上來接碗寶玉自已燙了手倒不覺的只管問玉釧兒燙了那裡了疼不疼玉釧兒和衆人都笑了玉釧兒道你自已燙了只管問我寶玉聽了方覺自已燙了衆人上來連忙收拾寶玉也不吃飯了洗手吃茶又和那兩個婆子說了兩句話然後兩個婆子告辭出去晴雯等送至橋邊方回那兩個婆子見沒人了一行走一行談論這一個笑道怪道有人說他們家的寶玉是相貌好裡頭糊塗中看不中吃果然竟有些獃氣他自已燙了手倒問別人疼不疼這可不是獃

了嗎那個又笑道我前一回來還聽見他家裡許多人說千真萬真有些獃氣大雨淋的水雞兒是的他反告訴別人下雨了快避雨去罷你說可笑不可笑時常沒人在跟前就自哭自笑的看見燕子就和燕子說話河裡看見了魚就和魚兒說話見了星星月亮他不是長吁短嘆的就是咕咕噥噥的且一點剛性兒也沒有連那些毛丫頭的氣都受到了愛惜起東西來連個線頭兒都是好的遭塌起來那怕值千值萬都不管了兩個人一面說一面走出園來回去不在話下且說襲人見人去了便攜了鶯兒過來問寶玉打什麼絛子寶玉笑向鶯兒道纔只顧說話就忘了你了煩你來不為別的替我打幾根絡子鶯兒

道裝什麼的絡子寶玉見問便笑道不管裝什麼的你都每樣打幾個罷鶯兒拍手笑道這還了得要這樣十年也打不完了寶玉笑道好姑娘你閑着也没事都替我打了罷襲人笑道那裡一時都打的完如今先揀要緊的打幾個罷鶯兒道什麼要緊不過是扇子香墜兒汗巾子寶玉道汗巾子就好鶯兒道汗巾子是什麼顔色寶玉道大紅的鶯兒道大紅的須是黑絡子纔好看或是石青的纔壓得住顔色寶玉道松花色配什麼鶯兒道松花配桃紅寶玉笑道這纔姣艷再要雅淡之中帶些姣艷鶯兒道葱緑柳黄可倒還雅致寶玉道也罷了也打一条桃紅再打一条葱緑鶯兒道什麼花樣呢寶玉道也有幾樣花樣

鶯兒道一炷香朝天凳象眼塊方勝連環梅花柳葉寶玉道前兒你替三姑娘打的那花樣是什麼鶯兒道是攢心梅花寶玉道就是那樣好一面說一面襲人剛拿了線來窗外婆子說姑娘們的飯都有了寶玉道你們吃飯去快吃了來罷襲人笑道有客在這裏我們怎麼好意思去呢鶯兒一面理線一面笑道這打那裏說起正經快吃去罷襲人等聽說方去了只留下兩個小丫頭呼喚寶玉一面看鶯兒打絡子一面說閒話因問他十幾歲了鶯兒手裏打著一面答話十五歲了寶玉道你本姓什麼鶯兒道姓黃寶玉笑道這個姓名倒對了果然是個黃鶯兒鶯兒笑道我的名字本來是兩個字叫做金鶯姑娘嫌拗口

只单叫鶯兒如今就叫鬧了寶玉道寶姐姐也就算疼你了明兒寶姐姐出嫁少不得是你跟了去了鶯兒抿嘴一笑寶玉笑道我常常和你花大姐姐說明兒也不知那一個有造化的消受你們主兒兩個呢鶯兒笑道你還不知我們姑娘有幾樣世上的人沒有的好處呢模樣兒還在其次寶玉見鶯兒嬌腔婉轉語笑如痴早不勝其情了那堪更提起寶釵來便問道什麽好處你細細兒的告訴我聽鶯兒道我告訴你你可不許告訴他寶玉笑道這個自然正說着只聽見外頭說道怎麽這麽靜悄悄的二人回頭看時不是別人正是寶釵來了寶玉忙讓坐寶釵坐下因問鶯兒打什麽呢一面問一面向他手裡去瞧纔

打了半截兒寶釵笑道這有什麽趣兒倒不如打個絡子把玉絡上呢一句話提醒了寶玉便拍手笑道倒是姐姐說的是我就忘了只是配個什麽顏色纔好寶釵道用鴉色斷然使不得大紅又犯了色黃的又不起眼黑的太暗依我說竟把你的金線拿來配着黑珠兒線一根一根的拈上打成絡子那纔好看寶玉聽說喜之不盡一疊連聲就叫襲人來取金線正值襲人端了兩碗菜走進來告訴寶玉道今兒奇怪剛纔太太打發人給我送了兩碗菜來寶玉笑道必定是今兒菜多送給你們大家吃的襲人道不是說指名給我的還不叫過去磕頭這可是奇了寶釵笑道給你的你就吃去這有什麽猜疑的襲人道從

來沒有的事倒叫我不好意思的寶釵抿嘴一笑說道這就不好意思了明兒還有比這個更叫你不好意思的呢襲人聽了話內有因素知寶釵不是輕嘴薄舌奚落人的自己想起上日王夫人的意思來便不再提了將菜給寶玉看了說洗了手來拿線說畢便一直出去了吃過飯洗了手進來拿金線給鶯兒打絡子此時寶釵早被薛蟠遣人來請出去了這裡寶玉正看着打絡子忽見邢夫人那邊遣了兩個丫頭送了兩樣菓子來給他吃問他可走得了麼要走的動叫哥兒明兒過去散散心太太着實惦記着呢寶玉忙道要走得了必定過來請太太的安去疼的比先好些請太太放心罷一面叫他兩個坐下一面

又叫秋紋來把纔那菓子拿一半送給林姑娘去秋紋答應了剛欲去時只聽黛玉在院內說話寶玉忙叫快請要知端底且看下回分解

紅樓夢第三十五回終

紅樓夢第三十六回

## 繡鴛鴦夢兆絳芸軒　識分定情悟梨香院

話說賈母自王夫人處回來見寶玉一日好似一日心中自是歡喜因怕將來賈政又叫他遂命人將賈政的親隨小廝頭兒喚來吩咐已後倘有會人待客諸樣的事你老爺要叫寶玉你不用上來傳話就回他說我說的一則打重了得着實將養幾個月纔走得二則他的星宿不利祭了星不見外人過了八月纔許出二門那小廝頭兒聽了領命而去賈母又命李嬤嬤襲人等來將此話說與寶玉使他放心那寶玉素日本就懶與士大夫諸男人接談又最厭峩冠禮服賀弔往還等事今日得了

這句話越發得意了不但將親戚朋友一概杜絕了而且連家庭中晨昏定省一發都隨他的便了日日只在園中遊玩坐臥不過每日一清早到賈母王夫人處走走就回來了却每日甘心爲諸丫頭充役倒也得十分消閒日月或如寶釵輩有時見機勸導反生起氣來只說好好的一個清淨潔白女子也學的吊名沽譽入了國賊祿鬼之流這總是前人無故生事立意造言原爲引導後世的鬚眉濁物不想我生不幸亦且瓊閨繡閣中亦染此風眞眞有負天地鍾靈毓秀之德了衆人見他如此也都不向他說正經話了獨有黛玉自幼兒不曾勸他去立身揚名所以深敬黛玉閒言少述如今且說鳳姐自見金釧兒死

後忽見幾家僕人常來孝敬他些東西又不時的來請安奉承自己倒生了疑惑不知何意這日又見人來孝敬他東西因晚間無人時笑問平兒平兒冷笑道奶奶連這個都想不起來了我猜他們的女孩兒都必是太太屋裡的丫頭如今太太屋裡有四個大的一個月一兩銀子的分例下剩的都是一個月只幾百錢如今金釧兒死了必定他們要弄這一兩銀子的窩兒呢鳳姐聽了笑道是了是了倒是你想的不錯只是這起人也太不知足錢也賺彀了苦事情又攤不着他們弄個丫頭搪塞身子兒也就罷了又要想這個巧宗兒他們幾家的錢也不是容易花到我跟前的這可是他們自尋送什麽我就收什麽橫

暨我有主意鳳姐兒安下這個心所以只管躭延着等那些人把東西送足了然後乘空方回王夫人這日午間薛姨媽寶釵黛玉等正在王夫人屋裡大家吃西瓜鳳姐兒得便回王夫人道自從玉釧兒的姐姐死了太太跟前少着一個人太太或看准了那個丫頭就吩咐了下月好發放月錢王夫人聽了想了一想道依我說什麼是例必定四個五個的彀使就罷了竟可以免了罷鳳姐笑道論理太太說的也是只是原是舊例別人屋裡還有兩個呢太太倒不按例了况且省下一兩銀子也有限的王夫人聽了又想了想道也罷這個分例只管關了來不用補人就把這一兩銀子給他妹妹玉釧兒罷他姐姐伏侍了

我一塲沒個好結果剩下他妹妹跟着我吃個雙分兒也不爲過鳳姐答應着回頭望着玉釧兒笑道大喜大喜玉釧兒過來磕了頭王夫人又問道正要問你如今趙姨娘周姨娘的月例多少鳳姐道那是定例每人二兩趙姨娘有環兄弟的二兩共是四兩另外四串錢王夫人道月月可都按數給他們鳳姐兒問得奇忙道怎麽不按數給呢王夫人道前兒恍惚聽見有人抱怨說短了一串錢什麽緣故鳳姐忙笑道姨娘們的丫頭月例原是人各一吊錢從舊年他們外頭商量的姨娘們每位丫頭分例減半人各五百錢每位兩個丫頭所以短了一吊錢這事其實不在我手裡我倒樂得給他們呢只是外頭扣着這裡

我不過是接手兒怎麽来怎麽去由不得我做主我倒說了兩三囬仍舊添上這兩分兒爲是他們說了只有這個數兒叫我也難再說了如今我手裡給他們每月連日子都不錯先時候兒在外頭關那個月不打饑荒何曾順順溜溜的得過一遭兒呢王夫人聽說就停了半晌又問老太太屋裡幾個一兩的鳳姐道八個如今只有七個那一個是襲人王夫人道這就是了你寶兄弟也並没有一兩的丫頭襲人還筭老太太房裡的人鳳姐笑道襲人還是老太太的人不過給了寶兄弟使他這一兩銀子還在老太太的丫頭分例上領如今說因爲襲人是寶玉的人裁了這一兩銀子斷乎使不得若說再添一個人給老

太太這個還可以裁他若不裁他須得環兄弟屋裡也添上一個纔公道均勻了就是晴雯麝月他們七個大丫頭每月人各月錢一吊佳蕙他們八個小丫頭們每月人各月錢五百還是老太太的話別人也惱不得氣不得呀薛姨媽笑道你們只聽鳳丫頭的嘴倒像倒了核桃車子是的賬也清楚理也公道鳳姐笑道姑媽難道我說錯了嗎薛姨媽笑道說的何嘗錯只是你慢着些兒說不省力些鳳姐纔要笑忙又忍住了聽王夫人示下王夫人想了半日向鳳姐道明兒挑一個丫頭送給老太太使喚補襲人把襲人的一分裁了把我每月的月例二十兩銀子裡拿出二兩銀子一吊錢來給襲人去巳後凡事有趙姨

娘周姨娘的也有襲人的只是襲人的這一分都從我的分例上勻出來不必動官中的就是了鳳姐一一的答應了笑推薛姨媽道姑媽聽見了我素日說的話如今果然應了薛姨媽道早就該這麼着那孩子模樣兒不用說只是他那行事兒的大方見人說話兒的和氣裡頭帶著剛硬要強倒實在難得的王夫人含淚說道你們那裡知道襲人那孩子的好處比我的寶玉還强十倍呢寶玉果然有造化能彀得他長長遠遠的伏侍一輩子也就罷了鳳姐道旣這麼樣就開了臉明放他在屋裡不好王夫人道這不好一則年輕二則老爺也不許三則寶玉見襲人是他的丫頭總有放縱的事倒能聽他的勸如今

做了跟前人那襲人該勸的也不敢十分勸了如今且渾着等再過二三年再說說畢鳳姐見無話便轉身出來剛至廊簷下只見有幾個執事的媳婦子正等他囘事呢見他出來都笑道奶奶今兒囘什麼事說了這半天可別熱着罷鳳姐把袖子挽了幾挽跐着那角門的門檻子笑道這裏過堂風倒凉快吹一吹再走又告訴衆人道你們說我囘了這半日的話太太把二百年的事都想起來問我難道我不說罷又冷笑道我從今以後倒要幹幾件刻薄事了怨抱給太太聽我也不怕糊塗油蒙了心爛了舌頭不得好死的下作娼婦們别做娘的春夢了明兒一裹腦子扣的日子還有呢如今裁了丫頭的錢就抱怨了

偺們也不想想自巳也配使三個丫頭一面罵一面方走了自去挑人回賈母話去不在話下却說薛姨媽等這裡吃畢西瓜又說了一回閒話兒各自散去寶釵與黛玉回至園中寶釵要約著黛玉往藕香榭去黛玉因說還要洗澡便各自散了寶釵獨自行來順路進了怡紅院意欲尋寶玉去說話兒以解午倦不想步入院中鴉雀無聞一並連兩隻仙鶴在芭蕉下都睡着了寶釵便順着游廊來至房中只見外間床上橫三竪四都是丫頭們睡覺轉過十錦槅子來至寶玉的房內寶玉在床上睡着了襲人坐在身傍手裡做針線傍邊放着一柄白犀麈寶釵走近前來悄悄的笑道你也過於小心了這個屋裡還有蒼蠅

蚊子還拿蠅刷子赶什麽襲人不防猛擡頭見是寶釵忙放針線起身悄悄笑道姑娘來了我倒不防唬了一跳姑娘不知道雖然沒有蒼蠅蚊子誰知有一種小虫子從這紗眼裡鑽進來人也看不見只睡着了咬一口就像螞蟻叮的寶釵道怨不得這屋子後頭又近水又都是香花兒這屋子裡頭又香這種虫子都是花心裡長的聞香就撲說着一面就瞧他手裡的針線原來是個白綾紅裡的兜肚上面扎着鴛鴦戲蓮的花樣紅蓮綠葉五色鴛鴦寶釵道噯喲好鮮亮活計這是誰的也值的費這麽大工夫襲人向床上努嘴兒寶釵笑道這麽大了還帶這個襲人笑道他原是不帶所以特特的做的好了叫他看見由

不得不帶如今天熱睡覺都不留神哄他帶上了就是夜裡縱蓋不嚴些兒也就罷了你說這一個就用了工夫還沒看見他身上帶的那一個呢寶釵笑道也虧你奈煩襲人道今兒做的工夫大了脖子低的怪酸的又笑道好姑娘你畧坐一坐我出去走走就來說着就走了寶釵只顧看着活計便不留心一蹲身剛剛的也坐在襲人方纔坐的那個所在因又見那個活計實在可愛不由的拿起針來就替他作不想黛玉因遇見湘雲約他來與襲人道喜二人來至院中見靜悄悄的湘雲便轉身先到廂房裡去找襲人去了那黛玉却來至窗外隔着窗紗往裡一看只見寶玉穿着銀紅紗衫子隨便睡着在床上寶釵坐

在身傍做針線傍邊放着蠅刷子黛玉見了這個景况早已呆了連忙把身子一躲半日又握着嘴笑却不敢笑出來便招手兒叫湘雲湘雲見他這般只當有什麽新聞忙也來看纔要笑忽然想起寶釵素日待他厚道便忙掩住口知道黛玉口裏不讓人怕他取笑便忙拉過他來道走罷我想起襲人來他說晌午要到池子裡去洗衣裳想必去了咱們找他去罷黛玉心下明白冷笑了兩聲只得隨他走了這裡寶釵只剛做了兩三個花瓣忽見寶玉在夢中喊罵說和尚道士的話如何信得什麽金玉姻緣我偏說木石姻緣寶釵聽了這話不覺怔了忽見襲人走進來笑道還沒醒呢嗎寶釵搖頭襲人又笑道我纔碰見

林姑娘史大姑娘他們進來了麼寶釵道沒見他們進來因向襲人笑道他們沒告訴你什麽襲人紅了臉笑道總不過是他們那些頑話有什麽正經說的寶釵笑道今兒他們說的可不是頑話我正要告訴你呢你又忙忙的出去了一句話未完只見鳳姐打發人來叫襲人寶釵笑道就是爲那話了襲人只得叫起兩個丫頭來同着寶釵出怡紅院自往鳳姐這裡來果然是告訴他這話又教他給王夫人磕頭且不必去見賈母倒把襲人說的甚覺不好意思及見過王夫人回來寶玉已醒問起原故襲人且含糊答應至夜間人靜襲人方告訴了寶玉喜不自禁又向他笑道我可看你回家去不去了那一囘往家裡走

了一輛回來就說你哥哥要贖你又說在這裡沒著落終久算什麼說那些無情無義的生分話唬我從今我可看誰來敢叫你去襲人聽了冷笑道你倒别這麼說從此以後我是太太的人了我要走連你也不必告訴只回了太太就走寶玉笑道就算我不好你回了太太去了叫别人聽見說我不好你去了你有什麼意思呢襲人笑道有什麼沒意思的難道下流人我也跟着罷再不然還有個死呢人活百歲横竪要死這口氣沒了聽不見看不見就罷了寶玉聽見這話便忙握他的嘴說道罷罷你别說這些話了襲人深知寶玉性情古怪聽見奉承吉利話又厭虚而不實聽了這些近情的實話又生悲感也後悔自

巳見攏連忙笑着用話截開只揀寶玉那素日喜歡的說些春風秋月粉淡脂紅然後又說到女兒如何好不覺又說到女兒死的上頭襲人忙捺住口寶玉聽至濃快處見他不說了便笑道人誰不死只要死的好那些鬚眉濁物只聽見文死諫武死戰這二死是大丈夫的名節便只管胡鬧起來那裡知道有昏君方有死諫之臣只顧他邀名猛拚一死將來置君父於何地必定有刀兵方有死戰他只顧圖汗馬之功猛拚一死將來棄國於何地襲人不等說完便道古時候兒這些人也因出于不得巳他纔死啊寶玉道那武將要是疏謀少畧的他自巳無能白送了性命這難道也是不得巳麼那文官更不比武官了他

念兩句書記在心裡若朝廷少有瑕疵他就胡彈亂諫邀忠烈之名倘有不合濁氣一湧即時拚死這難道也是不得已要知道那朝廷是受命於天若非聖人那天也斷斷不把這萬幾重任交代可知那些死的都是沽名釣譽並不知君臣的大義比如我此時若果有造化趂著你們都在眼前我就死了再能彀你們哭我的眼淚流成大河把我的屍首漂起來送到那鴉雀不到的幽僻去處隨風化了自此再不托生爲人這就是我死的得時了襲人忽見說出這些瘋話來忙說困了不再答言那寶玉方合眼睡着次日也就丟開一日寶玉因各處游的膩煩便想起牡丹亭曲子來自己看了兩遍猶不愜懷因聞得梨香

院的十二個女孩兒中有個小旦齡官唱的最好因出了角門
來找時只見葵官葯官都在院內見寶玉來了都笑迎讓坐寶
玉因問齡官在那裡都告訴他說在他屋裡呢寶玉忙至他屋
內只見齡官獨自躺在枕上見他進來動也不動寶玉身傍坐
下因素昔與別的女孩子頑慣了的只當齡官也和別人一樣
遂近前陪笑央他起來唱一套裊晴絲不想齡官見他坐下忙
抬起身來躲避正色說道嗓子啞了前兒娘娘傳進我們去我
還沒有唱呢寶玉見他坐正了再一細看原來就是那日薔薇
花下畫薔字的那一個又見如此景況從來未經過這樣被人
棄厭自己便訕訕的紅了臉只得出來了葯官等不解何故因

問其所以寶玉便告訴了他寶官笑說道只畧等一等薔二爺來了他叫唱是必唱的寶玉聽了心下納悶因問薔哥兒那裡去了寶官道纔出去了一定就是齡官兒要什麽他去變弄去了寶玉聽了以爲奇特少站片時果見賈薔從外頭來了手裡提著個雀兒籠子上面扎着小戲臺並一個雀兒興興頭頭往裡來找齡官見了寶玉只得站住寶玉問他是個什麽雀兒賈薔笑道是個玉頂兒還會啣旗串戲寶玉道多少錢買的賈薔道一兩八錢銀子一面說一面讓寶玉坐自已往齡官屋裡來寶玉此刻把聽曲子的心都沒了且要看他和齡官是怎麽樣只見賈薔進去笑道你來瞧這個頑意兒齡官起身問是什麽

賈薔道買了個雀兒給你頑省了你天天兒發悶我先頑個你瞧瞧說著便拿些穀子哄的那個雀兒果然在那戲臺上啣著鬼臉兒和旗幟亂串衆女孩子都笑了獨齡官冷笑兩聲賭氣仍睡着去了賈薔還只管陪笑問他好不好齡官道你們家把好好兒的人弄了來關在這牢坑裏學這個還不筭你這會子又弄個雀兒來也幹這個浪事你分明弄了來打趣形容我們還問好不好賈薔聽了不覺站起來連忙賭神起誓又道今兒我那裡的糊塗油蒙了心費一二兩銀子買他原說解悶兒就沒想到這上頭罷了放了生倒也免你的災說著果然將那雀兒放了一頓把將籠子拆了齡官還說那雀兒雖不如人他

也有個老雀兒在窩裡你拿了他來弄這個勞什子也忍得今見我咳嗽出兩口血来太太打發人來找你叫你請大夫來細問問你且弄這個來取笑兒偏是我這沒人管沒人理的又偏愛害病賈薔聽說連忙說道昨兒晚上我問了大夫他說不相干吃兩劑藥後兒再瞧誰知今兒又吐了這會子就請他去說著便要請去齡官又叫站住這會子大毒日頭地下你賭氣去請了來我也不瞧賈薔聽如此說只得又站住寶玉見了這般景况不覺癡了這纔領會過畫薔深意自己站不住便抽身走了賈薔一心都在齡官身上竟不曾理會倒是別的女孩子送出來了那寶玉一心裁奪盤算癡癡的回至怡紅院中正值黛

玉和襲人坐着說話兒呢寶玉一進來就和襲人長嘆說道我昨兒晚上的話竟說錯了怪不得老爺說我是管窺蠡測昨夜說你們的眼淚單葬我這就錯了看來我竟不能全得從此後只好各人得各人的眼淚罷了襲人只道昨夜不過是些頑話已經忘了不想寶玉又提起來便笑道你可真真有些個瘋了寶玉默默不對自此深悟人生情緣各有分定只是每每暗傷不知將來葬我灑淚者爲誰且說黛玉當下見寶玉如此形像便知是又從那裡着了魔來也不便多問因說道我纔在舅母跟前聽見說明兒是薛姨媽的生日叫我順便來問你出去不出去你打發人前頭說一聲去寶玉道上回連大老爺的生日

我也沒去這會子我又去倘或碰見了人呢我一概都不去這麼怪熱的又穿衣裳我不去姨媽也未必惱襲人忙道這是什麼話他比不得大老爺這裡又住的近又是親戚你不去豈不叫他思量你怕熱就清早起來到那裡磕個頭吃鍾茶再來豈不好看寶玉尚未說話黛玉便先笑道你看著人家趕蚊子的分上也該去走走寶玉不解忙問怎麼趕蚊子襲人便將昨日睡覺無人作伴寶姑娘坐了一坐的話告訴寶玉寶玉聽了忙說不該我怎麼睡著了就褻瀆了他一面又說明日必去正說着忽見湘雲穿得齊齊整整的走來辭說家裡打發人來接他寶玉黛玉聽說忙站起來讓坐湘雲也不坐寶黛兩個只得送

他至前面那湘雲只是眼淚汪汪的見有他家的人在跟前又不敢十分委屈少時寶釵赶來愈覺纏綿難捨還是寶釵心內明白他家裡人若回去告訴了他嬸娘待他家去了又恐怕他受氣因此倒催着他走了衆人送至二門前寶玉還要往外送他倒是湘雲攔住了一時回身又叫寶玉到跟前悄悄的囑咐道就是老太太想不起我來你時常提着好等老太太打發人接我去寶玉連連答應了眼看着他上車去了大家方纔進來要知端底且看下回分解

紅樓夢第三十六回終

紅樓夢第三十七回

秋爽齋偶結海棠社　蘅蕪院夜擬菊花題

話說史湘雲回家後寶玉等仍不過在園中嬉遊吟咏不題且說賈政自元妃歸省之後居官更加勤慎以期仰答皇恩皇上見他人品端方風聲清肅雖非科第出身却是書香世代因特將他點了學差也無非是選拔真才之意這賈政只得奉了旨擇于八月二十日起身是日拜別過宗祠及賈母便起身而去寶玉等如何送行以及賈政出差外面諸事不及細述單表寶玉自賈政起身之後每日在園中任意縱性遊蕩真把光陰虛度歲月空添這日甚覺無聊便往賈母王夫人處來混了一混

仍舊進園來了剛換了衣裳只見翠墨進來手裡拿着一副花箋送與他看寶玉因道可是我忘了纔要瞧瞧三妹妹去你來的正好可好些了翠墨道姑娘好了今兒也不吃藥了不過是冷着一點兒寶玉聽說便展開花箋看時上面寫道

妹探謹啟

二兄文几前夕新霽月色如洗因惜清景難逢未忍就臥漏已三轉猶徘徊桐檻之下竟為風露所欺致獲採薪之患昨蒙親勞撫囑已復遣侍兒問切兼以鮮荔並真卿墨蹟見賜抑何惠愛之深耶今因伏几處默忽思歷來古人處名攻利奪之場猶置些山滴水之區遠招近揖投轄攀轅

務結二三同志盤桓其中或豎詞壇或開吟社雖因一時之偶興每成千古之佳談妹雖不才幸叨陪泉石之間兼慕薛林雅調風庭月榭惜未讌集詩人簾杏溪桃或可醉飛吟盞孰謂雄才蓮社獨許鬚眉不教雅會東山讓余脂粉耶若蒙造雪而來敢請掃花以俟謹啟

寶玉看了不覺喜的拍手笑道倒是三妹妹高雅我如今就去商議一面說一面就走翠墨跟在後面剛到了沁芳亭只有園中後門上值日的婆子手裡拿着一個字帖兒走來見了寶玉便迎上去口內說道芸哥兒請安在後門等着呢這是叫我送來的寶玉打開看時寫道

不肖男芸恭請

父親大人萬福金安男思自蒙

天恩認於　膝下日夜思一孝順竟無可孝順之處前因買

辦花草上托　大人洪福竟認得許多花兒匠並認得許

多名園前因忽見有白海棠一種不可多得故變盡方法

只弄得兩盆　大人若視男是親男一般便留下賞玩因

天氣暑熱恐園中姑娘們防碍不便故不敢面見謹奉書

恭啟並叩

台安男芸跪書一笑

寶玉看了笑問道他獨來了還有什麼人婆子道還有兩盆花

兒寶玉道你出去說我知道了難爲他想着你就把花兒送到我屋裡去就是了一面說一面同翠墨往秋爽齋來只見寶釵黛玉迎春惜春已都在那裡了衆人見他進來都大笑說又來了一個探春笑道我不算俗偶然起了個念頭寫了幾個帖兒試一試誰知一招皆到寶玉笑道可惜遲了早該起個社的黛玉說道此時還不算遲也沒什麼可惜但只你們只管起社可別算我我是不敢的迎春笑道你不敢誰還敢呢寶玉道這是一件正經大事大家鼓舞起來別你謙我讓的各有主意只管說出來大家評論寶姐姐也出個主意林妹妹也說句話兒寶釵道你忙什麼人還不全呢一語未了李紈也來了進門笑道

雅的狠哪要起詩社我自舉我掌壇前兒春天我原有這個意思的我想了一想我又不會做詩瞎鬧什麼因而也忘了就沒有說既是三妹妹高興我就帮着你作興起來黛玉道既然定要起詩社偺們就是詩翁了先把這些姐妹叔嫂的字樣改了纔不俗李紈道極是何不起個別號彼此稱呼倒雅我是定了稻香老農再無人占的探春笑道我就是秋爽居士罷寶玉道居士主人到底不雅又累贅這裡梧桐芭蕉儘有或指桐蕉起個倒好探春笑道有了我卻愛這芭蕉就稱蕉下客罷衆人都道別緻有趣黛玉笑道你們快牽了他來燉了肉脯子來吃酒衆人不解黛玉笑道莊子說的蕉葉覆鹿他自稱蕉下客可不

是一隻鹿麼快做了鹿脯來衆人聽了都笑起來探春因笑道你又使巧話來罵人你別忙我已替你想了個極當的美號了又向衆人道當日娥皇女英灑淚竹上成斑故今斑竹又名湘妃竹如今他住的是瀟湘館他又愛哭將來他那竹子想來也是要變成斑竹的以後都叫他做瀟湘妃子就完了大家聽說都拍手叫妙黛玉低了頭也不言語李紈笑道我替薛大妹妹也早已想了個好的也只三個字衆人忙問是什麼李紈道我是封他爲蘅蕪君不知你們以爲如何探春道這個封號極好寶玉道我呢你們也替我想一個寶釵笑道你的號早有了無事忙三字恰當得狠李紈道你還是你的舊號絳洞花主就是

了寶玉笑道小時候幹的營生還提他做什麼寶釵道還是我送你個號罷有最俗的一個號卻於你最當天下難得的是富貴又難得的是閒散這兩樣再不能兼不想你兼有了就叫你富貴閒人也罷了寶玉笑道當不起當不起倒是隨你們混叫去罷黛玉道混叫如何使得你既住怡紅院索性叫怡紅公子不好眾人道也好李紈道二姑娘四姑娘起個什麼迎春道我們又不大會詩白起個號做什麼探春道雖如此也起個纔是寶釵道他住的是紫菱洲就叫他菱洲四丫頭在藕香榭就叫他藕榭就完了李紈道就是這樣好但序齒我大你們都要依我的主意管教說了大家合意我們七個人起社我和二姑娘

四姑娘都不會做詩須得讓出我們三個人去我們三個人各分一件事探春笑道已有了號還只管這樣稱呼不如不有了以後錯了也要立個罰約纔好李紈道立定了社再定罰約我那裡地方兒大竟在我那裡作社我雖不能做詩這些詩人竟不厭俗客我做個東道主人我自然也清雅起來了還要推我做社長我一個社長自然不彀必要再請兩位副社長就請菱洲藕榭二位學究來一位出題限韻一位謄錄監塲亦不可拘定了我們三個不做若遇見容易些的題目韻脚我們也隨便做一首你們四個却是要限定的是這麽着就起若不依我我也不敢附驥了迎春惜春本性懶於詩詞又有薛林在前聽了

這話深合已意二人皆說是極探春等也知此意見他二人悅服也不好相强只得依了因笑道這話罷了只是自想好笑好好兒的我起了個主意反叫你們三個管起我來了寶玉道旣這樣偺們就往稻香村去李紈道都是你忙今日不過商議了等我再請寶釵道也要議定幾日一會纔好探春道若只管會多了又沒趣兒了一月之中只可兩三次寶釵說道一月只要兩次就彀了擬定日期風雨無阻除這兩日外倘有高興的他情愿加一社或請到他那裏去或附就了来也使得豈不活潑有趣衆人都道這個主意更好探春道這原是我起的意我須得先做個東道方不負我這番高興李紈道旣這樣說明日你

就先開一社不好嗎探春道明日不如今日就是此刻好你就出題菱洲限韻藕榭監塲迎春道依我說也不必隨一人出題限韻竟是拈鬮兒公道李紈道方纔我來時看見他們抬進兩盆白海棠來倒狠好你們何不就咏起他來呢迎春道都還未賞先倒做詩寶釵道不過是白海棠又何必定要見了纔做古人的詩賦也不過都是寄興寓情要等見了做如今也沒這些詩了迎春道這麽着我就限韻了說着走到書架前抽出一本詩來隨手一揭這首詩竟是一首七言律遞與衆人看了都該做七言律迎春掩了詩又向一個小丫頭道你隨口說個字來那丫頭正倚門站着便說了個門字迎春笑道就是門字韻十

三元丁起頭一個韻定要門字說着又要了韻牌匣子過來抽
出十三元一屜又命那丫頭隨手拿四塊那丫頭便拿了盆魂
痕昏四塊來寶玉道這盆門兩個字不大好做呢侍書一樣預
備下四分紙筆便都悄然各自思索起來獨黛玉或撫弄梧桐
或看秋色或又和丫鬟們嘲笑迎春又命丫鬟點了一枝夢甜
香原來這夢甜香只有三寸來長有燈草粗細以其易燼故以
此為限如香燼未成便要受罰一時探春便先有了自己提筆
寫出又改抹了一回遞與迎春因問寶釵蘅蕪君你可有了寶
釵道有却有了只是不好寶玉背著手在迴廊上踱來踱去因
向黛玉說道你聽他們都有了黛玉道你別管我寶玉又見寶

釵已謄寫出來因說道了不得香只剩下一寸了我纔有了四句又向黛玉道香要完了只管蹲在那潮地下做什麽黛玉也不理寶玉道我可顧不得你了管他好歹寫出來罷說着走到案前寫了李紈道我們要看詩了若看完了還不交卷是必罰的寶玉道稻香老農雖不善作却善看又最公道你的評閱我們是都服的衆人點頭於是先看探春的稿上寫道

咏白海棠

斜陽寒草帶重門苔翠盈鋪雨後盆玉是精神難比潔雪爲肌骨易銷魂芳心一點嬌無力倩影三更月有痕莫道縞仙能羽化多情伴我咏黃昏

大家看了稱賞一回又看寶釵的道

珍重芳姿晝掩門自攜手甕灌苔盆胭脂洗出秋堦影氷雪招來露砌魂淡極始知花更艷愁多焉得玉無痕欲償白帝宜清潔不語婷婷日又昏

李紈笑道到底是蘅蕪君說着又看寶玉的道

秋容淺淡映重門七節攢成雪滿盆出浴太真氷作影捧心西子玉爲魂曉風不散愁千點宿雨還添淚一痕獨倚畫欄如有意清砧怨笛送黃昏

大家看了寶玉說探春的好李紈終要推寶釵這詩有身分因又催黛玉黛玉道你們都有了說着提筆一揮而就擲與衆人

李紈等看他寫的道

半捲湘簾半掩門　碾冰爲土玉爲盆

看了這句寶玉先喝起彩來說從何處想來又看下面道

偷來梨蕊三分白　借得梅花一縷魂

衆人看了也都不禁叫好說果然比別人又是一樣心腸又看下面道

月窟仙人縫縞袂　秋閨怨女拭啼痕

嬌羞默默同誰訴　倦倚西風夜已昏

衆人看了都道是這首爲上李紈道若論風流別致自是這首若論含蓄渾厚終讓蘅稿探春道這評的有理瀟湘妃子當居

第二李紈道怡紅公子是壓尾你服不服寶玉道我的那首原不好這評的最公又笑道只是蘅瀟二首還要斟酌李紈道原是依我評論不與你們相干再有多說者必罰寶玉聽說只得罷了李紈道從此後我定于每月初二十六這兩日開社出題限韻都要依我這其間你們有高興的只管另擇日子補開那怕一個月每天都開社我也不管只是到了初二十六這兩日是必往我那裡去寶玉道到底要起個社名纔是探春道俗了又不好忒新了刁鑽古怪也不好可巧纔是海棠詩開端就叫個海棠詩社罷雖然俗些因眞有此事也就不得了說畢大家又商議了一回略用些酒果方各自散去也有回家的也有往

賈母王夫人處去的當下無話且說襲人因見寶玉看了字帖兒便慌慌張張同翠墨去了也不知何事後來又見後門上婆子送了兩盆海棠花來襲人問那裡來的婆子們便將前番緣故說了襲人聽說便命他們擺好讓他們在下房裡坐了自巳走到屋裡稱了六錢銀子封好又拿了三百錢走來都遞給那兩個婆子道這銀子賞那抬花兒的小子們這錢你們打酒喝罷那婆子們站起來眉開眼笑千恩萬謝的不肯受見襲人執意不收方領了襲人又道後門上外頭可有該班的小子們婆子忙應道天天有四個原預備裡頭差使的姑娘有什麼差使我們吩咐去襲人笑道我有什麼差使今兒寶二爺要打發人

到小侯爺家給史大姑娘送東西去可巧你們來了順便出去叫後門上小子們僱輛車來回來你們就往這裡拿錢不用叫他們往前頭混碰去婆子答應着去了襲人回至房中拿碟子盛東西與湘雲送去卻見槅子上碟子槽兒空著因回頭見晴雯秋紋麝月等都在一處做針黹襲人問道那個纏絲白瑪瑙碟子那裡去了衆人見問你看我我看你都想不起來半日晴雯笑道給三姑娘送荔枝去了還沒送來呢襲人道家常送東西的傢伙多著呢巴巴兒的拿這個晴雯道我也這麼說但只那碟子配上鮮荔枝纔好看我送去三姑娘也見了說好看連碟子放著就沒帶來你再瞧那槅子儘上頭的一對聯珠瓶還

没收來呢秋紋笑道提起這瓶來我又想起笑話兒來了我們
寳二爺說聲孝心一動也孝敬到二十分那日見園裡桂花折
了兩枝原是自已要插瓶的忽然想起來說這是自已園裡纔
開的新鮮花兒不敢自已先頑巴巴兒的把那對瓶拿下來親
自灌水插好了叫個人拿著親自送一瓶進老太太又進一瓶
給太太誰知他孝心一動連跟的人都得了福了可巧那日是
我拿去的老太太見了喜的無可不可見人就說到底是寳玉
孝順我連一枝花兒也想的到别人還只抱怨我疼他你們知
道老太太素日不大和我說話有些不入他老人家的眼那日
竟叫人拿幾百錢給我說我可憐見兒的生的單弱這可是再

想不到的福氣幾百錢是小事難得這個臉面及至到了太太那裡太太正和二奶奶趙姨奶奶好些人翻箱子找太太當日年輕的顏色衣裳不知要給那一個一見了連衣裳也不找了且看花兒又有二奶奶在傍邊湊趣兒誇寶二爺又是怎麼孝順又是怎麼知好歹有的沒的說了兩車話當着衆人太太臉上又增了光堵了衆人的嘴太太越發喜歡了現成的衣裳就賞了我兩件衣裳也是小事年年横竪也得却不像這個彩頭晴雯笑道呸好沒見世面的小蹄子那是把好的給了人挑剩下的纔給你你還充有臉呢秋紋道憑他給誰剩的到底是太太的恩典晴雯道要是我我就不要若是給別人剩的給我也

罷了一樣這屋裡的人難道誰又比誰高貴些把好的給他剩的纔給我我寧可不要冲撞了太太我也不受這口氣秋紋忙問道給這屋裡誰的我因爲前日病了幾天家去了不知是給誰的好姐姐你告訴我知道晴雯道我告訴了你難道你這會子退還太太去不成秋紋笑道胡說我白聽了喜歡喜歡那怕給這屋裡的狗剩下的我只領太太的恩典也不管別的事衆人聽了都笑道駡的巧可不是給了那西洋花點子哈巴兒了襲人笑道你們這起爛了嘴的得空兒就拿我取笑打牙兒一個個不知怎麼死呢秋紋笑道原來姐姐得了我實在不知道我陪個不是罷襲人笑道少輕狂罷你們誰取了碟子來是正

經麝月道那瓶也該得空兒收來了老太太屋裏還罷了太太屋裏人多手雜別人還可已那個主兒的一夥子人見是這屋裏的東西又該使黑心弄壞了纔罷太太又不大管這些不如早收來是正經晴雯聽說便放下針線道這是等我取去呢秋紋道還是我取去罷你取你的碟子去晴雯道我偏取一遭兒是巧宗兒你們都得了難道不許我得一遭兒嗎麝月笑道統共秋丫頭得了一遭兒衣裳那裏今兒又巧你也遇見找衣裳不成晴雯冷笑道雖然碰不見衣裳或者太太看見我勤謹也把太太的公費裏一個月分出二兩銀子來給我也定不得說著又笑道你們別和我粧神弄鬼的什麼事我不知道一面說

一面往外跑了秋紋也同他出來自去探春那裡取了碟子來襲人打點齊備東西叫過本處的一個老宋媽媽來向他說道你去好生梳洗了換了出門的衣裳來回來打發你給史大姑娘送東西去宋媽媽道姑娘只管交給我有話說與我我收拾了就好一順去襲人聽說便端過兩個小攢絲盒子來先揭開一個裡面裝的是紅菱雞頭兩樣鮮菓又揭開那個是一碟子桂花糖蒸的新栗粉糕又說道這都是今年偺們這裡園裡新結的菓子寶二爺送來給姑娘嚐嚐再前日姑娘說這瑪瑙碟子好姑娘就留下頑罷這絹包兒裡頭是姑娘前日叫我做的活計姑娘別嫌粗糙將就着用罷替二爺問好替我們請安就

是了宋媽媽道寶二爺不知還有什麼說的姑娘再問問去回來別又說忘了襲人因問秋紋方纔可是在三姑娘那裡麼秋紋道他們都在那裡商議起什麼詩社呢又是做詩想來沒話你只管去罷宋媽媽聽了便拿了東西出去穿戴了襲人又囑咐他你打後門去有小子和車等著呢宋媽媽去了不在話下

一時寶玉回來先忙着看了一回海棠至屋裡告訴襲人起詩社的事襲人也把打發宋媽媽給史湘雲送東西去的話告訴了寶玉寶玉聽了拍手道偏忘了他我只覺心裡有件事只是想不起來虧你提起來正要請他去這詩社裡要少了他還有個什麼意思襲人勸道什麼要緊不過頑意兒他比不得你們

自在家裡又作不得主兒告訴他他要來又由不得他要不來他又牽腸掛肚的沒的叫他不受用寶玉道不妨事我回老太太打發人接他去正說著宋媽媽已經回來道生受給襲人道乏又說問二爺做什麽呢我說和姑娘們起什麽詩社做詩呢史姑娘道他們做詩也不告訴他去急的了不得寶玉聽了轉身便往賈母處來立逼着叫人接去賈母因說今兒天晚了明日一早去寶玉只得罷了回來悶悶的次日一早便又往賈母處來催逼人接去直到午後湘雲纔來了寶玉方放了心見面時就把始末原由告訴他又要與他詩看李紈等因說道且別給他看先說給他韻腳他後來的先罰他和了詩要好就請入

社要不好還要罰他一個東道兒再說湘雲笑道你們忘了請我我還要罰你們呢就拿韻來我雖不能只得勉強出醜容我入社掃地焚香我也情願衆人見他這般有趣越發喜歡都埋怨昨日怎麼忘了他呢遂忙告訴他詩韻湘雲一心興頭等不得推敲刪改一面只管和人說着話心內早已和成即用隨便的紙筆錄出先笑說道我却依韻和了兩首好歹我都不知不過應命而已說着遞與衆人衆人道我們四首也筭想絕了再一首也不能了你倒弄了兩首那裏有許多話說必要重了我們的一面說一面看時只見那兩首詩寫道

白海棠和韻

神仙昨日降都門種得藍田玉一盆自是霜娥偏愛冷非關倩女欲離魂秋陰捧出何方雪雨漬添來隔宿痕却喜詩人吟不倦肯令寂寞度朝昏

其二

蘅芷階通蘿薜門也宜牆角也宜盆花因喜潔難尋偶人爲悲秋易斷魂玉燭滴乾風裡淚晶簾隔破月中痕幽情欲向嫦娥訴無那虛廊月色昏

衆人看一句驚訝一句看到了讚到了都說這個不枉做了海棠詩真該要起海棠社了湘雲道明日先罰我個東道兒就讓我先邀一社可使得衆人道這更妙了因又將昨日的詩與他

評論了一回至晚寶釵將湘雲邀往蘅蕪苑去安歇湘雲燈下計議如何設東擬題寶釵聽他說了半日皆不妥當因向他說道既開社就要作東雖然是個頑意兒也要瞻前顧後又要自己便宜又要不得罪了人然後方大家有趣你家裡你又做不得主一個月統共那幾吊錢你還不彀使這會子又幹這沒要緊的事你嬸娘聽見了越發抱怨你了況且你就都拿出來做這個東也不彀難道為這個家去要不成還是和這裡要呢一席話提醒了湘雲倒躊躇起來寶釵道這個我已經有個主意了我們當鋪裡有個夥計他們地裡出的好螃蟹前兒送了幾個來現在這裡的人從老太太起連上屋裡的人有多一半都

是愛吃螃蟹的前日姨娘還說要請老太太在園裡賞桂花吃螃蟹因為有事還沒有請你如今且把詩社別提起只普同一請等他們散了咱們有多少詩做不得的我和我哥哥說要他幾簍極肥極大的螃蟹來再往舖子裡取上幾罈好酒來再備四五桌菓碟子豈不又省事又大家熱鬧呢湘雲聽了心中自是感服極讚想的週到寶釵又笑道我是一片真心為你的話你可別多心想着我小看了你咱們兩個就白好了你要不多心我就好叫他們辦去湘雲忙笑道好姐姐你這麼說倒不是真心待我了我憑怎麼糊塗連個好歹也不知還是個人嗎我要不把姐姐當親姐姐待上回那些家常煩難事我也不肯盡

情告訴你了寶釵聽說便喚一個婆子來出去和大爺說照前日的大螃蟹要幾簍來明日飯後請老太太姨娘賞桂花你說大爺好歹别忘了我今兒已經請下人了那婆子出去說明回來無話這裏寶釵又向湘雲道詩題也别過於新巧了你看古人中那裏有那些刁鑽古怪的題目和那極險的韻呢若題目過於新巧韻過於險再不得好詩倒小家子氣詩固然怕說熟話然也不可過於求生頭一件只要主意清新措詞就不俗了究竟這也算不得什麼還是紡績針黹是你我的本等一時閒了倒是把那於身心有益的書看幾章却還是正經湘雲只答應著因笑道我心裏想著昨日做了海棠詩我如今要做個菊

花詩如何寶釵道菊花倒也合景只是前人太多了湘雲道我也是這麼想著恐怕落套寶釵想了一想說道有了如今以菊花為賓以人為主竟擬出幾個題目來都要兩個字一個虛字一個實字實字就用菊字虛字便用通用門的如此又是咏菊又是賦事前人雖有這麼做的還不很落套賦景咏物兩關着也倒新鮮大方湘雲笑道狠好只是不知用什麽虚字纔好你先想一個我聽聽寶釵想了一想笑道菊夢就好湘雲笑道果然好我也有一個菊影可使得寶釵道也罷了只是也有人做過若題目多這個也搭的上我又有了一個湘雲道快說出來寶釵道問菊如何湘雲拍案叫妙因接說道我也有了訪菊好

不好寶釵也讚有趣因說道索性擬出十個來寫上再來說着二人研墨蘸筆湘雲便寫寶釵便念一時湊了十個湘雲看了一遍又笑道十個還不成幅索性湊成十二個就全了也和人家的字畫册頁一樣寶釵聽說又想了兩個一共湊成十二個說道既這麼着一發編出個次序來湘雲道更妙竟弄成個菊譜了寶釵道起首是憶菊憶之不得故訪第二是訪菊訪之既得便種第三是種菊種既盛開故相對而賞第四是對菊相對而興有餘故折來供瓶爲玩第五是供菊既供而不吟亦覺菊無彩色第六便是詠菊既入詞章不可以不供筆墨第七便是畫菊既然畫菊若是默默無言究竟不知菊有何妙處不禁有

所問第八便是問菊菊若能解語使人狂喜不禁便越要親近他第九竟是簪菊如此人事雖盡猶有菊之可咏者菊影菊夢二首續在第十第十一末卷便以殘菊總收前題之感這便是三秋的妙景妙事都有了湘雲依言將題錄出又看了一回又問該限何韻寶釵道我平生最不喜限韻分明有好詩何苦爲韻所縛偺們别學那小家派只出題不拘韻原爲大家偶得了好句取樂並不爲以此難人湘雲道這話狠是旣這樣自然大家的詩還進一層但只偺們五個人這十二個題目難道每人作十二首不成寶釵道那也太難人了將這題目謄好都要七言律詩明日貼在牆上他們看了誰能那一個就做那一個有

力戰者十二首都做也可不能的作一首也可高才捷足者爲尊若十二首巳全便不許他赶着又做罸他便完了湘雲道這也罷了二人商議妥貼方纔息燈安寢要知端底下回分解

紅樓夢第三十七回終

# 紅樓夢第三十八回

## 林瀟湘魁奪菊花詩　薛蘅蕪諷和螃蟹咏

話說寶釵湘雲計議已定一宿無話次日湘雲便請賈母等賞桂花賈母等都說道倒是他有興頭須要擾他這雅興至午果然賈母帶了王夫人鳳姐兼請薛姨媽等進園來賈母因問那一處好王夫人道憑老太太愛在那一處就在那一處鳳姐道藕香榭已經擺下了那山坡下兩顆桂花開的又好河裡的水又碧清坐在河當中亭子上不敞亮嗎看看水眼也清亮賈母聽了說狠好說着引了衆人往藕香榭來原来這藕香榭蓋在池中四面有窗左右有迴廊也是跨水接峰後面又有曲折橋

衆人上了竹橋鳳姐忙上來攙着賈母口裡說道老祖宗只管邁大步走不相干這竹子橋規矩是咯吱咯吱的一時進入榭中只見欄杆外另放着兩張竹案一個上面設著杯筯酒具一個上頭設着茶筅茶具各色盞碟那邊有兩三個丫頭煽風爐煮茶這邊另有幾個丫頭也煽風爐燙酒呢賈母忙笑問這茶想的很好且是地方東西都干凈湘雲笑道這是寶姐姐帮着我預備的賈母道我說那孩子細緻凡事想的妥當一面說一面又看見柱子上掛的黑漆嵌蚌的對子命湘雲念道

芙蓉影破歸蘭槳　菱藕香深瀉竹橋

賈母聽了又抬頭看匾因回頭向薛姨媽道我先小時家裡也

有這麼一個亭子叫做什麼枕霞閣我那時也只像他姊妹們這麼大年紀同着幾個人天天頑去誰知那日一下子失了脚掉下去幾乎沒淹死好容易救上來了到底叫那木釘把頭碰破了如今這鬢角上那指頭頂兒大的一個坑兒就是那碰破的衆人都怕經了水冒了風說了不得了誰知竟好了鳳姐不等人說先笑道那時要活不得如今這麼大福可叫誰享呢可知老祖宗從小兒福壽就不小神差鬼使碰出那個坑兒來好盛福壽啊壽星老兒頭上原是個坑兒因爲萬福萬壽盛滿了所以倒凸出些來了未及說完賈母和衆人都笑軟了賈母笑道這猴兒慣的了不得了拿着我也取起笑兒來了恨的我撕

你那油嘴鳳姐道回來吃螃蟹怕存住冷在心裡慪老祖宗笑笑兒就是高興多吃兩個也無妨了賈母笑道明日叫你黑家白日跟着我我倒常笑笑兒也不許你回屋裡去王夫人笑道老太太因爲喜歡他纔慣的這麼樣還這麼說他明兒越發沒理了賈母笑道我倒喜歡他這麼着況且他又不是那真不知高低的孩子家常沒人娘兒們原該說說笑笑橫豎大禮不錯就罷了沒的倒叫他們神鬼是的做什麼說着一齊進入亭子獻過茶鳳姐忙安放盃筯上面一桌賈母薛姨媽寶釵黛玉寶玉東邊一桌湘雲王夫人迎探惜西邊靠門一小桌李紈和鳳姐虛設坐位二人皆不敢坐只在賈母王夫人兩桌上伺候鳳

姐吩咐螃蟹不可多拿來仍舊放在蒸籠裡拿十個來吃了再拿一面又要水洗了手站在賈母跟前剝蟹肉頭次讓薛姨媽薛姨媽道我自己掰着吃香甜不用人讓鳳姐便奉與賈母二次的便與寶玉又說把酒燙得滾熱的拿來又命小丫頭們去取菊花葉兒桂花蕊燻的菉豆麵子預備着洗手湘雲陪着吃了一個便下坐來讓人又出至外頭命人盛兩盤子給趙姨娘送去又見鳳姐走來道你不慣張羅你吃你的去我先替你張羅等散了我再吃湘雲不肯又命人在那邊廊上擺了兩席讓鴛鴦琥珀彩霞彩雲平兒去坐鴛鴦因向鳳姐笑道二奶奶在這裡伺候我可吃去了鳳姐兒道你們只管去都交給我就是

了說着湘雲仍入了席鳳姐和李紈也胡亂應了個景兒鳳姐仍舊下來張羅一時出至廊上鴛鴦等正吃得高興見他來了鴛鴦等站起來道奶奶又出來做什麼讓我們也受用一會子鳳姐笑道鴛鴦丫頭越發壞了我替你當差倒不領情還抱怨我還不快斟一鍾酒來我喝呢鴛鴦笑着忙斟了一杯酒送至鳳姐唇邊鳳姐一挺脖子喝了琥珀彩霞二人也斟上一盃送至鳳姐唇邊那鳳姐也吃了平兒早剔了一殼黃子送來鳳姐道多倒些薑醋一面也吃了笑道你們坐着吃罷我可去了鴛鴦笑道好沒臉吃我們的東西鳳姐兒笑道你少和我作怪你知道你璉二爺愛上了你要和老太太討了你做小老婆呢鴛

鴦紅了臉咂著嘴點着頭道吱這也是做奶奶說出來的話我
不拿腥手抹你一臉筭不得說著跕起來就要抹鳳姐道好姐
姐饒我這遭兒罷琥珀笑道鴛丫頭要去了平丫頭還饒他你
們看看他沒吃兩個螃蟹到喝了一碟子醋了平兒手裏正剝
了個滿黃螃蟹聽如此奚落他便拿著螃蟹照琥珀臉上來抹
口內笑駡我把你這嚼舌根的小蹄子兒琥珀也笑着往傍邊
一躲平兒使空了往前一撞恰恰的抹在鳳姐腮上鳳姐正和
鴛鴦嘲笑不防嚇了一跳噯喲了一聲衆人掌不住都哈哈的
大笑起來鳳姐也禁不住笑罵道死娼婦吃離了眼了混抹你
娘的平兒忙赶過來替他擦了親自去端水鴛鴦道阿彌陀佛

這纔是現報呢賈母那邊聽見一叠連聲問見了什麽了這麽樂告訴我們也笑笑鴛鴦等忙高聲笑回道二奶奶來搶螃蟹吃平兒惱了抹了他主子一臉螃蟹黄子主子奴才打架呢賈母和王夫人等聽了也笑起來賈母笑道你們看他可憐見兒的那小腿子臍子給他點子吃罷鴛鴦等笑著答應了高聲的說道這滿桌子的腿子二奶奶只管吃就是了鳳姐笑着洗了臉走來又伏侍賈母等吃了一回黛玉弱不敢多吃只吃了一點夾子肉就下來了賈母一時也不吃了大家都洗了手也有看花的也有弄水看魚的遊玩了一回王夫人因問賈母道這裡風大纔又吃了螃蟹老太太還是回屋裡去歇歇罷若高興明

日再來逛逛賈母聽了笑道正是呢我怕你們高興我走了又怕掃了你們的興既這麼說偺們就都去罷回頭囑咐湘雲別讓你寶哥哥多吃了湘雲答應着又囑咐湘雲寶釵二人說你們兩個也別多吃了那東西雖好吃不是什麼好的吃多了肚子疼二人忙應着送出園外仍舊回來命將殘席收拾了另擺寶玉道也不用擺偺們且做詩把那大團圓桌子放在當中酒菜都放着也不必拘定坐位有愛吃的去吃大家散坐豈不便宜寶釵道這話極是湘雲道雖這麼說還有別人因又命另擺一桌揀了熱螃蟹來請襲人紫鵑司棋侍書入畫鶯兒翠墨等一處共坐山坡桂樹底下鋪下兩條花毯命支應的婆子並小

丫頭等也都坐了只管隨意吃喝等使喚再來湘雲便取了詩題用針綰在牆上衆人看了都說新奇只怕做不出來湘雲又把不限韻的緣故說了一番寶玉道這纔是正理我也最不喜限韻黛玉因不大吃酒又不吃螃蟹自命人搬了一個繡墩倚欄坐着拿著釣杆釣魚寶釵手裡拿着一枝桂花玩了一回俯在窗檻上掐了桂蕊扔在水面引的那遊魚浮上來唼喋湘雲出一回神又讓一回襲人等又招呼山坡下的衆人只管放量吃探春和李紈惜春正立在垂柳陰中看鷗鷺迎春又獨在花陰下拿着個針兒穿茉莉花寶玉又看了一回黛玉釣魚一回又俯在寶釵傍邊說笑兩句一回又看襲人等吃螃蟹自已也

陪他喝兩口酒襲人又剝一殼肉給他吃黛玉放下釣杆走至坐間拿起那烏梅銀花自斟壺來揀了一個小小的海棠凍石蕉葉杯丫頭看見知他要飲酒忙著走上來斟黛玉道你們只管吃去讓我自己斟纔有趣兒說着便斟了半盞看時却是黃酒因說道我吃了一點子螃蟹覺得心口微微的疼須得熱熱的吃口燒酒寶玉忙接道有燒酒便命將那合歡花浸的酒燙一壺來黛玉也只吃了一口便放下了寶釵也走過來另拿了一隻盃來也飲了一口放下便蘸筆至墻上把頭一個憶菊勾了底下又贅一個蘅字寶玉忙道好姐姐第二個我已有了四句了你讓我做罷寶釵笑道我好容易有了一首你就忙的這

樣黛玉也不說話接過筆來把第八個問菊勾了接着把第十一個菊夢也勾了也贅上了一個瀟字寶玉也拿起筆來將第二個訪菊也勾了也贅上一個怡字探春起來看著道竟沒人作簪菊讓我作又指著寶玉笑道纔宣過總不許帶出閨閣字樣來你可要留神說著只見湘雲走來將第四第五對菊供菊一連兩個都勾了也贅上一個湘字探春道你也該起個號湘雲笑道我們家裡如今雖有幾處軒館我又不住着借了來也沒趣寶釵笑道方纔老太太說你們家裡也有一個水亭叫做枕霞閣難道不是你的如今雖沒了你到底是舊主人衆人都道有理寶玉不待湘雲動手便代將湘字抹了改了一個霞字

沒有頓飯工夫十二題已全各自謄出來都交與迎春另拿了一張雪浪箋過來一併謄錄出來某人作的底下贅明某人的號李紈等從頭看道

憶菊　　蘅蕪君

悵望西風抱悶思蓼紅葦白斷腸時空籬舊圃秋無跡冷月清霜夢有知念念心隨歸雁遠寥寥坐聽晚砧遲誰憐我為黃花瘦慰語重陽會有期

訪菊　　怡紅公子

閑趁霜晴試一遊酒盃藥盞莫淹留霜前月下誰家種檻外籬邊何處秋蠟屐遠來情得得冷吟不盡興悠悠黃花

君解憐詩客休負今朝挂杖頭

種菊　怡紅公子

攜鋤秋圃自移來籬畔庭前處處栽昨夜不期經雨活今朝猶喜帶霜開冷吟秋色詩千首醉酹寒香酒一杯泉溉泥封勤護惜好知井逕絶塵埃

對菊　枕霞舊友

別圃移來貴比金一叢淺淡一叢深蕭疎籬畔科頭坐清冷香中抱膝吟數去更無君傲世看來惟有我知音秋光荏苒休孤負相對原宜惜寸陰

供菊　枕霞舊友

彈琴酌酒喜堪儔几案婷婷點綴幽隔坐香分三逕露拋書人對一枝秋霜清紙帳來新夢圃冷斜陽憶舊遊傲世也因同氣味春風桃李未淹留

咏菊　　瀟湘妃子

無賴詩魔昏曉侵遶籬欹石自沉音毫端蘊秀臨霜寫口角噙香對月吟滿紙自憐題素怨片言誰解訴秋心一從陶令評章後千古高風說到今

畫菊　　蘅蕪君

詩餘戲筆不知狂豈是丹青費較量聚葉潑成千點墨攢花染出幾痕霜淡濃神會風前影跳脫秋生腕底香莫認

東籬閒採掇粘屏聊以慰重陽

問菊　瀟湘妃子

欲訊秋情衆莫知喃喃負手叩東籬孤標傲世偕誰隱一樣開花爲底遲圃露庭霜何寂寞鴈歸蛩病可相思莫言舉世無談者解語何妨話片時

簪菊　蕉下客

瓶供籬栽日日忙折來休認鏡中粧長安公子因花癖彭澤先生是酒狂短鬢冷沾三徑露葛巾香染九秋霜高情不入時人眼拍手憑他笑路傍

菊影　枕霞舊友

秋光叠叠復重重潛度偷移三逕中牕隔踈燈描遠近籬篩破月鎖玲瓏寒芳留照魂應駐霜印傳神夢也空珍重暗香踏碎處凭誰醉眼認朦朧

菊夢　　瀟湘妃子

籬畔秋酣一覺清和雲伴月不分明登仙非慕莊生蝶憶舊還尋陶令盟睡去依依隨雁斷驚迴故故惱蛩鳴醒時幽怨同誰訴衰草寒烟無限情

殘菊　　蕉下客

露凝霜重漸傾欹宴賞纔過小雪時蒂有餘香金淡泊枝無全葉翠離披半床落月蛩聲切萬里寒雲雁陣遲明歲

秋分知再會暫時分手莫相思

衆人看一首讚一首彼此稱揚不絕李紈笑道等我從公評來通篇看來各人有各人的警句今日公評咏菊第一問菊第二菊夢第三題目新詩也新立意更新了只得要推瀟湘妃子爲魁了然後簪菊對菊供菊畫菊憶菊次之寶玉聽說喜的拍手叫道極是極公黛玉道我那箇也不好到底傷於纖巧些李紈道巧的却好不露堆砌生硬黛玉道據我看來頭一句好的是圃冷斜陽憶舊遊這句背面傳粉抛書人對一枝秋已經妙絶將供菊說完沒處再說故翻回來想到未折未供之先意思深遠李紈笑道固如此說你的口角噙香一句也敵得過了探春

又道到底要算蘅蕪君沉着秋無跡夢有知把個憶字竟烘染出來了寶釵笑道你的短鬢冷沾葛巾香染也就把簪菊形容的一個縫兒也沒有湘雲笑道偕誰隱爲底遲真真把個菊花問的無言可對李紈笑道那麽着像科頭坐抱膝吟竟一時也捨不得離了菊花菊花有知倒還怕膩煩了呢說的大家都笑了寶玉笑道這場我又落第了難道誰家種何處秋蠟屐遠來冷吟不盡那都不是訪不成昨夜雨今朝霜都不是種不成但恨敵不上口角噙香對月吟清冷香中抱膝吟短鬢葛巾金淡泊翠離披秋無迹夢有知這幾句罷了又道明日閑了我一個人做出十二首來李紈道你的也好只是不及這幾句新雅就

是了大家又評了一回復又要了熱螃蟹來就在大圓棹上吃了一回寶玉笑道今日持螯賞桂亦不可無詩我已吟成誰還敢作說着便忙洗了手提筆寫出衆人看道

持螯更喜桂陰凉潑醋擂薑興欲狂饕餮王孫應有酒橫行公子竟無腸臍間積冷饞忘忌指上沾腥洗尚香原爲世人美口腹坡仙曾笑一生忙

黛玉笑道這樣的詩一時要一百首也有寶玉笑道你這會子才力已盡不說不能作了還褒貶人家黛玉聽了也不答言略一仰首微吟提起筆來一揮已有了一首衆人看道

鐵甲長戈死未忘堆盤色相喜先嘗螯封嫩玉雙雙滿殼

凸紅脂塊塊香多肉更憐卿八足助情誰勸我千觴對茲
佳品酬佳節桂拂清風菊帶霜

寶玉看了正喝彩時黛玉便一把撕了命人燒去因笑道我做的不及你的我燒了罷你那個狠好比方纔的菊花詩還好你留着他給人看看寶釵笑道我也勉強了一首未必好寫出來取笑兒罷說著也寫出來大家看時寫道

桂靄桐陰坐舉觴長安涎口盼重陽眼前道路無經緯皮
裡春秋空黑黃

看到這裡衆人不禁叫絕寶玉道罵得痛快我的詩也該燒了看底下道

酒未滌腥還用菊性防積冷定須薑於今落釜成何益月浦空餘禾黍香

衆人看畢都說這方是食蠏的絕唱這些小題目原要寓大意思纔算是大才只是諷刺世人太毒了些說着只見平兒復進園來不知做什麽且聽下回分解

紅樓夢第三十八回終

# 紅樓夢第三十九回

## 村老老是信口開河　情哥哥偏尋根究底

話說衆人見平兒來了都說你們奶奶做什麽呢怎麽不來了平兒笑道他那裡得空兒來因爲說沒得好生吃又不得來所以叫我來問還有沒有叫我再要幾個拿了家去吃罷湘雲道有多着呢忙命人拿盒子裝了十個極大的平兒道多拿幾個團臍的衆人又拉平兒坐平兒不肯李紈瞅着他笑道偏叫你坐因拉他身傍坐下端了一杯酒送到他嘴邊平兒忙喝了一口就要走李紈道偏不許你去顯見得你只有鳳丫頭就不聽我的話了說著又命嬤嬤們先送了盒子去就說我留下平兒

了那婆子一時拿了盒子回來說二奶奶說叫奶奶和姑娘們別笑話要嘴吃這個盒子裡方纔舅太太那裡送來的菱粉糕和雞油捲兒給奶奶姑娘們吃的又向平兒道說了使喚你來你就貪住嘴不去了叫你少喝鍾兒罷平兒笑道多喝了又把我怎麼樣一面說一面只管喝又吃螃蟹李紈攬着他笑道可惜這麼個好體面模樣兒命却平常只落得屋裡使喚不知道的人誰不拿你當做奶奶太太看平兒一面和寶釵湘雲等吃喝着一面回頭笑道奶奶別這麼摸的我怪癢癢的李氏道噯喲這硬的是什麼平兒道是鑰匙李氏道有什麼要緊的東西怕人偷了去這麼帶在身上我成日家和人說有個唐僧取經

就有個白馬來馱著他劉智遠打天下就有個瓜精來送盔甲有個鳳丫頭就有個你你就是你奶奶的一把總鑰匙還要這鑰匙做什麽平兒笑道奶奶吃了酒又拿我来打趣着取笑兒了寶釵笑道這倒是真話我們沒事評論起來你們這幾個都是百個裡頭挑不出一個來的妙在各人有各人的好處李紈道大小都有個天理比如老太太屋裡要沒鴛鴦姑娘如何使得從太太起那一個敢駁老太太的回他現敢駁回偏老太太只聽他一個人的話老太太的那些穿帶的別人不記得他都記得要不是他經管着不知叫人誆騙了多少去呢況且他心也公道雖然這樣倒常替人上好話兒還倒不倚勢欺人的惜

春笑道老太太昨日還說呢他比我們還強呢平兒道那原是個好的我們那裡比得上他寶玉道太太屋裡的綵霞是個老實人探春道可不是老實心裡可有數兒呢太太是那麼佛爺是的事情上不留心他都知道凡一應事都是他提着太太行連老爺在家出外去的一應大小事他都知道太太忘了他背後告訴太太李紈道那也罷了指着寶玉道這一個小爺屋裡要不是襲人你們度量到個什麼田地鳳丫頭就是個楚霸王也得兩隻膀子好舉千斤鼎他不是這丫頭他就得這麼週到了平兒道先時賠了四個丫頭來死的死去的去只剩下我一個孤鬼兒了李紈道你倒是有造化的鳳丫頭也是有造化的

想當初你大爺在日何曾也没兩個人你們看我還是那容不下人的天天只是他們不如意所以你大爺一没了我趂着年輕都打發了要是有一個好的守的住我到底也有個膀臂了說著不覺眼圈兒紅了衆人都道這又何必傷心不如散了倒好說著便都洗了手大家約着往賈母王夫人處問安衆婆子丫頭打掃亭子收洗盃盤襲人便和平兒一同往前去襲人因讓平兒到屋裡坐坐再喝碗茶去平兒回說不喝茶了再来罷一面說一面便要出去襲人又叫住問道這個月的月錢連老太太太太屋裡還没放是為什麼平兒見問忙轉身至襲人跟前又見無人悄悄說道你快别問横竪再遲兩天就放了襲人

笑道這是爲什麼唬的你這個樣兒平兒悄聲告訴他道這個月的月錢我們奶奶早已支了放給人使呢等別處利錢收了來湊齊了纔放呢因爲是你我纔告訴你可不許告訴一個人去襲人笑道他難道還短錢使還没個足厭何苦還操這心平兒笑道何曾不是呢他這幾年只拿著這一項銀子翻出有幾百來了他的公費月例又使不着十兩八兩零碎攢了又放出去單他這體已利錢一年不到上千的銀子呢襲人笑道拿着我們的錢你們主子奴才賺利錢哄的我們獃等着平兒道你又說没良心的話你難道還少錢襲人道我雖不少只是我也没處兒使去就只預備我們那一個平兒道你倘若有緊要事

用銀錢使時我那裡還有幾兩銀子你先拿來使明日我扣下你的就是了襲人道此時也用不着怕一時要用起來不彀了我打發人去取就是了平兒答應着一逕出了園門只見鳳姐那邊打發人來找平兒說奶奶有事等你平兒道有什麼事這麼要緊我叫大奶奶拉扯住說話兒我又沒逃了這麼連三接四的叫人來找那丫頭說道這又不是我的主意姑娘這話自己和奶奶說去平兒啐道好了你們越發上臉了說着走來只見鳳姐兒不在屋裡忽見上回來打抽豐的劉老老和板兒來了坐在那邊屋裡還有張材家的周瑞家的陪着又有兩三個丫頭在地下倒口袋裡的棗兒倭瓜並些野菜眾人見他進來

都忙站起來劉老老因上次來過知道平兒的身分忙跳下地來問姑娘好又說家裡都問好早要來請姑奶奶的安看姑娘來的因為庄家忙好容易今年多打了兩石糧食瓜果菜蔬也豐盛這是頭一起摘下來的並沒敢賣呢留的尖兒孝敬姑奶奶姑娘們嚐嚐姑娘們天天山珍海味的也吃膩了吃個野菜兒也筭我們的窮心平兒忙道多謝費心又讓坐自已坐了又讓張嬸子周大娘坐了命小丫頭子倒茶去周瑞張材兩家的因笑道姑娘今日臉上有些春色眼圈兒都紅了平兒笑道可不是我原不喝大奶奶和姑娘們只是拉著死灌不得已喝了兩鍾臉就紅了張材家的笑道我倒想着要喝呢又沒人讓我

明日再有人請姑娘可帶了我去罷說着大家都笑了周瑞家的道早起我就看見那螃蟹了一觔只好秤兩個三個這麽兩三大簍想是有七八十觔呢周瑞家的道要是上上下下只怕還不彀平兒道那裡都吃不過都是有名兒的吃兩個子那些散衆兒的也有摸着的也有摸不着的劉老老道這樣螃蟹今年就值五分一觔十觔五錢五五二兩五三五一十五再搭上酒菜一共倒有二十多兩銀子阿彌陀佛這一頓的銀子勾我們庄家人過一年了平兒因問想是見過奶奶了劉老老道見過了叫我們等着呢說着又往窗外看天氣說道天好早晚了我們也去罷別出不去城纔是飢荒呢周瑞家的道等着我替

你瞧瞧去說著一逕去了半日方來笑道可是老老的福來了竟投了這兩個人的緣了平兒等問怎麽樣周瑞家的笑道二奶奶在老太太跟前呢我原是悄悄的告訴二奶奶劉老老要家去呢怕晚了趕不出城去二奶奶說大遠的難爲他扛了些東西來晚了就住一夜明日再去這可不是投上二奶奶的緣了嗎這也罷了偏老太太又聽見了問劉老老是誰二奶奶就回明白了老太太又說我正想個積古的老人家說話兒請了來我見見這可不是想不到的投上緣了說着催劉老老下來前去劉老老道我這生像兒怎麽見得呢好嫂子你就說我去了罷平兒忙道你快去罷不相干的我們老太太最是惜老憐

貧的比不得那個狂三詐四的那些人想是你怯上我和周大娘送你去說着同周瑞家的帶了劉老老往賈母這邊來二門口該班的小厮們見了平兒出來都站起来有兩個又跑上來赶着平兒叫姑娘平兒問道又說什麽那小厮笑道這會子也好早晚了我媽病着等我去請大夫好姑娘我討半日假可使得平兒道你們倒好都商量定了一天一個告假又不回奶奶只和我胡纏前日住兒去了二爺偏叫他叫不着我應起來了還說我做了情了你今日又來了周瑞家的道當真的他媽病了姑娘也替他應著放了他罷平兒道明日一早來聽着我還要使你呢再睡的日頭晒着屁股再來你這一去帶個信兒給

旺兒就說奶奶的話問他那剩的利錢明日要還不交來奶奶不要了索性送他使罷那小厮歡天喜地答應去了平兒等來至賈母房中彼時大觀園中姐妹們都在賈母前承奉劉老老進去只見滿屋裡珠圍翠繞花枝招展的並不知都係何人只見一張榻上獨歪着一位老婆婆身後坐着一個紗羅裹的美人一般的個丫鬟在那裡搥腿鳳姐兒站着正說笑劉老老便知是賈母了忙上來陪着笑拜了幾拜口裡說請老壽星安賈母也忙欠身問好又命周瑞家的端過椅子來坐着那板兒仍是怯人不知問候賈母道老親家你今年多大年紀了劉老老忙起身答道我今年七十五了賈母向眾人道這麼大年紀了

還這麽硬朗比我大好幾歲呢我要到這個年紀還不知怎麽動不得呢劉老老笑道我們生來是受苦的人老太太生來是享福的我們要也這麽著那些庄家活也沒人做了賈母道眼睛牙齒還好劉老老道還都好就是今年左邊的糟牙活動了賈母道我老了都不中用了眼也花耳也聾記性也沒了你們這些老親戚我都不記得了親戚們來了我怕人笑話我都不會不過嚼的動的吃兩口睡一覺悶了時和這些孫子孫女兒頑笑會子就完了劉老老笑道這正是老太太的福了我們想這麽着不能賈母道什麽福不過是老廢物罷咧說的大家都笑了賈母又笑道我纔聽見鳳哥兒說你帶了好些瓜菜來我

叫他快收拾去了我正想個地裡現結的瓜兒菜兒吃外頭買的不像你們地裡的好吃劉老老笑道這是野意兒不過吃個新鮮依我們倒想魚肉吃只是吃不起賈母又道今日旣認著了親別空空的就去不嫌我這裡就住一兩天再去我們也有個園子園子裡頭也有果子你明日也嚐嚐帶些家去也算是看親戚一趟鳳姐兒見賈母喜歡也忙留道我們這裡雖不比你們的場院大空屋子還有兩間你住兩天把你們那裡的新聞故事兒說些給我們老太太聽聽賈母笑道鳳丫頭別拿他取笑兒他是屯裡人老實那裡擱的住你打趣說着又命人去先抓果子給板兒吃板兒見人多了又不敢吃賈母又命拿些

錢給他叫小么兒們帶他外頭頑去劉老老吃了茶便把些鄉村中所見所聞的事情說給賈母聽賈母越發得了趣味正說着鳳姐兒便命人請劉老老吃晚飯賈母又將自已的菜揀了幾樣命人送過去給劉老老吃鳳姐知道合了賈母的心吃了飯便又打發過來鴛鴦忙命老婆子帶了劉老老去洗了澡自已去挑了兩件隨常的衣裳叫給劉老老換上那劉老老那裡見過這般行事忙換了衣裳出來坐在賈母榻前又搜尋些話出來說彼時寶玉姐妹們也都在這裡坐着他們何曾聽見過這些話自覺比那些瞽目先生說的書還好聽那劉老老雖是個村野人却生來的有些見識況且年紀老了世情上經歷過

的見頭一件賈母高興第二件這些哥兒姐兒都愛聽便沒話也編出些話來講因說道我們村庄上種地種菜每年每日春夏秋冬風裏雨裏那裏有個坐着的空兒天天都是在那地頭上做歇馬凉亭什麽奇奇怪怪的事不見呢就像舊年冬天接連下了幾天雪地下壓了三四尺深我那日起的早還沒出屋門只聽外頭柴草响我想着必定有人偷柴草來了我巴着窻戶眼兒一瞧不是我們村庄上的人賈母道必定是過路的客人們冷了見現成的柴火抽些烤火也是有的劉老老笑道也並不是客人所以說來奇怪老壽星打諒什麽人原來是一個十七八歲極標緻的個小姑娘兒梳着溜油兒光的頭穿着大

紅袄兒白綾子裙兒剛說到這裡忽聽外面人吵嚷起來又說不相干別唬着老太太賈母等聽了忙問怎麼了丫鬟回說南院子馬棚裡走了水了不相干已經救下去了賈母最膽小的聽了這話忙起身扶了人出至廊上來瞧時只見那東南角上火光猶亮賈母唬得口內念佛又忙命人去火神跟前燒香王夫人等也忙都過來請安回說已經救下去了老太太請進去罷賈母足足的看著火光熄了方領衆人進來寶玉且忙問劉老老那女孩兒大雪地裡做什麼抽柴火倘或凍出病來呢賈母道都是纔說抽柴火惹出事來了你還問呢別說這個了說別的罷寶玉聽說心內雖不樂也只得罷了劉老老便又想了

想說道我們庄子東邊庄上有個老奶奶子今年九十多歲了他天天吃齋念佛誰知就感動了觀音菩薩夜裡來托夢說你這麼虔心原本你該絕後的如今奏了玉皇給你個孫子原來這老奶奶只有一個兒子這兒子也只一個兒子好容易養到十七八歲上死了哭的什麼兒似的後起間真又養了一個今年纔十三四歲長得粉團兒似的聰明伶俐的了不得呢這些神佛是有的不是這一夕話暗合了賈母王夫人的心事連王夫人也都聽住了寶玉心中只惦記抽柴的事因悶的心中籌畫探春因問他昨日擾了史大妹妹們回去商議着邀一社又還了席也請老太太賞菊何如寶玉笑道老太太說了還要

擺酒還史妹妹的席呌偺們做陪呢等吃了老太太的偺們再請不遲探春道越往前越冷了老太太未必高興寶玉道老太太又喜歡下雨下雪的偺們等下頭塲雪請老太太賞雪不好嗎偺們雪下吟詩也更有趣了黛玉笑道偺們雪下吟詩依我說還不如弄一綑柴火雪下抽柴還更有趣兒呢說着寶釵等都笑了寶玉瞅了他一眼也不答話一時散了背地裡寶玉到底拉了劉老老細問那女孩兒是誰劉老老只得編了告訴他那原是我們庄子北沿兒地埂子上有個小祠堂兒供的不是神佛當先有個什麼老爺說着又想名姓寶玉道不拘什麼名姓也不必想了只說原故就是了劉老老道這老爺沒有兒子

只有一位小姐名子叫什麽若玉知書兒識字的老爺太太愛的像珍珠兒可惜了兒的這小姐兒長到十七歲了一病就病死了寶玉聽了跌足歎惜又問後來怎麽樣劉老老道因爲老爺太太疼的心肝兒似的蓋了那祠堂塑了個像兒派了人燒香兒撥火的如今年深日久了人也沒了廟也爛了那泥胎兒可就成了精咧寶玉忙道不是成精規矩這樣人是不死的劉老老道阿彌陀佛是這麽着嗎不是哥兒說我們還當他成了精了呢他時常變了人出來閑逛我纔說抽柴火的就是他了我們村庄上的人商量着還要拿榔頭砸他呢寶玉忙道快别如此要平了廟罪過不小劉老老道幸虧哥兒告訴我明日問

去攔住他們就是了寶玉道我們老太太太太都是善人就是合家大小也都好善喜捨最愛修廟塑神的我明日做一個疏頭替你化些佈施你就做香頭攢了錢把這廟修蓋再裝塑了泥像每月給你香火錢燒香好不好劉老老道若這樣時我托那小姐的福也有幾個錢使了寶玉又問他地名庄名來往遠近坐落何方劉老老便順口謅了出來寶玉信以爲真回至房中盤算了一夜次日一早便出來給了焙茗幾百錢按着劉老老說的方向地名着焙茗去先踏看明白回來再作主意那焙茗去後寶玉左等也不來右等也不來急的熱地裡的蚰蜒是的好容易等到日落方見焙茗興興頭頭的回來了寶玉忙問

可找著了焙茗笑道爺聽的不明白叫我好找那地名坐落不像爺聽的一樣所以找了一天找到東北角田埂子上纔有一個破廟寶玉聽說喜的眉開眼笑忙說道劉老老有年紀的人一時錯記了也是有的你且說你見的焙茗道那廟門却倒也朝南開也是稀破的我找的正沒好氣一見這個我說可好了連忙進去一看泥胎唬的我又跑出來了活像真的是的寶玉喜的笑道他能變化人了自然有些生氣焙茗拍手道那裏是什麼女孩兒竟是一位青臉紅髮的瘟神爺寶玉聽了啐了一口罵道真是個沒用的殺材這點子事也幹不來焙茗道爺又不知看了什麼書或者聽了誰的混賬語信真了把這件沒頭

腦的事派我去磕頭怎麽說我没用呢寶玉見他急了忙撫慰他道你别急改日閒了你再找去要是他哄我們呢自然没了要竟是有的你豈不也積了陰騭呢我必重重的賞你說着只見二門上的小厮來說老太太屋裡的姑娘們站在二門口找二爺呢不知何事下回分解

紅樓夢第三十九回終

# 紅樓夢第四十回

## 史太君兩宴大觀園　金鴛鴦三宣牙牌令

話說寶玉聽了忙進來看時只見琥珀站在屏風跟前說快去罷立等你說話呢寶玉來至上房只見賈母正和王夫人眾姐妹商議給史湘雲還席寶玉因說我有個主意既沒有外客吃的東西也別定了樣數誰素日愛吃的揀樣兒做幾樣也不必按棹席每人跟前擺一張高几各人愛吃的東西一兩樣再一個十錦攢心盒子自斟壺豈不別致賈母聽了說狠是即命人傳與厨房明日就揀我們愛吃的東西做了按着人數再裝了盒子來早飯也擺在園裡吃商議之間早又掌燈一夕無話次

日清早起來可喜這日天氣清朗李紈清晨起來看着老婆子丫頭們掃那些落葉並擦抹棹椅預備茶酒器皿只見豐兒帶了劉老老板兒進來說大奶奶倒忙的很李紈笑道我說你昨兒去不成只忙着要去劉老老笑道老太太留下我叫我也熱鬧一天去豐兒拿了幾把大小鑰匙說道我們奶奶說了外頭的高几兒怕不彀使不如開了樓把那收的拿下來使一天罷奶奶原該親自來因和太太說話呢請大奶奶開了帶着人搬罷李氏便命素雲接了鑰匙又命婆子出去把二門上小廝叫幾個來李氏站在大觀樓下往上看着命人上去開了綴錦閣一張一張的往下抬小廝老婆子丫頭一齊動手抬了二十多

張下來李紈道好生着別荒荒張張鬼赶著似的仔細碰了牙子又回頭向劉老老笑道老老也上去瞧瞧劉老老聽說巴不得一聲兒拉了板兒登梯上去進裡面只見烏壓壓的堆着些圍屏棹椅大小花燈之類雖不大認得只見五彩燗灼各有奇妙念了幾聲佛便下來了然後鎖上門一齊下來李紈道恐怕老太太高興越發把船上划子篙槳遮陽幔子都搬下來預備着衆人答應又復開了門色色的搬下來命小厮傳駕娘們到船塢裡撐出兩隻船來正亂着只見賈母已帶了一羣人進來了李紈忙迎上去笑道老太太高興倒進來了我只當還沒梳頭呢纔掐了菊花要送去一面說一面碧月早已捧過一個大

荷葉式的翡翠盤子來裡面養着各色折枝菊花賈母便揀了一朶大紅的簪在鬢上因回頭看見了劉老老忙笑道過來帶花兒一語未完鳳姐兒便拉過劉老老來笑道讓我打扮你說着把一盤子花橫三豎四的插了一頭賈母和衆人笑的了不得劉老老也笑道我這頭也不知修了什麽福今兒這樣體面起來衆人笑道你還不拔下來摔到他臉上呢把你打扮的成了老妖精了劉老老笑道我雖老了年輕時也風流愛個花兒粉兒的今兒索性作個老風流說話間已來至沁芳亭上丫鬟們抱了個大錦褥子來鋪在欄杆榻板上賈母倚欄坐下命劉老老也坐在旁邊因問他這園子好不好劉老老念佛說道我

們鄉下人到了年下都上城來買畫兒貼閑了的時候兒大家都說怎麼得到畫兒上逛（言外微旨）逛想着畫兒也不過是假的那裡有這個真地方兒誰知今兒進這園裡一瞧竟比畫兒還強十倍怎麼得有人也照着這個園子畫一張我帶了家去給他們見見死了也得好處賈母聽說指着惜春笑道你瞧我這個小孫女兒他就會畫等明兒叫他畫一張如何劉老老聽了喜的忙跑過來拉着惜春說道我的姑娘你這麼大年紀兒又這麼個好模樣兒還有這個能幹別是個神仙托生的罷賈母衆人都笑了歇了歇又領着劉老老都見識見識先到了瀟湘館一進門只見兩邊翠竹夾路土地下蒼苔佈滿中間羊腸一條石子

漫的甬路劉老老讓出來與賈母衆人走自已却走土地琥珀拉他道老老你上來走看青苔滑倒了劉老老道不相干我們走熟了姑娘們只管走罷可惜你們的那鞋別沾了泥他只顧上頭和人說話不防脚底下果跴滑了咕咚一交跌倒衆人都拍手呵呵的大笑賈母笑罵道小蹄子們還不攙起來只站着笑說話時劉老老已爬起來了自已也笑了說道纔說嘴就打了嘴了賈母問他可扭了腰了沒有叫丫頭們搥搥劉老老道那裡說的我這麽嬌嫩了那一天不跌兩下子都要搥起來還了得呢紫鵑早打起湘簾賈母等進來坐下黛玉親自用小茶盤兒捧了一蓋碗茶來奉與賈母王夫人道我們不吃茶姑娘

不用倒了黛玉聽說便命丫頭把自已窗下常坐的一張椅子挪到下手請王夫人坐了劉老老因見窗下案上設着筆硯又見書架上放着滿滿的書劉老老道這必定是那一位哥兒的書房了賈母笑指黛玉道這是我這外孫女兒的屋子劉老老留神打量了黛玉一番方笑道這那裡像個小姐的綉房竟比那上等的書房還好呢賈母因問寶玉怎麽不見衆丫頭們答說在池子裡船上呢賈母道誰又預備下船了李紈忙回說纔開樓拿的我恐怕老太太高興就預備下了賈母聽了方欲說話時有人回說姨太太來了賈母等剛站起來只見薛姨媽早進來了一面歸坐笑道今兒老太太高興這早晚就來了賈母

笑道我纔說來遲了的要罰他不想姨太太就來遲了說笑一回賈母因見窗上紗顏色舊了便和王夫人說道這個紗新糊上好看過了後兒就不翠了這院子裡頭又沒有個桃杏樹這竹子已是綠的再拿綠紗糊上反倒不配我記得偺們先有四五樣顏色糊牕的紗呢明兒給他把這牕上的換了鳳姐兒忙道昨兒我開庫房看見大板箱裡還有好幾疋銀紅蟬翼紗也有各樣折枝花樣的也有流雲蝙蝠花樣的也有百蝶穿花花樣的顏色又鮮紗又輕軟我竟沒見這個樣的拿了兩疋出來做兩床綿紗被想來一定是好的賈母聽了笑道呸人人都說你沒有沒經過沒見過的連這個紗還不能認得明兒還說嘴

薛姨媽等都笑說憑他怎麽經過見過怎麽敢比老太太呢老太太何不教導了他連我們也聽聽鳳姐兒也笑說好祖宗教給我罷賈母笑向薛姨媽衆人道那個紗比你們的年紀還大呢怪不得他認做蟬翼紗原也有些像不知道的都認做蟬翼紗正經名字叫軟烟羅鳳姐兒道這個名兒也好聽只是我這麽大了紗羅也見過幾百樣從沒聽見過這個名色賈母笑道你能活了多大見過幾樣東西就說嘴來了那個軟烟羅只有四樣顏色一樣雨過天青一樣秋香色一樣松綠的一樣就是銀紅的要是做了帳子糊了窗屜遠遠的看着就和烟霧一樣所以叫做軟煙羅那銀紅的又叫做霞影紗如今上用的府紗

也沒有這樣軟厚輕密的了薛姨媽笑道別說鳳丫頭沒見過連
我也沒聽見過鳳姐兒一面說話早命人取了一疋來了賈母
說可不是這個先時原不過是糊窗屜後來我們拿這個做被
做帳子試試也竟好明日就找出幾疋來拿銀紅的替他糊窗
戶鳳姐答應著衆人看了都稱讚不已劉老老也覷著眼看口
裏不住的念佛說道我們想做衣裳也不能拿着糊牕子豈不
可惜賈母道倒是做衣裳不好看鳳姐忙把自己身上穿的一
件大紅綿紗襖的襟子拉出來向賈母薛姨媽道看我的這襖
兒賈母薛姨媽都說這也是上好的了這是如今上用內造的
竟比不上這個鳳姐兒道這個薄片子還說是內造上用呢竟

連這個官用的也比不上啊賈母道再找一找只怕還有要有就都拿出來送這劉親家兩疋有雨過天青的我做一個帳子掛上剩的配上裡子做些個夾坎肩兒給丫頭們穿白收着霉壞了鳳姐兒忙答應了仍命人送去賈母便笑道這屋裡窄再往別處逛去罷劉老老笑道人人都說大家子住大房昨兒見了老太太正房配上大箱大櫃大棹子大床果然威武那櫃子比我們一間房子還大還高怪道後院子裡有個梯子我想又不上房晌東西預備這梯子做什麼後來我想起來一定是爲開頂櫃取東西離了那梯子怎麼上得去呢如今又見了這小屋子更比大的越發齊整了滿屋裡東西都只好看可不知叫

什麼我越看越捨不得離了這裡了鳳姐道還有好的呢我都帶你去瞧瞧說着一逕離了瀟湘館遠遠望見池中一羣人在那裡撑船賈母道他們旣備下船偺們就坐一回說着向紫菱洲蓼漵一帶走來未至池前只見幾個婆子手裡都捧着一色攝絲戧金五彩大盒子走來鳳姐忙問王夫人早飯在那裡擺王夫人道問老太太在那裡就在那裡罷了賈母聽說便回頭說你三妹妹那裡好你就帶了人擺去我們從這裡坐了船去鳳姐兒聽說便回身和李紈探春鴛鴦琥珀帶着端飯的人等抄着近路到了秋爽齋就在曉翠堂上調開桌案鴛鴦笑道天天偺們說外頭老爺們吃酒吃飯都有個湊趣兒的拿他取笑

兒偕們今兒也得了個女清客了李紈是個厚道人倒不理會鳳姐兒却聽着是說劉老老便笑道偕們今兒就拿他取個笑兒二人便如此這般商議李紈笑勸道你們一點好事兒不做又不是個小孩兒還這麼淘氣仔細老太太說鴛鴦笑道很不與大奶奶相干有我呢正說着只見賈母等來了各自隨便坐下先有丫鬟挨人遞了茶大家吃畢鳳姐手裡拿著西洋布手巾裹着一把烏木三鑲銀箸按席擺下賈母因說把那一張小楠木棹子抬過來讓劉親家挨着我這邊坐衆人聽說忙擡過來鳳姐一面遞眼色與鴛鴦鴛鴦便忙拉劉老老出去悄悄的囑咐了劉老老一席話又說這是我們家的規矩要錯了我們

就笑話呢調停已畢然後歸坐薛姨媽是吃過飯來的不吃了只坐在一邊吃茶賈母帶着寶玉湘雲黛玉寶釵一棹王夫人帶着迎春姐妹三人一桌劉老老挨着賈母一棹賈母素日吃飯皆有小丫鬟在旁邊拿着漱盂麈尾巾帕之物如今鴛鴦是不當這差的了今日偏接過麈尾來拂着丫鬟們知他要捉弄劉老老便躲開讓他鴛鴦一面侍立一面遞眼色劉老老道姑娘放心那劉老老入了坐拿起箸來沉甸甸的不伏手原是鳳姐和鴛鴦商議定了单拿了一雙老年四楞象牙鑲金的快子給劉老老劉老老見了說道這個叉巴子比我們那裡的鐵掀還沉那裡拿的動他說的衆人都笑起來只見一個媳婦端了

一個盒子站在當地一個丫鬟上來揭去盒蓋裡面盛着兩碗菜李紈端了一碗放在賈母桌上鳳姐偏揀了一碗鴿子蛋放在劉老老棹上賈母這邊說聲請劉老老便站起身來高聲說道老劉老劉食量大如牛吃個老母猪不抬頭說完却鼓着腮幫子兩眼直視一聲不語衆人先還發怔後來一想上上下下都一齊哈哈大笑起來湘雲掌不住一口茶都噴出來黛玉笑岔了氣伏着桌子只叫噯喲寶玉滾到賈母懷裡賈母笑的摟着叫心肝王夫人笑的用手指着鳳姐兒却說不出話來薛姨媽也掌不住口裡的茶噴了探春一裙子探春的茶碗都合在迎春身上惜春離了坐位拉着他奶母叫揉揉腸子地下無一

個不濟腰屈背也有躲出去蹲着笑去的也有忍着笑上來替
他姐妹換衣裳的獨有鳳姐鴛鴦二人掌著還只管讓劉老老
劉老老拿起箸來只覺不聽使又道這裏的雞兒也俊下的這
蛋也小巧怪俊的我且得一個兒衆人方住了笑聽見這話又
笑起來賈母笑的眼淚出來只忍不住琥珀在後搥著賈母笑
道這定是鳳丫頭促俠鬼兒鬧的快別信他的話了那劉老老
正誇雞蛋小巧鳳姐兒笑道一兩銀子一個呢你快嚐嚐罷冷
了就不好吃了劉老老便伸快子要夾那裏夾的起來滿碗裏
鬧了一陣好容易撮起一個來纔伸着脖子要吃偏又滑下來
滚在地下忙放下快子要親自去揀早有地下的人揀出去了

了劉老老歎道一兩銀子也沒聽見個響聲兒就沒了衆人已沒心吃飯都看著他取笑賈母又說誰這會子又把那個筷子拿出來了又不請客擺大筵席都是鳳丫頭支使的還不換了呢地下的人原不曾預備這牙箸本是鳳姐和鴛鴦拿了來的聽如此說忙收過去了也照樣換上一雙烏木鑲銀的劉老老道去了金的又是銀的到底不及俺們那個伏手鳳姐兒道菜裡要有毒這銀子下去了就試的出來劉老老道這個菜裡有毒我們那些都成了砒霜了那怕毒死了也要吃盡了賈母見他如此有趣吃的又香甜把自已的菜也都端過來給他吃又命一個老嬤嬤來將各樣的菜給板兒夾在碗上一時吃畢賈

母等都往探春卧室中去閒話這裡收拾殘桌又放了一桌劉老老看着李紈與鳳姐兒對坐着吃飯歎道別的罷了我只愛你們家這行事怪道說禮出大家鳳姐兒忙笑道你可別多心纔剛不過大家取樂兒一言未了鴛鴦也進來笑道老老別惱我給你老人家賠個不是兒罷劉老老忙笑道姑娘說那裡的話偺們哄着老太太開個心兒有什麼惱的你先囑咐我我就明白了不過大家取笑兒我要惱也就不說了鴛鴦便罵人為什麼不倒茶給老老吃劉老老忙道纔剛那個嫂子倒了茶來我吃過了姑娘也該用飯了鳳姐兒便拉鴛鴦坐下道你和我們吃罷省了回來又鬧鴛鴦便坐下了婆子們添上碗筯來三

人吃畢劉老老笑道我看你們這些人都只吃這一點兒就完了虧你們也不餓怪道風兒都吹的倒鴛鴦便問今兒剩的不少都那裡去了婆子們道都還沒散呢在這裡等着一齊散給他們吃鴛鴦道他們吃不了這些挑兩碗給二奶奶屋裡平丫頭送去鳳姐道他早吃了飯了不用給他鴛鴦道他吃不了喂你的猫婆子聽了忙揀了兩樣拿盒子送去鴛鴦道素雲那裡去了李紈道他們都在這裡一處吃又找他做什麽鴛鴦道這罷就了鳳姐道襲人不在這裡你倒是叫人送兩樣給他去鴛鴦聽說便命人也送兩樣去鴛鴦又問婆子們回來吃酒的攢盒可裝上了婆子道想必還得一會子鴛鴦道催着些兒婆子

答應了鳳姐等來至探春房中只見他娘兒們正說笑探春素喜闊朗這三間屋子並不曾隔斷當地放着一張花梨大理石大案案上堆着各種名人法帖並數十方寶硯各色筆筒筆海內插的筆如樹林一般那一邊設著斗大的一個汝窰花囊插着滿滿的一囊水晶毬的白菊西墻上當中掛着一大幅米襄陽烟雨圖左右掛著一幅對聯乃是顏魯公墨跡其聯云

烟霞閒骨格　泉石野生涯

案上設着大鼎左邊紫檀架上放着一個大官窰的大盤盤內盛着數十個嬌黃玲瓏大佛手右邊洋漆架上懸着一個白玉比目磬傍邊掛着小槌那板兒略熟了些便要摘那槌子去擊

丫鬟們忙攔住他他又要那佛手吃探春揀了一個給他說頑罷吃不得的東邊便設着臥榻拔步床上懸著葱綠雙綉花卉草蟲的紗帳板兒又跑來看說這是蟈蟈這是螞蚱劉老老忙打了他一巴掌道下作黃子沒干沒凈的亂鬧倒叫你進來瞧瞧就上臉了打的板兒哭起來衆人忙勸解方罷賈母隔著紗牕往後院内看了一回因說道後廊簷下的梧桐也好了只是細些正說話忽一陣風過隱隱聽得鼓樂之聲賈母問是誰家娶親呢這裡臨街倒近王夫人等笑回道街上的那裡聽的見這是偺們的那十來個女孩子們演習吹打呢賈母便笑道旣他們演何不叫他們進來演習他們也逛一逛偺們也樂了不

好嗎鳳姐聽說忙命人出去叫來赶著吩咐擺下條桌鋪上紅毡子賈母道就鋪排在藕香榭的水亭子上借著水音更好聽回來偺們就在綴錦閣底下吃酒又寛濶又聽的近衆人都說好賈母向薛姨媽笑道偺們走罷他們姐妹們都不大喜歡人來生怕腌臢了屋子偺們別没眼色兒正經坐會子船喝酒去罷說着大家起身便走探春笑道這是那裡的話求着老太太姨媽太太來坐坐還不能呢賈母笑道我的這三丫頭倒好只有兩個玉兒可惡回來喝醉了偺們偏往他們屋裡閙去說着衆人都笑了一齊出來走不多遠已到了荇葉渚那姑蘇選來的幾個駕娘早把兩隻棠木舫撑來衆人扶了賈母王夫人薛

姨媽劉老老鴛鴦玉釧兒上了這一隻船次後李紈也跟上去鳳姐也上去立在船頭上也要撑船賈母在艙內道那不是頑的雖不是河裡也有好深的你快給我進來鳳姐笑道怕什麽老祖宗只管放心說着便一篙點開到了池當中船小人多鳳姐只覺亂晃忙把篙子遞與鴛鴦方蹲下去然後迎春姐妹等並寶玉上了那隻隨後跟來其餘老嬤嬤衆丫鬟俱沿河隨行寶玉道這些破荷葉可恨怎麽還不叫人來拔去寶釵笑道今年這幾日何曾饒了這園子閑了一閑天天逛那裡還有叫人來收拾的工夫呢黛玉道我最不喜歡李義山的詩只喜他這一句留得殘荷聽雨聲偏你們又不留着殘荷了寶玉道果然

好何已後偺們別叫拔去了說著已到了花溆的蘿港之下覺得陰森透骨兩灘上衰草殘菱更助秋興賈母因見岸上的清厦曠朗便問這是薛姑娘的屋子不是衆人道是賈母忙命攏岸順着雲步石梯上去一同進了蘅蕪苑只覺異香撲鼻那些奇草仙藤愈冷愈蒼翠都結了實似珊瑚豆子一般纍垂可愛及進了房屋雪洞一般一色的玩器全無案上止有一個土定瓶瓶中供着數枝菊花兩部書茶奩茶杯而已床上只吊着青紗帳幔衾褥也十分朴素賈母歎道這孩子太老實了你沒有陳設何妨和你姨娘要些我也沒理論也沒想到你們的東西自然在家裡沒帶了來說着命鴛鴦去取些古董來又嗔着鳳

姐兒不送些玩器來給你妹妹這樣小器王夫人鳳姐等都笑回說他自巳不要麽我們原送了來都退回去了薛姨媽也笑說道他在家裡也不大弄這些東西賈母搖頭道那使不得雖然他省事倘或來個親戚看着不像二則年輕的姑娘們屋裡這麽素净也忌諱我們這老婆子越發該住馬圈去了你們聽那些書上戲上說的小姐們的綉房精緻的還了得呢他們姐妹們雖不敢比那些小姐們也別狠離了格兒有現成的東西爲什麽不擺呢要狠愛素净少幾樣倒使得我最會收拾屋子如今老了没這個閒心了他們姐妹們也還學著收拾的好只怕俗氣有好東西也擺壞了我看他們還不俗如今等我替你

收拾包管又大方又素淨我的兩件體巳收到如今沒給寶玉看見過若經了他的眼也沒了說着叫過鴛鴦來吩咐道你把那石頭盆景兒和那架紗照屏還有個墨烟凍石鼎拿來這三樣擺在這案上就彀了再把那水墨字畫白綾帳子拿來把這帳子也換了鴛鴦答應着笑道這些東西都擱在東樓上不知那個箱子裡還得漫漫找去明兒再拿去也罷了賈母道明日後日都使得只別忘了說着坐了一回方出來一逕來至綴錦閣下文官等上來請過安因問演習何曲賈母道只揀你們熟的演習幾套罷文官等下來往藕香榭去不提這裡鳳姐已帶着人擺設齊整上面左右兩張榻榻上都鋪着錦裀蓉簟每一

榻前兩張雕漆几也有海棠式的也有梅花式的也有荷葉式的也有葵花式的也有方的有圓的其式不一一個上頭放着一分爐瓶一個攢盒上面二榻四几是賈母薛姨媽下面一椅兩几是王夫人的餘者都是一椅一几東邊劉老老劉老老之下便是王夫人西邊便是湘雲第二便是寶釵第三便是黛玉第四迎春探春惜春挨次排下去寶玉在末李紈鳳姐二人之几設於三層檻內二層紗櫥之外攢盒式樣亦隨几之式樣每人一把烏銀洋鏨自斟壺一個十錦琺瑯杯大家坐定賈母先笑道偺們先吃兩杯今日也行一個令纔有意思薛姨媽笑說道老太太自然有好酒令我們如何會呢安心叫我們醉了我

們都多吃兩杯就有了賈母笑道姨太太今兒也過謙起來想是厭我老了薛姨媽笑道不是謙只怕行不上來倒是笑話了王夫人忙笑道便說不上來只多吃了一杯酒醉了睡覺去還有誰笑話咱們不成薛姨媽點頭笑道依令老太太到底吃一杯令酒纔是賈母笑道這個自然說着便吃了一杯鳳姐兒忙走至當地笑道既行令還叫鴛鴦姐姐來行纔好衆人都知賈母所行之令必得鴛鴦提着故聽了這話都說很是鳳姐便拉着鴛鴦過來王夫人笑道既在令內沒有站着的理回頭命小丫頭子端一張椅子放在你二位奶奶的席上鴛鴦也半推半就謝了坐便坐下也吃了一鍾酒笑道酒令大如軍令不論尊

卑惟我是主還了我的話是要受罰的王夫人等都笑道一定如此快些說鴛鴦未開口劉老老便下席擺手道别這樣捉弄人我家去了衆人都笑道這却使不得鴛鴦喝令小丫頭子們拉上席去小丫頭子們也笑着果然拉入席中劉老老只叫饒了我罷鴛鴦道再多言的罰一壺劉老老方住了鴛鴦道如今我說骨牌副兒從老太太起順領下去至劉老老止比如我說一副兒將這三張牌拆開先說頭一張再說第二張說完了合成這一副兒的名字無論詩詞歌賦成語俗話比上一句都要合韵錯了的罰一杯衆人笑道這個令好就說出來鴛鴦道有了一副了左邊是張天賈母道頭上有青天衆人道好鴛鴦道

當中是個五合六賈母道六橋梅花香徹骨鴛鴦道剩了一張六合么賈母道一輪紅日出雲霄鴛鴦道湊成却是個蓬頭鬼賈母道這鬼抱住鍾馗腿說完大家笑著喝彩賈母飲了一杯鴛鴦又道又有一副了左邊是個大長五薛姨媽道梅花朵朵風前舞鴛鴦道右邊是個大五長薛姨媽道十月梅花嶺上香鴛鴦道當中二五是雜七薛姨媽道織女牛郎會七夕鴛鴦道湊成二郎遊五岳薛姨媽道世人不及神仙樂說完大家稱賞飲了酒鴛鴦又道有了一副了左邊長么兩點明湘雲道雙懸日月照乾坤鴛鴦道右邊長么兩點明湘雲道閑花落地聽無聲鴛鴦道中間還得么四來湘雲道日邊紅杏倚雲栽鴛鴦道

湊成一個櫻桃九熟湘雲道御園却被鳥啣出說完飲了一杯鴛鴦道有了一副了左邊是長三寶釵道雙雙燕子語梁間鴛鴦道右邊是三長寶釵道水荇牽風翠帶長鴛鴦道當中三六九點在寶釵道三山半落青天外鴛鴦道湊成鐵鎖練孤舟寶釵道處處風波處處愁說完飲畢鴛鴦又道左邊一個天黛玉道良辰美景奈何天寶釵聽了回頭看着他黛玉只顧怕罰也不理論鴛鴦道中間錦屏顏色俏黛玉道紗窗也沒有紅娘報鴛鴦道剩了二六八點齊黛玉道雙瞻玉坐引朝儀鴛鴦道湊成藍子好採花黛玉道仙杖香挑芍藥花說完飲了一口鴛鴦道左邊四五成花九迎春道桃花帶雨濃衆人笑道該罰錯了

韻而且又不像迎春笑着飲了一口原是鳳姐和鴛鴦都要聽劉老老的笑話兒故意都叫說錯了至王夫人鴛鴦便代說了一個下便該劉老老劉老老道我們庄家閒了也常會幾個人弄這個兒可不像這麼好聽就是了少不得我也試試衆都人笑道容易說的你只管說不相干鴛鴦笑道左邊大四是個人劉老老聽了想了半日說道是個庄家人罷衆人鬨堂笑了賈母笑道說的好就是這麼說劉老老也笑道我們庄家人不過是現成的本色兒姑娘姐姐別笑鴛鴦道中間三四綠配紅劉老老道大火燒了毛毛蟲衆人笑道這是有的還說你的本色鴛鴦笑道右邊么四真好看劉老老道一個蘿蔔一頭蒜衆人

又笑了鴛鴦笑道湊成便是一枝花劉老老兩隻手比着也要笑却又掌住了說道花兒落了結個大倭瓜衆人聽了由不的大笑起来只聽外面亂嚷嚷的不知何事且聽下回分解

紅樓夢第四十回終